Andreas Scheepker
Tod eines Häuptlings

LEDA

Andreas Scheepker
Tod eines Häuptlings
Eine Kriminalroman aus dem Fürstentum Ostfriesland
Ostfrieslandkrimi

1. Auflage 2009

ISBN 13: 978-3-939689-24-9

Leda-Verlag, Kolonistenweg 24, D-26789 Leer
info@leda-verlag.de
www.leda-verlag.de

Lektorat: Maeve Carels
Satz: Heike Gerdes
Titelillustration: Andreas Herrmann
Gesamtherstellung: Bercker Graphischer Betrieb GmbH & Co. KG
Printed in Germany

Andreas Scheepker

Tod eines Häuptlings

Ein Kriminalroman aus dem Fürstentum Ostfriesland

LEDA

Eine gute Buchhandlung ist mehr als ein Fachgeschäft für Bücher. Sie ist auch ein Ort für Begegnungen zwischen Menschen und Menschen und Büchern. Damit ist eine Buchhandlung ein wichtiger Teil unserer Kulturlandschaft. Buchhändlerinnen und Buchhändler gestalten durch ihr Engagement unser kulturelles Leben mit.

Ich widme diesen Roman Regina Babatz und Claudia Hoffmann in Jever. Für meine Frau, unseren Sohn und mich war ihre Buchhandlung während unserer Jahre in Wittmund-Asel nicht nur eine Buchhandlung, in der es Freude machte, neue gute Bücher kennenzulernen und zu kaufen, sondern wir sind dankbar für viele schöne Begegnungen und Gespräche über Bücher und darüber hinaus.

Vorwort

Nein, dies ist kein historischer Roman! Gibt es überhaupt historische Romane? Im besten Fall sind es immer Romane, die Menschen von heute für Menschen von heute schreiben.

Dies ist ein Kriminalroman, der in unserer heutigen Zeit spielt. Beinahe jedenfalls. Im Hintergrund nimmt dieses Buch eine kleine Kulissenschieberei vor. Es besteht allerdings kein Anlass zur Sorge: Ihr Einfluss auf die Handlung ist fast zu vernachlässigen.

»Fürstentum Ostfriesland« steht auf Aufklebern, die die Hecks nicht weniger Autos in Ostfriesland verzieren.

Natürlich wissen die historisch und ostfriesisch Informierten, dass der letzte ostfriesische Fürst Carl-Edzard 1744 kinderlos verstarb und sein Territorium von Preußen »übernommen« wurde. Hätte er Nachkommen gehabt, hätte das Fürstentum Ostfrieslands vermutlich bei einer der nächsten politischen Neuordnungen zu existieren aufgehört.

Aber was wäre, wenn durch historische Kuriositäten Ostfriesland heute tatsächlich noch ein eigenstaatliches Gebilde wäre, vielleicht eine Art Freistaat in der Bundesrepublik Deutschland mit einem Fürsten als Repräsentanten und einem hohen Maß an Selbständigkeit? Wäre Ostfriesland dann eine Steueroase? Ein idealer Stoff für Märchenhochzeiten und für die Zeitschriften, die beim Friseur ausliegen?

Sicherlich hätten sich die gesellschaftlichen und politischen Verhältnisse in unserer Region kaum anders entwickelt, als sie heute sind. Oder etwa doch?

Auf jeden Fall ist es für den Autor eine herrliche Kulisse

für einen Kriminalroman, der sich ansonsten innerhalb der Konventionen eines Kriminalromans bewegt: die üblichen Verdächtigen und die üblichen Motive.

Dass Personen und Handlungen frei erfunden sind, ergibt sich schon daraus, dass dieses Buch ein Roman ist. Es macht so viel Freude, sich Personen und Handlungen auszudenken, dass es allein deshalb schon schade wäre, nur die Wirklichkeit zu kopieren. Lediglich an einer Stelle taucht für einen Moment eine real lebende Person auf, der ich auf diesem Wege einen Gruß in den neuen Lebensabschnitt als Ruheständler mitgeben möchte.

Herzlich danken möchte ich allen, die mir bei großen und kleinen Fragen geholfen haben, besonders bei Herrn Dr. Ekkehart Wolter aus Norden und Herrn Pastor Manfred Hurtig aus Nesse. Herzlich danke ich meiner Frau Angelika und meinem Sohn Menno für alle Unterstützung.

Lektorin Maeve Carels danke ich für die gute Zusammenarbeit und besonders für die hilfreiche Kritik und die Ratschläge, die dringend nötig waren und von denen ich eine Menge lernen konnte.

Ebenso gilt mein herzlicher Dank Heike und Peter Gerdes, die mich zu einer Fortsetzung dieser Reihe ermutigt und dieses Buch in ihr Verlagsprogramm aufgenommen haben.

Andreas Scheepker, 2009

Die Hauptpersonen und ihre derzeitige Lektüre

Die professionellen und unprofessionellen Ermittler

Gerrit Roolfs, Hauptkommissar	Deon Meyer: Der traurige Polizist
Johannes Fabricius, Buchhändler	Alan Bennett: Die souveräne Leserin
Lothar Uphoff, Kriminaldirektor	Siegfried Lenz: Die Auflehnung
Theda van Immen, Kommissarin	Laurie R. King: Die Gehilfin des Bienenzüchters
Chris Gronewold, Chef	Jürgen Lürsssen: Die heimlichen Spielregeln der Karriere
Habbo Janssen, Hauptkommissar	Heie Focken Erchinger und Martin Stromann: Sturmfluten

Mehr oder weniger hilfreiche Personen und die üblichen Verdächtigen:

Carl Edzard II. Cirksena, Fürst	John Röhl: Wilhelm II. – Der Weg in den Abgrund 1900-1941
Ulli de Groot, Geschäftsmann	Stieg Larsson: Verdammnis
Sabine de Groot, Witwe	Ulla Hahn: Das verborgene Wort

Günther Neeland, Restaurator	Friederike Klemm (Hrsg.): Restauratoren-Handbuch 2008/2009
Katja Tiedgen, Lebensgefährtin	Günther Willen: Niveau ist keine Hautcreme
Erich Oldewurtel, Oberstudienrat	Ubbo Emmius: Friesische Geschichte
Uwe Debelts, Installateur	Hugo Feurich: Taschen buch für den Sanitär-installateur
Karsten Rademacher, Praktikant	Richard und Georg Precht: Die Instrumente des Herrn Jørgensen
Hanna Siefkes, Buchhändlerin	Jane Austen: Emma
Helmuth Onninga, Buchhändler	Die Fliesenbibel
Krino van Westen, Geschäftsmann	Walter Kempowski: Echolot
Charlotte Schierenberg-Sassen Dozentin	Klaus W. Vopel: Schreibwerkstatt
Insa Fuldner, Doktorandin	Christopher Hogwood: Händel
Uwe Osterloh, Pastor	Walter Moers: Die 13 ½ Leben des Käpt'n Blaubär

Teil 1: Im Oktober

27. Oktober

1

Okko tom Brok hob sein Schwert. Das war das Zeichen. Entschlossen schritten seine Männer auf die feindliche Streitmacht zu.

Focko Ukena gelang es erst im letzten Moment, seine Leute auf den Wilden Äckern zu einer Schlachtreihe zu ordnen; so überraschend war für sie der Angriff tom Broks aus dem befestigten Marienhafe. Die Brookmerländer kamen näher wie ein riesiges Tier mit vielen Füßen und todbringenden Stacheln.

Ukenas Männer wichen zurück, aber Fokko Ukena selbst und seine engsten Getreuen standen wie Felsen in der Brandung. Allmählich fassten auch ihre Männer wieder Mut und bildeten eine Verteidigungslinie. Die Angriffswelle der Brookmerländer wurde langsamer und langsamer und kam schließlich zum Stehen.

Okko tom Brook schlug wild auf die Schilde und Schwerter der Gegner ein. Vergeblich spornte er seine Leute an: »Wir müssen weiter, wir müssen weiter!«

»Wir müssen zurück«, rief einer seiner Gefährten, dann fiel er von einem Schwert getroffen zu Boden. Tom Broks Hauptleute befahlen den Rückzug, sie mussten ihren Häuptling gewaltsam mitzerren.

Nun begannen Fokko Ukenas Männer den Gegenangriff und trieben ihre Feinde vor sich her. Immer mehr Brookmerländer fielen oder ergaben sich. Tom Brok war der Rückzug abgeschnitten. Er formierte sich mit seinen Männern zu einem letzten Kampf. Für einen Moment verstummte der Gefechtslärm.

»Für ein einiges Friesland!«, rief Okko tom Brok und erhob noch einmal sein Schwert.

»Für ein freies Friesland!«, erwiderte Fokko Ukena.

In diesem Moment dudelte die Fanfare von *Star Wars* über das Schlachtfeld. Die Männer erstarrten und ließen die Waffen sinken.

Okko tom Brok griff in die Hosentasche und holte sein Handy hervor. »Hallo, Bine. Du, das passt jetzt irgendwie gar nicht. Ich kämpfe jetzt gerade gegen meinen Endgegner. Ich ruf dich nachher zurück. Tschüss!«

»Ich raste hier gleich aus«, rief ein Mann, der im rotweißen Trainingsanzug über Tote und Verwundete hinweg auf die feindlichen Häuptlinge zukam. Der Spielleiter baute sich vor Okko tom Brok auf. »Spinnst du jetzt total, oder was? Axel, das hier ist die Generalprobe! Wenn du meinst, dass du das hier nicht nötig hast, dann finde ich noch heute Abend einen Ersatzmann für dich. Ist das klar?«

Okko tom Brok steckte das Handy wieder ein. »Ich dachte, ich hätte das Ding ausgestellt. Tut mir echt leid. Sei nicht sauer.«

Der Spielleiter schluckte. Er ahnte wohl, dass ein Wutausbruch die ohnehin schon angespannte Stimmung völlig kaputtmachen würde. »Okay, die Schlussszene ab dem Gegenangriff noch mal.« Er warf Okko tom Brok einen grimmigen Blick zu und trottete wieder zur Zuschauertribüne. Die Dämmerung hatte eingesetzt.

Der Spielleiter gab das Handzeichen. Noch einmal bauten sich die Truppen auf dem zur Freilichtbühne umfunktionierten Sportplatz auf. Wieder wurden die Brookmerländer Angreifer zurückgeschlagen und man führte Okko tom Brok schließlich mit gefesselten Händen vor Fokko Ukena. Beide nahmen die heroische Pose ein, in der die Szene auf dem Historienbild von Tjarko Meyer Cramer dargestellt war: tom Brok mit auf dem Rücken gefesselten Händen, den trotzigen Blick nach unten gerichtet, während Ukena ihm mit großherziger Geste die Hand auf die Schulter legt.

Okko tom Brok hob den Kopf und rief pathetisch: »Nun bin ich euer Gefangener.«

Fokko Ukena antwortete nicht weniger lautstark und salbungsvoll: »Friesland nimmt euch gefangen, damit Friesland wieder frei ist. Frei sei Friesland – Eala freya Fresena!«

Okko tom Brok wurde von zwei Bewaffneten weggeführt.

»Frei sei Friesland«, wiederholten die Männer. »Eala freya Fresena!« Für einen Moment verharrten alle in ihrer Stellung, die Männer hielten ihre Waffen hoch, die Helden posierten noch heldenhafter, die Verwundeten schauten noch kläglicher drein, und die Toten wirkten noch toter. Dann löste sich die Spannung.

Der Spielleiter klatschte ein paarmal in die Hände und stand auf. »Der Schluss ist ein bisschen dick aufgetragen, aber so lieben es die Leute. Wunderbar«, sagte er. Er gab ein paar letzte Anweisungen und beantwortete geduldig die letzten Fragen. Nach der Generalprobe musste zügig Schluss gemacht werden, damit die Spannung bis zur morgigen Premiere weiterknisterte.

»In Ordnung, Leute. Das war's. Halt. Eine Sache noch. Vielleicht kommt das Ganze noch besser, wenn Okko tom Brok nicht abgeführt wird, sondern bis zum Schluss hier vorn bleibt. Axel?« Der Spielleiter sah sich nach dem Schauspieler um, der Okko tom Brok spielte.

»De treckt sück all um«, antwortete einer der beiden Ritter, die den gefangenen Häuptling weggeführt hatten, und deutete auf das Sportlerheim.

Der Spielleiter rollte mit den Augen. Ein zweites Mal gelang es ihm mit Mühe, einen Wutausbruch zu unterdrücken. »Dann hole ich Axel hierher zurück. Die Generalprobe ist dann zu Ende, wenn ich sage, dass sie zu Ende ist. Nicht eine Minute eher.« Er sprach diese Worte leise vor sich hin, und alle wussten, dass dieser Tonfall eine größere Bedrohung darstellte als einer seiner Wutausbrüche.

Mit stierem Blick ging er auf das Vereinsheim zu. Der Schauspieler, der Focko Ukena darstellte, folgte ihm, um Schlimmeres zu verhindern. Die beiden Männer betraten den Umkleideraum.

»Axel«, rief der Spielleiter wütend. Niemand antwortete.

»Vielleicht duscht er im Keller«, sagte Ukena.

Die beiden Männer schauten die Treppe hinunter. Axel de Groot lag unten auf dem gefliesten Flurboden. Häuptling Okko II. tom Brok war tot.

2

Hauptkommissar Gerrit Roolfs saß mit seinem Team im Besprechungsraum. Auch der Kriminaldirektor war dabei. Die Abendsonne schien durch die Fenster und malte orangefarbene Streifen auf die Pinnwand mit den Dienstplänen, amtlichen Mitteilungen und dienstlichen Informationen.

Roolfs hatte den Ausführungen des Gerichtsmediziners konzentriert zugehört. Axel de Groot war die Treppe in den Duschkeller hinabgestürzt und hatte sich dabei das Genick gebrochen. Geduscht hatte de Groot noch nicht. Shampoo und Handtuch hatten auf der Treppe gelegen. Ob der Sturz durch Fremdeinwirkung verursacht worden war, konnte der Mediziner nicht mit Sicherheit sagen.

Axel de Groot hatte Spuren von Gewalteinwirkung am ganzen Körper, die aber auch von der Generalprobe kommen konnten. De Groot machte alle Actionszenen selbst – genau so wie sein Kontrahent, der Focko Ukena spielte, und der ebenfalls blaue Flecken und Schürfungen von den Kämpfen und Stürzen während der Proben abbekommen hatte.

Der Gerichtsmediziner war sich sicher, dass der Genickbruch vom Sturz herrührte und nicht auf eine andere Ursache schließen ließ. Morgen früh würde er das Ergebnis der Obduktion mitteilen.

Kriminaldirektor Uphoff nickte dem Kollegen von der kriminaltechnischen Untersuchung zu, der daraufhin mit seinem Bericht begann.

Etwa fünfzig Mitglieder der Theatergruppe hatten sich vor der Probe umgezogen, viele von ihnen hatten nach der Arbeit und vor Probenbeginn eine Dusche genommen. Dazu kamen etwa dreißig Angehörige des Teams, das für Technik und Organisation zuständig war. Eine Reihe von Angehörigen hatte der Generalprobe ebenfalls zugeschaut.

Die meisten aus diesem Personenkreis hatten sich zwischendurch im Gebäude aufgehalten, dessen obere Räume als Cafeteria dienten, während sich im Erdgeschoss Umkleidekabinen, Büros, Abstellräume und die Turnhalle befanden. Der Keller war vor einem Jahr ausgebaut und mit Duschräumen und sanitären Anlagen eingerichtet worden. Besonders die Umkleideräume und das Kellergeschoss mit den Toilettenräumen waren übersät mit Spuren, die auf gut achtzig Personen zurückgehen mussten.

Der Kollege ließ diese Informationen einen Moment auf das Team wirken und erklärte dann, dass bisher keine eindeutigen Spuren gefunden worden waren, die Fremdeinwirkung beim Tod Axel de Groots vermuten ließen.

Lothar Uphoff schnaufte. »Sind alle Namen der Mitwirkenden bei der Generalprobe festgehalten?«

»Alle, Chef«, antwortete Theda van Immen, die seit einem dreiviertel Jahr im Team dabei war und bei der Entlarvung des Mörders im Weihnachtsmannkostüm einen guten Einstand gegeben hatte. »Es gibt sogar ein paar gefilmte Szenen und Fotos. Das Material wird gleich morgen früh ausgewertet. Wir werden sehen, ob da etwas drauf ist, das uns weiterhilft.«

Hauptkommissar Habbo Janssen sah auf die Uhr. Es war nach Mitternacht. »So, nu is' Fierabend. Mörgen geih't wieder!«

Kriminaldirektor Lothar Uphoff nickte.

28. Oktober

3

Als sich das Team am nächsten Morgen im Besprechungsraum traf, sah Kriminaldirektor Lothar Uphoff in die Runde. Er hatte ein gutes Gefühl. Seine Mannschaft war wie ein Uhrwerk, das immer funktionierte. Wenn ein Teil nicht einwandfrei arbeitete, übernahm jemand anders die Aufgabe. Wenn es an einer Stelle nicht weiterging, fand immer ein anderer einen Weg. Gerrit Roolfs mit seiner zielstrebigen und direkten Art, Habbo Janssen mit seiner Unermüdlichkeit, Theda van Immen mit ihrer unnachahmlichen Mischung aus Kreativität und Penetranz und die anderen, von denen Uphoff die meisten seit vielen Jahren kannte.

Jahre hatte es gedauert, dieses Team zu bilden. Inzwischen war es so stark, dass auch eine Neue wie Theda van Immen, die einen schwierigen Einstieg gehabt hatte, inzwischen ein unverzichtbares Mitglied in Lothar Uphoffs Mannschaft war.

Uphoffs Frau hatte ihm den Genuss neonfarbiger Limonaden verboten, und so war er auf Tee umgestiegen. In ein Teeglas von der Größe eines Litermaßes goss er aus der Teekanne eine leuchtend rote, dampfende Flüssigkeit. Die anderen hatten Kaffeebecher mit den bunten Aufdrucken verschiedener Vereine und Firmen vor sich stehen.

Kriminaldirektor Uphoff nickte, die Besprechung konnte beginnen.

Die Kollegen von der Kriminaltechnik hatten sich schon früh am Morgen noch einmal den Tatort vorgenommen, ohne konkrete Anhaltspunkte für ein Verbrechen zu finden.

Theda van Immen hatte Informationen über Axel de Groot zusammengestellt. Sie begann ihren Bericht: »Axel de Groot war Inhaber eines Versandantiquariates und eines großen Antiquitätenhandels mit Geschäften in Hillersum, Bremen und Oldenburg. Das Stammhaus ist in Hillersum. Das Buchantiquariat hat sich auf Erstausgaben und besondere wertvolle Buchausgaben spezialisiert. Zwischen Hillersum und Norden hat er einen großen Bauernhof gekauft und zu Werkstatt und Lager umgebaut. *De Groots Antiquitätenhof* nennt sich das Ganze.«

Van Immen breitete ihre Papiere vor sich aus und sprach weiter: »Axel de Groot war als Buchhändler einer der Initiatoren für das Bücherdorf Hillersum. Er hat vor ein paar Jahren mit Investoren und anderen Interessierten Bücherdörfer in Großbritannien und in den Niederlanden besucht. Sein Traum war ein Bücherdorf in Norddeutschland.«

»Was ist das denn überhaupt, ein Bücherdorf?«, fragte Habbo Janssen.

»Besten Dank für die Vorlage, genau diese Infos kommen jetzt!«, sagte Theda von Immen. »Die Idee eines Bücherdorfes ist, in einem Dorf möglichst viele Buchhandlungen und Antiquariate anzusiedeln. Die Buchhandlungen sollen sich mit unterschiedlichen Angeboten ergänzen. Damit sollen Bücherliebhaber und Touristen angezogen werden. Hillersum ist durch die Nähe zur Autobahn gut erreichbar. Dadurch erhoffen sich die Investoren Zuspruch aus allen Richtungen: Nordrhein-Westfalen, Niedersachsen, Bremen, Niederlande. Und sie rechnen damit, dass Küstenurlauber einen Abstecher nach Hillersum machen, wenn mal kein Badewetter ist.«

»Auch Loriot empfiehlt, bei Regenwetter eine Buchhandlung aufzusuchen«, bemerkte Habbo Janssen.

»Das Besondere am ostfriesischen Bücherdorf Hillersum ist«, setzte van Immen ihren Bericht fort, »dass man den Ort gleichzeitig zu einem kulturellen und touristischen Anziehungspunkt entwickeln will. Die alte Hillersumer Burg ist zu einer Ferienakademie umgebaut worden. Am Hillersumer Meer entsteht eine Ferienhaussiedlung. Aus der Klosterkirche soll ein gediegener Veranstaltungsort werden, so ähnlich wie die *Johannes-a-Lasco-Bibliothek* in Emden, nur eine Nummer kleiner.«

»Gut«, lobte Kriminaldirektor Uphoff ihren Bericht.

»Es geht also um Bücher«, sagte Habbo Janssen lakonisch.

Theda Immen antwortete: »Ja, aber nicht nur.« Sie kramte ihre Papiere zusammen und erklärte weiter: »Verschiedene Interessen kommen zusammen, wenn ich die Infos richtig verstanden habe. Bücherfreunde wollen ein ganzes Dorf aus Antiquariaten und Buchhandlungen, in denen sie nach Herzenslust stöbern können, und die Buchhändler wollen natürlich verdienen. Kulturträger wollen sich darstellen und bei einem gut laufenden Projekt nicht außen vor bleiben. Dann gibt es in der zweiten Reihe Gastronomie, Kunstgewerbe, Boutiquen und andere Geschäftsleute. Und es gibt den ganzen Tourismusbetrieb, der sich in einem Bücherdorf natürlich stärker spezialisieren muss. Und dann sind da noch Investoren, die bestimmte Vorhaben finanzieren und einen guten Schnitt machen wollen: Ferienanlagen, ein Erlebnisbad, Events.«

»Es geht also um Geld«, resümierte Habbo Janssen.

»Ja«, antwortete van Immen, »Aber nicht nur!«

4

Die Witwe von Axel de Groot bewohnte eine liebevoll restaurierte Gründerzeit-Villa am Stadtrand von Norden. Sabine de Groot war eine große, schlanke Frau mit dunklem Teint. Sie trug ein schwarzes, ärmelloses Kleid und rauchte einen Zigarillo.

Im Hintergrund klingelte leise Musik von Sally Oldfield. Das große Wohnzimmer war mit wenigen ausgesuchten Möbelstücken eingerichtet, die Wände mit einer cremefarbenen Tapete aus Rohseide bespannt.

»Mein Mann und ich haben unsere Ehe mehr freundschaftlich verstanden«, erklärte Sabine de Groot mit leiser, klarer Stimme. »Wir haben uns mit der Zeit auseinander entwickelt. Wir wollten uns nicht gegenseitig blockieren. Axel und ich haben beide mit unserer Buchhandlung angefangen. Dann kamen für Axel die Möbel und die Antiquitäten dazu. Ich habe mich stärker der Literatur zugewandt. Axel wurde mehr und mehr der Geschäftsmann. Wir haben gut zusammengearbeitet, und privat hatte jeder so seinen Lebenskreis.«

Theda van Immen hörte angespannt zu, Habbo Janssen ließ seine Blicke schweifen. Als Sabine de Groot Mineralwasser für die beiden Kriminalbeamten holen ging, raunte er seiner Kollegin zu: »Hier ist noch nicht mal ein Fernseher. Wie ist so was bloß möglich?«

Bevor Theda van Immen antworten konnte, war ihre Gastgeberin zurück und fuhr fort: »Wir sind eine Art Zweier-WG. Jeder hat hier im Haus seinen Bereich. Ich wohne hier unten und Axel in der oberen Etage. Meistens wohnte er in Hillersum. Um es literarisch zu sagen: Die Liebe ist uns abhanden gekommen. Wir haben trotzdem viel Zeit gemeinsam verbracht.«

Es klingelte an der Tür. Sabine ging und öffnete.

»Das ist Günther Neeland, unser Meister«, stellte sie den beiden Kriminalbeamten den Mann vor, der nun mit ihr das Wohnzimmer betrat, ein großer, schwerer Mann mit einem Schnurrbart in seinem Jungengesicht. Sein Haar war sorgfältig gescheitelt, er trug eine graue Stoffhose, einen roten Pullunder und ein blaugestreiftes Hemd. In der Hand hielt er eine grau gebundene Mappe.

»Herr Neeland ist unser Restaurator«, erläuterte Sabine de Groot. »Er kümmert sich um alles, was mit alten Möbeln zu tun hat, und um noch viel mehr. Er ist unser Rettungsanker, denn in der nächsten Zeit wird alles in seinen Händen liegen.«

Günther Neeland lächelte verlegen.

»Aber nicht, dass Sie daraus ein Mordmotiv spinnen«, sagte Sabine de Groot spitz. »Günther ist weder an der Übernahme des Betriebes noch an der Übernahme von mir interessiert. Er liebt die alten Möbel mehr als das Geschäftliche, und seine Katja mehr als mich.«

Günther Neeland lächelte noch verlegener. Er wurde rot.

»Herr Neeland«, sagte Theda van Immen. »Wir würden uns gern auch noch einmal mit Ihnen unterhalten.«

»Ich kann Ihnen nicht viel sagen«, erwiderte Günther Neeland. »Ein schrecklicher Unfall, das Ganze.« Er sah auf die Uhr. »Du, Sabine, ich muss los. Katja kommt gleich nach Hause. Ich wollte dir nur die Unterlagen geben, die ich beim Bestatter für dich abgeholt habe.« Er reichte Sabine de Groot die graue Mappe.

»Können Sie uns aufschreiben, wo wir Sie erreichen können?«, fragte Habbo Janssen und hielt Neeland seinen Block und einen Stift hin.

Neeland kritzelte seine Handynummer auf den Block und verabschiedete sich. »Ich muss jetzt … Katja wird gleich da sein.«

Sabine de Groot brachte Neeland zur Tür und kam dann zurück, um ihre Erklärungen genau an der Stelle fortzusetzen, wo sie durch Neelands Kommen unterbrochen worden war. »Ich werde das Haus bekommen, für unsere Tochter ist Geld angelegt. Axels Geschäftsanteile gehen an mich. Die andere Hälfte gehört seinem Vetter Ulli de Groot. Falls Sie nicht an einen Unfall glauben, werden Sie mich sofort in den Kreis der üblichen Verdächtigen einreihen. Aber auch ohne Axels Erbe bin ich vermögend genug, um ein gutes Leben zu führen, Frau Kommissarin.«

Theda van Immen fühlte sich prüfend gemustert, von ihren ausgetretenen Schuhen bis zur zerzausten Frisur. Sie versuchte, Sabine de Groots wertendem Blick standzuhalten, und wurde offensiv: »Frau de Groot, warum gehört die Hälfte Ihres Betriebes dem Vetter Ihres Mannes? Wie war noch mal der Name? Ulli?«

»Ulli de Groot. Richtig heißt er Ulrich. Axel und Ulli haben das Geschäft von ihrem Onkel geerbt. Der war kinderlos und hat den Betrieb den beiden Söhnen seiner beiden Brüder vermacht. Außer Axel und Ulli gibt es keine weiteren Erben. Sie sind beide Einzelkinder. Ulli hat meinem Mann die Geschäftsführung überlassen. Er verfolgte damals beruflich andere Ziele.«

»Wir werden ihn befragen«, stellte Habbo Janssen fest. »Und Sie ...«, wollte er fragen.

Aber Sabine de Groot schnitt ihm das Wort ab. »Ich bin gestern Abend von einer Tagung im Bücherdorf Friedersdorf zurückgekommen. Ihr Kollege hat mich durch die Polizei in Friedersdorf verständigen lassen. Dafür gibt es ausreichend Zeugen.«

»Und der Vetter Ihres Mannes ...«, wollte Habbo Janssen wieder ansetzen.

Sabine de Groot unterbrach ihn wieder. »Ulli hat sicher das beste Alibi. Er war gestern Abend bei einem Geschäftsessen. Nach der Pleite mit seinem Familienhotel ist er in die Nähe von Schwerin gezogen. Er wird erst zur Beerdigung anreisen. Glauben Sie im Ernst, dass es kein Unfall war? Glauben Sie, dass jemand meinen Mann die Treppe hinuntergestoßen hat? Wer könnte Axel so etwas antun?«

»Das wollten wir eigentlich Sie fragen«, antwortete Theda von Immen und sah nun ihrerseits die Gastgeberin prüfend an.

»Ich weiß zuwenig von Axels Geschäften. Aber er hat ja nicht mit Drogen oder Waffen gehandelt. Bestimmt gab es Leute, die ihn nicht mochten. Es gibt nichts Schlimmeres, als Erfolg zu haben. Aber dass ihn jemand gehasst hat oder sein Feind war, das kann ich mir absolut nicht vorstellen.«

Die Tür öffnete sich und ein dickes Mädchen im Alter von etwa zehn Jahren kam herein. »Mama, darf ich noch mit Mandy spielen? Ich bin auch zum Abendbrot wieder hier.«

Sabine de Groot warf ihrer Tochter einen tadelnden Blick zu. »Ich möchte nicht, dass du mit Kindern spielst, die Mandy heißen. Verstehen wir uns?«

5

»Standby?« Kriminaldirektor Lothar Uphoff sah Habbo Janssen genau so ungläubig an, wie dieser ihm gutmütig zublinzelte.

»Ist doch ganz einfach«, begann Janssen in aller Ruhe seine Erklärung. »Wenn ich ein Gerät auf ›Standby‹ schalte, ist es zwar nicht mehr in Betrieb, aber es ist auch nicht ganz ausgeschaltet.«

Uphoff grunzte: »Mag ja wohl sein. Aber ich weiß nicht, was das mit Axel de Groot zu tun haben soll. Der ist ja nun wohl endgültig ausgeschaltet. Oder?«

Hauptkommissar Gerrit Roolfs meldete sich zu Wort:

»Habbo hat nicht ganz unrecht. Weder die Kriminaltechnik noch Gerichtsmedizin haben irgendwelche Hinweise auf ein Gewaltverbrechen gefunden. Wir kommen hier nicht weiter, und wir haben nicht den kleinsten Anhaltspunkt, dass hier ein Verbrechen vorliegt.«

Die anderen nickten fast gleichzeitig.

»Wie geht es weiter?«, fragte Uphoff und lehnte sich zurück

Gerrit Roolfs berichtete: »Vorhin hat der Staatsanwalt mich angerufen und sich nach dem Stand der Ermittlungen erkundigt. Er konnte dich nicht erreichen, Lothar. Er sagt, dass das Bücherdorf-Projekt auf der Kippe steht. Da laufen noch Anträge und Verhandlungen. Der Fürst bittet inständig darum, dass wir den Ball flach halten. Solange es keine eindeutigen Hinweise gibt, soll nichts an die Öffentlichkeit. Axel de Groot war Geschäftsführer des Bücherdorfes. Der Fürst möchte verhindern, dass dieses Projekt gefährdet wird.«

»Das meine ich mit ›Standby‹«, erklärte Habbo Janssen. »Und wenn auch der Fürst möchte, dass wir unsere Ermittlungen …«

»Der Fürst kann möchten, was er will«, donnerte Kriminaldirektor Lothar Uphoff. Er erhob sich von seinem Stuhl. »Hier bin ich der Häuptling. Der Fürst hat hier gar nichts … « Er verstummte plötzlich und hielt sich dann an der Stuhllehne fest. »Ich glaube, mir würden auch mal ein paar Tage Standby ganz gut tun«, murmelte er.

Im nächsten Moment fiel er um wie ein Baum.

6

Am Abend des 28. Oktober, dem Jahrestag der Schlacht, wurde auf dem Sportgelände des TUS Hillersum das Freilichtspiel *Wilde Äcker* mit großem Erfolg aufgeführt. Zu Beginn der Vorstellung sagte der Spielleiter ein paar Worte zum Gedenken an Axel de Groot und dass es sicher nicht in Axels Sinne gewesen wäre, die Premiere ausfallen zu lassen. Es folgte eine Schweigeminute.

Dann konnten die Zuschauer die Rückkehr Okko tom Broks vom Königshof in Neapel nach Ostfriesland, seine Heirat mit Foelke aus Strackholt und all seine Unternehmungen bis zu seiner Ermordung bei der Belagerung der Auricher Burg verfolgen. Und sie erlebten den Aufstieg und Fall seines Enkels Okko II. bis zur Entscheidungsschlacht auf den Wilden Äckern.

Drei Tage später wurde Axel de Groot unter großer Anteilnahme beigesetzt. Die Pastorin vermied jegliche Parallelisierung von Leben und Tod Axel de Groots mit der Geschichte von Häuptling Okko tom Brok. Die Theatergruppe gab ihrem Hauptdarsteller auf dem Friedhof in historischen Kostümen das letzte Geleit, was in der Norder Bevölkerung nicht auf einhellige Zustimmung stieß.

Kriminaldirektor Uphoff verbrachte nach seinem Schlaganfall einige Wochen im Norder Krankenhaus, wo Gerrit Roolfs, Habbo Janssen und Theda van Immen ihn regelmäßig besuchten.

Schließlich trat er eine lange Reha an. Dass er dies ohne spürbaren Widerwillen tat, wertete man auf seiner Dienststelle als Anzeichen für den bedenklichen Gesundheitszustand des Chefs und für den eisernen Durchsetzungswillen seiner Frau. Chris Gronewold, ein früherer Kollege, wurde zum kommissarischen Leiter der Dienststelle ernannt. Ob

Lothar Uphoff jemals wieder in den Dienst zurückkehren konnte, war ungewiss.

Die Kriminalpolizei stellte schließlich die Ermittlungen im Fall Axel de Groot ein, da es keinerlei Hinweise für ein Verbrechen gab und alles für einen Unfall sprach.

Im Dezember kündigte der Vetter des verunglückten Axel de Groot, der Schweriner Unternehmer Ulrich de Groot an, im kommenden Jahr in seinen Heimatort Hillersum zurückzukehren. Diese Mitteilung wurde in der Öffentlichkeit nicht überall mit Freude aufgenommen. Ulli de Groot hatte nach dem Bankrott seiner Firma vor gut vier Jahren Ostfriesland verlassen.

Wie in seiner Familie üblich, hatte Ulli de Groot ursprünglich den Beruf des Buchhändlers erlernt und danach in Rekordzeit Betriebswirtschaft studiert, um nach dem Studium eine kleine Bau- und Immobilienfirma zu übernehmen. Diese Firma hatte er beständig ausgebaut und vergrößert, bis er sich an dem Großprojekt einer Familienhotelanlage übernommen und den Konkurs angemeldet hatte.

Durch den immer noch ansehnlichen Rest seines Privatvermögens und durch gute Verbindungen hatte er sich in Mecklenburg-Vorpommern in eine Großbäckerei einkaufen und wieder als Geschäftsmann etablieren können.

Im Frühling ließ Ulli de Groot seine Bau- und Immobilienfirma unter neuem Namen wieder aufleben und stellte ehemalige Mitarbeiter ein. Er kaufte drei kleine benachbarte Geschäftshäuser in Hillersum, die er zu einer großen Buchhandlung umbauen wollte. Gleichzeitig erklärte er öffentlich, die Arbeit seines Vetters fortsetzen und sich für den immer noch freien Posten des Geschäftsführers für das Bücherdorf Hillersum bewerben zu wollen. Mit der Eröffnung der Buchhandlung wollte er seinen Erstwohnsitz im Sommer wieder nach Hillersum verlegen.

Teil 2: Im Juni

7

»Ich will mit dieser Sache nichts zu tun haben. Außerdem bin ich kein Polizist!« Buchhändler Johannes Fabricius hievte einen Karton auf seinen Schreibtisch. Gerade war ein historischer Kriminalroman über Häuptling Okko tom Brok erschienen. Fabricius hatte gleich einhundert Exemplare bestellt, da er für den morgigen Samstag viele Käufer erhoffte.

Die Aufführung des Freilichtspieles über die Schlacht auf den Wilden Äckern im vergangenen Herbst war ein solcher Erfolg gewesen, dass man weitere Aufführungen im Sommer veranstalten wollte, um den Urlaubern etwas zu bieten. Schon Wochen vorher waren fast alle Karten verkauft gewesen. In ein paar Tagen sollte die erste Aufführung sein, und pünktlich erschien nun das passende Buch zum Ereignis. Es hatte den Titel *Der letzte Häuptling*.

»Außerdem gibt es keinerlei Anhaltspunkte für einen Mord«, fuhr Fabricius fort, »Gerrit Roolfs erzählte mir, dass es damals keinen Hinweis auf ein Verbrechen gab. Alles wurde akribisch untersucht. Ein ganz normaler schrecklicher Unfall.«

»Aha, du interessierst dich also doch für den Fall?«, fragte Fürst Carl Edzard, der nicht aus Zufall auf einen Besuch in der Hofbuchhandlung vorbeigekommen war.

»Wie sollte ich nicht dafür interessieren? Axel de Groot war der Mitbegründer des Projektes *Bücherdorf Hillersum*.«

»Axel de Groot stand im letzten Jahr vor Gericht«, bemerkte der Fürst, der sich eines der Bücher über Okko tom Brok genommen hatte. »Zusammen mit seinem Vetter Ulli. Beiden wurde vorgeworfen, die Pleite des Familienhotels absichtlich herbeigeführt und dabei gut verdient zu haben. Es gab einen Riesenskandal, der in allen Zeitungen stand.«

»Ja, aber er wurde aus Mangel an Beweisen freigesprochen, und seine Verdienste für das erste ostfriesische Bücherdorf werden sogar von seinen Gegnern anerkannt. Er war eben ein Pionier. Weißt du, welchen Spitznamen er hatte?«, fragte Fabricius.

»Häuptling von Hillersum«, antwortete Carl Edzard.

»Wenn du so gut informiert bist, weißt du sicher auch, von welcher Seite aus die Kripo nach dem Tod von Axel de Groot die Anweisung bekam, die Ermittlungen mit äußerster Umsicht zu führen«, fragte der Buchhändler seinen fürstlichen Patenonkel. Ihr Verhältnis hatte in den vergangenen Jahren immer stärker den Charakter einer respektvollen Freundschaft bekommen, in der offene und klare Worte geredet werden konnten.

»Johannes, das ist ein Minenfeld. Es geht um viel Geld. Zurzeit laufen Förderungsanträge für das Kulturprojekt Hillersum. Da bewegen wir uns im Bereich von ein paar Millionen Euro. Wir verhandeln mit Brüssel und mit diversen Stiftungen. Gleichzeitig versuchen wir, die Uni Oldenburg davon zu überzeugen, hier eine Art Institut für niederdeutsche Literatur einzurichten. Die Kirche beteiligt sich an der Ferienakademie. Vielleicht eröffnet sie sogar ein Internatsgymnasium. Wenn unser Bücherdorf in ein falsches Licht gerät, dann geht hier alles den Bach hinunter. Solche Schlagzeilen können wir uns jetzt nicht erlauben.«

»Solche Schlagzeilen kannst du dir nie erlauben, und wenn es sie doch gibt, wirst du sie immer gut überstehen.«

»Johannes, du musst nach Hillersum«, sagte Fürst Carl Edzard entschlossen, »Ich habe ein komisches Gefühl bei der Sache. Der Vetter von Axel de Groot ist zurück. Ich brauche jemanden, der die Augen und Ohren offen hat. Wenn mit dem Tod von Axel de Groot etwas nicht stimmt, müssen wir das wissen. Und ich möchte auch wissen, was sein Vetter Ulli so treibt.«

»Lass das die Polizei machen. Carl Edzard, ich bin ein Hobby-Detektiv, der zweimal einen Zufallstreffer landete. Hier müssen Profis ran.«

»Noch nicht. Ich möchte, dass du dich mal umhörst. Ganz unverbindlich. Das Bücherdorf Hillersum darf auf keinen Fall gefährdet werden. Ich muss einfach auf allen Ebenen …«

»Nein!«

»Sieh es doch einfach als deinen Beitrag zur Förderung der kulturellen Infrastruktur.«

»Nein!«

»Johannes, ein ganzes Dorf mit Buchhandlungen. Ist das nicht wunderbar?«

»Auf keinen Fall!«, antwortete Fabricius.

8

Fürst Carl Edzard eröffnete die Sitzung des Kuratoriums für das Projekt *Bücherdorf Hillersum*. Alle acht Mitglieder waren anwesend. Offiziell hatte der Fürst den Vorsitz, aber er nahm nur selten an den Sitzungen teil.

Carl Edzard begann: »Mit besonderer Freude begrüße ich den neuen Fachberater für die Geschäftsführung unseres Kuratoriums: Herrn Johannes Fabricius.«

Der Genannte erhob sich mit leicht gequältem Lächeln, während die übrigen Anwesenden freundlich applaudierten.

Fürst Carl Edzard zwinkerte ihm zu und fuhr fort: »Herr Fabricius ist als Buchhändler und Germanist sicher eine gute Besetzung für diese Aufgabe. Die Regierung hat der Berufung inzwischen auch zugestimmt.«

Eine Welle freundlich geraunter Sympathie kam auf Fabricius zu, der wieder Platz nahm. Neben den Geschäften mit Büchern und Tourismus nahm sich das Interesse an Literatur wie eine dekorative Nebensache in diesem Projekt aus. Das wusste Fabricius. Dennoch hatte er sich nach anfänglichem Widerstreben mit dieser Aufgabe angefreundet. Sie bot ihm die Gelegenheit, für einen langen Sommer seinem Geschäft zu entkommen. Dass der Fürst ihn vor allem nach Hillersum schickte, um Ungereimtheiten beim Tod von Axel de Groot aufzuspüren. behagte ihm allerdings nicht.

Neben seiner Mitarbeit im Kuratorium und in der Geschäftsführung war er Kursleiter für Literatur bei der Ferienakademie, die in den Räumen des Schlosses entstand. Gleich im Anschluss würde er mit der Studienleiterin der Akademie sprechen, die ihm schräg gegenüber saß und ihn schon die ganze Zeit neugierig musterte.

9

»Was für Kurse wollen Sie denn geben, Herr Fabricius?«, fragte die Studienleiterin.

»Ich weiß auch nicht so genau, was hier passt. Was halten Sie vom Thema ›Lebensreisen‹? Wir lesen Seumes *Spaziergang nach Syrakus*. Ein studierter Abenteurer in der Zeit Napoleons arbeitet als braver Korrektor in einer Leipziger Buchdruckerei. Eines Tages bricht er zu einer Reise nach Italien auf. Er geht zu Fuß von Deutschland bis nach Sizilien und wird damit ein berühmter Autor. Was denken Sie?«

»Passt ja irgendwie zum Thema Urlaub, nicht wahr? Und Pilgern ist ja nun auch ein großer Hit geworden«, sagte die Studienleiterin mit spöttischem Unterton. »Vielleicht kann man so eine Aktion machen wie ›Promis auf dem Pilgerweg‹. Wir haben ja auch das Kloster Ihlow ganz in der Nähe. Da fehlt dann nur noch der Hinweis, dass der Weg das Ziel ist.«

»Wollen Sie mich veralbern?«

»Das würde sich schon noch etwas anders anhören. Ich bin mit dem Vorschlag einverstanden. Haben Sie noch ein etwas aktuelleres Thema?«

»Was halten Sie von einem Seminar über die Gefährlichkeit des Lesens? Als Lektüre nehme ich *Die souveräne Leserin* von Alan Bennett.«

»Herzlich willkommen an Bord«, sagte die Studienleiterin. »Als Mitarbeiter der Akademie können Sie ein Zimmer im Haus haben. Unsere Bibliothek ist gut, unserer Küche noch besser. Wie sieht es aus?«

Fabricius nahm das Angebot an. Die gut anderthalb Stunden Fahrtzeit hin und zurück waren dabei nicht das entscheidende Argument für ihn. Eine Auszeit würde ihm gut tun. An seinen letzten Urlaub konnte er sich kaum noch erinnern. In der Buchhandlung war alles geregelt. Während andere Geschäftsinhaber es sicher als Infragestellung der eigenen Bedeutsamkeit empfinden mochten, dass der Betrieb auch ohne sie gut lief, empfand Fabricius diese Tatsache als ungemein entlastend.

»Schön, Herr Fabricius. Ihr erstes Seminar werden Sie als zweiter Kursleiter begleiten. Da macht jemand anders das Thema und Sie müssen nur dabeisitzen, ein kluges Gesicht und hilfreiche Bemerkungen machen. Beginn ist in der ersten Juli-Woche. Dann haben Sie noch ein paar Tage Zeit für Ihre Recherchen.«

»Sie wissen, dass ich an einem Buch über Seume arbeite?«, fragte Fabricius erstaunt.

»Ich dachte eher an den Tod von Axel de Groot. Ihr Einsatz im Bücherdorf hat doch sicher nicht nur literarische Aspekte. Ich hole uns einen Kaffee.«

»Vor fünf Jahren war Hillersum noch ein verschlafener Ort mit großer Vergangenheit«, erläuterte die Studienleiterin, während sie für sich und für Johannes Fabricius zwei Kaffeebecher auf den Tisch stellte.

»Und dann kam der Häuptling«, ergänzte Fabricius.

»Korrekt. Das war sein Spitzname. Axel de Groot wertete ihn übrigens als Ausdruck von Respekt. Heute ist Hillersum das erste ostfriesische Bücherdorf. Eigentlich ist Hillersum sogar das erste Bücherdorf in Norddeutschland.«

»Korrekt. Und Häuptling Axel ist tot. Was denken Sie über die Sache?«

»Sind wir schon bei der Vernehmung, Herr Fabricius?«

»So war das nicht gemeint«, entschuldigte sich der Buchhändler.

»Doch, genau so war es gemeint. Ist schon okay. Wissen Sie, es ist erstaunlich, wie ungebrochen sich die Häuptlingsherrschaft in Ostfriesland erhalten hat. Überall haben Sie diese Häuptlinge. Sie können mit Ihnen kooperieren, Sie können gegen sie kämpfen. Nur eines dürfen Sie auf keinen Fall: Sie dürfen Sie niemals ignorieren. Axel de Groot war der Häuptling von Hillersum: engagiert bis zum Äußersten und sehr großzügig, aber auch autokratisch und ehrgeizig. Mit ihm ist Hillersum wieder zu einer Herrlichkeit geworden.«

»Sie haben ihn bewundert«, stellte Fabricius fest.

»Vielleicht. Aber ich mochte ihn nicht besonders. Bücher waren für ihn Waren. Er verkaufte sie, las aber so gut wie nichts außer Prospekten. Vielleicht noch mal ein paar Rezensionen. Für mich ist es ein Rätsel, wie jemand, der sein Leben lang mit Büchern umging, so bildungsfern sein konnte.«

»Vielleicht war es das Geheimnis seines Erfolgs?«

»Das Bücherdorf Hillersum war nicht nur Kulturprojekt«, erläuterte die Studienleiterin. »Es war auch ein Vorhaben, in das de Groot und ein paar andere sehr viel Geld investiert hatten und das nun die ersten Gewinne abzuwerfen beginnt. Die Organisationsstruktur ist noch nicht genau festgelegt. Soll das Ganze ein lockerer Zusammenschluss von Geschäftsleuten und Bildungseinrichtungen werden? Oder soll eine große einheitliche Firma mit klarer Leitung entstehen? Das war der große Traum von Axel de Groot.«

»Hat Okko tom Brok nicht auch so einen ähnlichen Traum für Ostfriesland gehabt?«, bemerkte Fabricius. »Axel de Groot hat in *Wilde Äcker* die Rolle seines Lebens gespielt

»Ausgespielt – meinen Sie wohl eher«, antwortete die Studienleiterin.

10

Fabricius' Handy klingelte. Er erkannte die Nummer seines Freundes Gerrit Roolfs.

»Hallo, Johannes, hier ist Gerrit. Was machst du heute Abend?«

»Nichts Besonderes. Ich muss gegen sieben Uhr zu einer Geschäftseröffnung. In offizieller Funktion sozusagen. Als die Symbolfigur dafür, dass Bücher auch etwas mit Literatur zu tun haben können. Aber danach habe ich frei. Komm doch mit zur Eröffnung. Das ist eine öffentliche Sache und bestimmt nicht unspannend. Eine Buchhandlung für Menschen von heute – so wurde das angekündigt.«

»Ich bin dabei. Wo finde ich die Buchhandlung?«

»Gleich neben dem Rathaus in einer Seitenstraße. Eigentlich nicht zu verfehlen. Die neue Buchhandlung wird von Ulli de Groot eröffnet, dem Vetter von Axel de Groot. Er ist wieder nach Ostfriesland zurückgekommen und hat heute seinen ersten Auftritt.«

»Hört sich nicht unspannend an. In Ordnung, bis nachher«, sagte Roolfs und legte auf.

Johannes Fabricius streckte sich auf dem Bett in seinem Akademiezimmer aus.

In der Ecke stand sein Cello. Nachher fand eine Probe für das bevorstehende Geburtstagskonzert des Fürsten statt. Carl Edzard hatte sich in diesem Jahr die drei *Tageszeiten-Sinfonien* von Joseph Haydn gewünscht. In diesen Sinfonien hatte eine Reihe von Solisten die Gelegenheit, mit ihren Instrumenten zu brillieren. An einigen Stellen hatte sogar Fabricius einen Solopart zu spielen. Die Musik war zurzeit das Einzige, das ihn bei Laune hielt.

Die Arbeit in seiner Buchhandlung begann Fabricius zu langweilen. Seine Beschäftigung im Bücherdorf Hillersum würde ein bisschen frischen Wind in sein Leben bringen. Vielleicht.

11

Hillersum war eigentlich nur ein größeres Dorf mit gut zweitausend Einwohnern. Als ehemaliger Hauptort einer alten ostfriesischen Herrlichkeit hatte es sich in früheren Zeiten zu einer gewissen Blüte entwickeln können. Die Häuptlingsfamilie hatte die wehrhafte Wasserburg nach dem Dreißigjährigen Krieg in ein Schloss umbauen lassen.

Außerdem gab es die große mittelalterliche Kreuzkirche mit einem hoch aufragenden Turm, eine Klosterkirche sowie ein Kantorenhaus und ein Waisenhaus aus dem 18. Jahrhundert. Einer der Hillersumer Häuptlinge war seinerzeit ein so überzeugter Pietist und Anhänger August Herrmann Franckes gewesen, dass er dessen Beispiel gefolgt war und als Ausdruck seiner Frömmigkeit ein Waisenhaus nach dem Vorbild von Franckes Waisenhaus in Halle erbauen ließ, obwohl es in Hillersum seinerzeit überhaupt keine Waisen gegeben hatte.

Das 19. Jahrhundert hatte ebenfalls bauliche Spuren hinterlassen: ein burgähnliches Rathaus mit wilhelminischem Selbstbewusstsein, ein Progymnasium, ein inzwischen geschlossener Bahnhof, eine stillgelegte Molkerei und das etwas zu groß geratenes Postamt im neogotischen Stil.

Schon mit diesem historischen Gebäudebestand schien das Dorf dazu bestimmt, ein touristischer Anziehungspunkt zu werden. Dazu kam der glückliche Umstand, dass Hillersum in den sechziger und siebziger Jahren einen starken wirtschaftlichen Niedergang erlebt hatte, der mit einem Bevölkerungsschwund und einem entsprechend niedrigen Steueraufkommen verbunden war. Damals war die politische Gemeinde Hillersum eine der ärmsten Kommunen im Fürstentum Ostfriesland und in ganz Norddeutschland gewesen

Dieser Umstand erwies sich insofern glücklich, als dass

der Hillersumer Rat nicht die finanziellen Möglichkeiten gehabt hatte, Hauptstraßen zu verbreitern und Häuser abzureißen, um den Ort zu modernisieren. Auswärtige Firmen hatten keine Gebäude in Hillersum gekauft, um sie durch moderne Geschäftshäuser mit Waschbetonfassaden zu ersetzen. So hatte das historische Hillersum die Zeit überwintert, in der andere Innenstädte bis zur Anonymität entstellt worden waren. Und Hillersum war aus dem Schlaf erst erwacht, als sich das Gedankengut der Denkmalspflege in den Kommunen längst durchgesetzt hatte.

Den Anstoß zur Gründung des Bücherdorfes hatte Fürst Carl-Edzard selbst gegeben. Er hatte die Bücherdörfer Mühlbeck und Friedersdorf besucht und war dann auf ostfriesische Geschäftsleute zugegangen. Axel und Ulli de Groot waren sofort begeistert gewesen, und Axel hatte sich zum Pionier für ein ostfriesisches Bücherdorf entwickelt. Ein Arbeitskreis hatte sich gebildet: Buchhändler, Touristik-Geschäftsführer, Kommunalpolitiker, Leiter kultureller Einrichtungen, Investoren und Geschäftsleute aus der Region. Dass trotz der unterschiedlichen Besetzung dieses Kreises eine konkrete Planung entstehen konnte, grenzte schon an ein Wunder.

Fördergelder der EU waren beantragt und in sehr viel höherem Umfang bewilligt worden, als man zu hoffen gewagt hatte.

Die Straßen waren mit historischer Bepflasterung versehen, Privathäuser und öffentliche Gebäude mit hohen Kosten und ebenso hohem handwerklichen Können restauriert worden. In leerstehenden Geschäften und in historischen Gebäuden eröffneten Antiquariate, Kunstgalerien, Restaurants, Cafés, Boutiquen.

Gleichzeitig schien der Fremdenverkehr den bisher verschlafenen Ort zu entdecken: Die Nähe zur Autobahn nach Emden, der große Kiessee, die Kanäle und Wälder wurden plötzlich in ihrer Attraktivität für den Tourismus erkannt.

Zwischen Wald und See wurde gerade eine großzügige Anlage mit sechzig Ferienhäusern gebaut. Der Bau eines Familienhotels mit einer aufwändigen Außenanlage war vor Jahren gestoppt worden, und die Baustelle wartete auf neue Investoren.

Hillersum erlebte eine zweite Blütezeit.

Gerrit Roolfs parkte sein Auto auf dem Rathausparkplatz. In einer Viertelstunde würde die Geschäftseröffnung beginnen. Er beschloss, einen kleinen Rundgang durch den Ort zu machen.

Er ging einmal um den Kirchplatz und bewunderte die Fassaden sorgfältig wiederhergestellter Bürgerhäuser vergangener Zeiten. Allein hier entdeckte er drei Buchhandlungen. In der ehemaligen Volksschule am Markt residierte jetzt ein Antiquitätenladen mit dem Namen *Schiet un' Strund*.

Gerrit Roolfs sah auf die Uhr. Bisher hatte er die Buchhandlung, zu der Fabricius ihn bestellt hatte, noch nicht gefunden.

Er ging auf zwei alte Männer zu, der auf einer Bank saßen. »Moin, können Sie mir wohl sagen, wo hier die neue Buchhandlung eröffnet wird?«

Der eine sah weiterhin verdrießlich nach unten, während der andere ihn musterte, ohne etwas zu sagen.

»Heute macht hier eine neue Buchhandlung auf. Können Sie mir sagen, wo ich die finde?«, fragte Roolfs diesmal mit weniger Freundlichkeit und etwas mehr Nachdruck.

Der Alte, der ihn anschaute, zog die Mundwinkel nach unten. »Ein Büchergeschäft?« Er schüttelte den Kopf. »So wat bruken wi hier nich! Wi lesen keen Booken.«

12

Lesen und Leben stand in großen rotblauen Buchstaben über dem Eingang zur Buchhandlung. Die drei nebeneinander stehenden Geschäftshäuser in der Hauptstraße hatte der Unternehmer Ulli de Groot zu einem großzügigen, modernen Ladenkomplex umgestalten lassen. Im Hillersumer Rathaus hatte man schon während des Umbaus die Bauvorschriften geändert, um weitere Projekte dieser Art zu verhindern.

Hauptkommissar Roolfs sah sich das Gebäude noch einmal an, bevor er die Buchhandlung betrat. Die aufwändige Konstruktion aus Stahl und Glas war eine nicht sehr glückliche Verbindung mit dem historischen Gebäudebestand eingegangen. Aber wie bei einer unglücklichen Ehe erregte diese Verbindung mehr Aufmerksamkeit als die harmonischer modernisierten Gebäude in der Nachbarschaft. Und genau mit dieser Absicht war der Umbau schließlich durchgeführt worden.

Gerrit Roolfs war einer der letzten Gäste, die das überfüllte Foyer der Buchhandlung betraten. Er hörte eine laute Stimme. Ein Mann lachte dröhnend und klopfte mit ausladender Geste Johannes Fabricius auf die Schulter.

»Wissen Sie, Herr Fabricius, die Zeiten sind vorbei, in denen Buchhändler bebrillte ältere Herren mit Fliege und Tweedsakko waren, die in ihrer Freizeit Goethe lasen und nicht wussten, wie man einen vernünftigen Jahresabschluss macht.« Ulli de Groot lachte dröhnend und klopfte mit ausladender Geste Johannes Fabricius auf die Schulter. In diesem Moment sah Johannes, dass Gerrit hereinkam.

»Das Buch wird die elektronischen Medien überdauern, weil es sinnlich ist. Sie berühren es, Sie riechen es, Sie hören es, wenn Sie die Seiten aufblättern. Lesen ist ein erotische Erfahrung.« Noch einmal lachte Ulli de Groot laut auf und fuhr dann fort, Fabricius zu belehren: »Die Leute wollen nicht nur Worte kaufen. Ich habe mir Ihre Buchhandlung mal angesehen. Tolle Sache, so eine Fürstliche Hofbuchhandlung. Das ist ja so, als ob man beim Fürsten persönlich seinen Krimi kauft. Da könnten Sie durchaus noch ein bisschen mehr draus machen. Verstehen Sie, was ich meine?«

Erwartete er tatsächlich, dass Fabricius ihm darauf eine Antwort gab? Gutmütig legte Ulli de Groot ihm seine Hand auf die Schulter und erklärte weiter: »Wer sich einen neuen Anzug kauft, ist schön. Wer sich einen coolen Wagen kauft, ist cool. Wer sich ein Buch kauft, ist ein Kulturmensch. Heute verkaufen wir den Leuten nicht nur eine Ware, wir verkaufen ihnen Identität. In der alten Schmiede habe ich eine Kunstwerkstatt eingerichtet. Wunderbare Sache! Die Frauen, die da mitmachen, zahlen tausend Euro pro Woche, und nach 14 Tagen haben sie ihre eigene Vernissage. Sie sind Künstlerinnen. Was wollen Sie mehr? Wir verkaufen, dass man irgendwo dazugehört.«

Ulli de Groot lächelte verschwörerisch. »Ein Freund von mir hat in Meck-Pomm eine Ranch für Männer aufgemacht. So was für Leute zwischen Mitte vierzig und Mitte sechzig. Wissen Sie, was die da machen für ihr teures Geld?«

Fabricius deutete ein Nicken an. Er hasste Gespräche, in denen er nur Zustimmung signalisieren sollte und sogar noch dabei von seinem Gesprächspartner unterbrochen wurde. Er räusperte sich und schaute betont auf seine Uhr.

»Ja, Sie haben recht, Herr Fabricius«, sagte de Groot. »Nu geiht dat los.« Er sah Fabricius einen Moment eindringlich an. »Es war schön, mal mit Ihnen zu philosophieren. Sollten wir mal bei einem Glas Rotwein fortsetzen.« Er klatschte ein paarmal in die Hände, bis das Gemurmel verstummte.

13

Ein Streichquartett musizierte den ersten Satz von Joseph Haydns Vogelquartett. Die vier Damen trugen unförmige Wollpullover und Halsketten aus bunten Holzperlen in der Größe von Tischtennisbällen.

Nach ein paar Handvoll Applaus ergriff Ulli de Groot das Wort: »Dass ich nicht nur mit Büchern meine Brötchen verdiene, das wissen Sie ja schon.«

Gerrit Roolfs stellte sich neben Johannes Fabricius. Er hörte, wie sein Freund betont durch die Nase ausatmete.

Ulli de Groot fuhr fort: »Zugegeben, meine Torten schmecken etwas besser als meine Bücher, aber dafür hat Papier eine längere Haltbarkeit.«

Etwas bemüht lächelten die Anwesenden. Die Quartettdamen blickten mit eisiger Miene in ihre Noten.

Roolfs beschloss, de Groots Vergleichen von Backwaren und Büchern nicht länger zuzuhören. Er nahm Johannes Fabricius beim Arm und zog ihn weiter nach hinten.

Fabricius sah deprimiert aus. »Gerrit, wie kann ein intelligenter Mann so dumm sein?«

»Du sprichst eines der großen Menschheitsrätsel an, Johannes.«

Ein kleiner Mann in grauem Anzug und roter Fliege drehte sich zu Roolfs um. »Mit diesem Bücher-Supermarkt kann Ulli de Groot in kurzer Zeit das Bücherdorf plattmachen. Er wird uns alle in den Boden stampfen mit seinen Kochbüchern, Reiseführern, Krimis und Espressomaschinen. Wissen Sie das?«

»Heute fragen mich alle so schwierige Sachen«, seufzte Gerrit Roolfs.

»Das ist Jürn Renken«, flüsterte Fabricius ihm zu. »Der hat hier ein paar Häuser weiter seine Buchhandlung.«

Ulli de Groot kam zum Abschluss seiner Rede: »So,

wie Kunst von können kommt, so kommt die Gunst von gönnen. Also gönnen Sie sich was. In der ersten Etage ist ein Büfett aufgebaut.«

Ein trockener Applaus folgte. Die Gäste drängelten laut schwatzend nach oben, während die vier Damen mit beleidigtem Gesichtsausdruck den vierten Satz des Vogelquartetts begannen.

»Er wird uns alle platt machen. Es sei denn, dass jemand ihn platt macht«, raunte der Mann im grauen Anzug Roolfs zu und verschwand.

14

Ulli de Groot ging noch einmal durch sein Geschäft, großräumige Ladenflächen auf drei Etagen. Ganz unten die Berge von Bestsellern und das *Café au Lit* im Fünfziger-Jahre-Stil. In der ersten Etage etwas von allem: neuere Literatur, Sachbücher, Reiseführer, Hobbybücher. Dazwischen hingen Aquarelle von regionalen Künstlerinnen oder von Teilnehmerinnen der Kunstseminare an den Wänden.

Im oberen Stockwerk gab es dann Maritimes und die wohl größte Abteilung von Kochbüchern in Norddeutschland. In dem kleinen Restaurant im Nebengebäude sollten regelmäßig ausgewählte Rezepte ausgewählter Kochbücher auf der Speisekarte präsentiert werden.

Insgesamt gab es gar nicht so viele Bücher in de Groots Buchhandlung. Dafür war viel Platz für Wohnaccessoires, Bilder, Hörstationen für CDs, die es ebenfalls zu kaufen gab, sowie kleine Sitzgruppen, die zum Verweilen und zum Kauf der extravaganten Sitzmöbel einluden.

Ulli de Groot bedauerte, dass es ihm nicht gelungen war, ein Vorführstudio für DVDs einzurichten. Aber der Platz reichte einfach nicht aus. Wenn das kleine Antiquariat nebenan irgendwann wohlverdient pleite ging, könnte man es dazukaufen und die Angebotspalette erweitern.

»Ulli?«

De Groot erschrak. Er wusste nicht, dass außer ihm noch jemand in der Buchhandlung war. Hatten seine Mitarbeiter unter nicht abgeschlossen? Er hörte hinter sich eine Tür klappen.

»Was willst du, Uwe?« Ulli de Groot war verärgert, dass ihn jemand so erschreckt hatte, und er war noch mehr verärgert, dass ausgerechnet dieser Mann ihm einen solchen Schrecken eingejagt hatte.

Uwe Debelts baute sich mit seinen ein Meter neunzig vor ihm auf. »Ulli, das läuft so nicht.«

»Genau so wird es laufen, Uwe. Genau so läuft es schon«, antwortete de Groot und versuchte, ruhig zu bleiben.

»Ich lass mich nicht so einfach abservieren!«, entgegnete Debelts wütend.

»Ach ja? Damals hattest du aber keine Probleme damit, *mich* abzuservieren.«

»Damals wollte ich dir helfen, aber ich hatte das Geld nicht.«

»Aber du hattest genug Geld, um es in den Golfplatz zu investieren, Uwe.«

Debelts wand sich. »Ulli, das war zwei Jahre später. Und der Golfplatz war damals eine sichere Sache. Ich bin nicht der Einzige, der hier viel Geld investiert hatte, sicheres Geld.«

De Groot lachte hart. »Sicheres Geld? Dass ich nicht lache. Nun ist alles futsch, geplatzt wie eine Seifenblase. Du hättest damals in unsere Freundschaft investieren sollen. Wir hätten eine Goldgrube aus dem Familienhotel machen können. Sonst lässt du dir doch auch kein gutes Geschäft entgehen.«

Debelts wollte etwas erwidern, als eine Tür klappte. Eine Frau in Kittelschürze und mit einem Putzwagen durchquerte den Raum und nickte den beiden Männern zu.

»Lassen Sie sich nicht stören«, rief Ulli de Groot ihr zu und wandte sich wieder Debelts zu. »Ich weiß, was da gelaufen ist, Uwe. Ich wurde euch zu groß. Du und die anderen, ihr wolltet mich fertigmachen. Und dann kam ich in eine Situation, in der ich plötzlich eure Hilfe brauchte, und ihr habt mich am ausgestreckten Arm verhungern lassen. Du hättest dein Geld lieber ins Klo gespült, als mir zu helfen. Glückwunsch, ihr habt es geschafft. Pech, jetzt bin ich wieder da.«

»Ulli, du musst das Geschäftliche und das Private trennen.«

»Siehst du, das ist eben der Unterschied zwischen uns beiden. Das Geschäftliche und das Private gehören für mich ganz eng zusammen. Das Geschäftliche nehme ich immer sehr persönlich.«

»Ich brauche den Auftrag, Ulli: sanitäre Einrichtungen für sechzig Ferienhäuser. Ich mache ein super Angebot. Wir werden hundertprozentige Qualität liefern. Ulli, bitte! Ohne den Auftrag gibt mir die Bank nicht den Kredit.«

Ulli de Groot erwiderte: »Du bist fertig, Uwe. Unser Gespräch ist beendet.«

Der große Uwe Debelts wirkte auf einmal klein. Wankend verließ er die Buchhandlung. In der Tür drehte er sich um und baute sich noch einmal zu voller Größe auf. »Wir sprechen uns noch, Ulli. Man trifft sich immer ein zweites Mal.«

»Dies hier war schon das zweite Mal, Uwe.«

15

Gerrit Roolfs und Johannes Fabricius saßen im *Hillersumer Weertshuus*. Am Nebentisch machten sich die vier Quartettdamen über die Eröffnungsveranstaltung lustig. Sie sprachen laut und redeten einander mit Vor- und Nachnamen an. Auch Dritte nannten sie nur mit vollem Namen.

»Ich weiß, was du hier willst«, eröffnete Gerrit das Gespräch.

»Da weißt du mehr als ich«, erwiderte Johannes. »Ich weiß nicht, ob ich mir selber etwas vormache. Offiziell bin ich hier, um ein paar Sommerkurse in Literatur für Halbgebildete zu geben. Für Carl-Edzard bin ich hier, um einen eventuellen Mord an Axel de Groot schonend aufzuklären, von dem keiner weiß, ob es überhaupt Mord oder Unfall war. Und was ich selber hier will, weiß ich nicht so genau. Vielleicht brauche ich mal eine Auszeit.«

»Die brauchst du fast jedes Jahr, Johannes. Wir haben uns in den Fall Axel de Groot reingekniet. Wir haben aus Wirtschaft und Politik ein paar Signale bekommen, dass eine weitere öffentliche Ermittlungsarbeit der wirtschaftlichen Entwicklung der Region nicht förderlich ist. Aber wir haben auch wirklich nichts gefunden, was uns an einem Unfall zweifeln lässt.«

»Wie geht es deinem Kriminaldirektor?«

»Es geht«, antwortete Gerrit. »Lothar hat Riesenschwein gehabt, und er erholt sich langsam. Hat wieder gut aufgebaut. Ich glaube aber nicht, dass er noch mal wieder in den Dienst kommt. Jammerschade. Wir könnten ihn gut noch eine Weile brauchen, zumindest, um Karrieretypen wie Chris Gronewold fernzuhalten.«

»Warum hast du den Job nicht bekommen?«, fragte Johannes.

»Mein Kollege hat es richtig gemacht. Während ich meine

Arbeit gemacht habe, hat er an seinen Beziehungen nach oben gearbeitet.«

»Verbittert?«

»Ein bisschen. Ich kann nicht immer so Sprüche machen: dass es nur auf das Innere ankommt.«

16

Oberstudienrat Ernst Oldewurtel war rundum zufrieden. Er saß am Schreibtisch in der Bibliothek des Herrlichkeitsmuseums und blinzelte in die Morgensonne. Eigentlich war es *sein* Schreibtisch, es war *seine* Bibliothek, es war *sein* Museum. Er hatte das alles in den letzten zehn Jahren aufgebaut.

Als Oldewurtel sein Amt als zweiter Vorsitzender angetreten hatte, war der Hillersumer Heimatverein nur ein monatlicher Teenachmittag für Senioren mit Akkordeonmusik gewesen. Mit den Jahren hatte sich der Heimatverein zu einem aufstrebenden Kulturverein entwickelt. Natürlich gab es immer noch den Seniorentee, aber das war nur eine von vielen Sparten. Dazu waren mit den Jahren weitere Arbeitsbereiche gekommen: die plattdeutsche Bühne, die Tanzgruppe, eine Gruppe für Brauchtumspflege, ein ehrenamtliches Team für das Café im Seitengebäude des Museums, eine Arbeitsgruppe für Ortsführungen und der heimatgeschichtliche Arbeitskreis, an dem sein Herz besonders hing. Die Mitgliederzahl im Heimatverein hatte sich in den letzten Jahren fast vervierfacht.

Oldewurtel hatte seinerzeit dafür gekämpft, dass das alte Hillersumer Amtsgericht gekauft und umgebaut werden konnte. Den Aufbau des Museums für die Herrlichkeit

Hillersum und für die Geschichte der ostfriesischen Herrlichkeiten in diesem Gebäude hatte er geleitet. Für seine Verdienste war Ernst Oldewurtel im vergangenen Jahr von Fürst Carl Edzard II. mit der Ubbo-Emmius-Medaille des Fürstentums Ostfriesland ausgezeichnet worden

Heute würde er das letzte Kapitel seines Buches mit Biografien bedeutender ostfriesischer Häuptlinge beginnen. Er startete den Computer. Unterrichten musste er erst in der dritten Stunde. Sein letztes Schuljahr als Lehrer für Deutsch und Geschichte am Gymnasium Ulricianum in Aurich würde schon in ein paar Wochen zu Ende sein. Er freute sich auf seine Pensionierung.

Der alte Vorsitzende des Heimatvereins war gerade rechtzeitig verstorben. Vor einer Woche hatten sie an seinem Grab gestanden, und bei der nächsten Jahreshauptversammlung in einem Monat würde ein neuer Vorsitzender gewählt werden.

Ernst Oldewurtel hatte keinen Zweifel, dass die Wahl auf ihn fallen würde. Und auch niemand anders im Vorstand zweifelte daran. Nach außen hin hatte zwar der alte Vorsitzende die Geschäfte geführt, aber im Hintergrund war während der ganzen Zeit er derjenige gewesen, der in Wirklichkeit die Arbeit geleistet, die Ideen geliefert und den Verein geleitet hatte.

Nun sollte etwas Neues beginnen. Ernst Oldewurtel hatte viele Pläne für den Verein, für das Museum, für Hillersum, für sein eigenes Leben.

Es klingelte unten an der Tür. Er wunderte sich, dass um diese frühe Zeit schon Besucher kamen. Die Öffnungszeiten waren an der Eingangstür doch deutlich lesbar angebracht.

Als er mit dem schwer klimpernden Schlüsselbund den langen Flur zur Tür ging, erkannte er im kleinen Türfenster den Mann, der draußen geklingelt hatte. Vor dem Eingang stand Ulli de Groot.

17

»Ulli?«, fragte Ernst Oldewurtel erstaunt. »Ich meine, Herr de Groot.« Er lachte angestrengt. »Manchmal rutscht mir das noch so raus … obwohl, die Schule, das ist ja schon lange her. Was kann ich für Sie tun? Kommen Sie doch rein.«

Der Lehrer führte seinen ehemaligen Schüler in die Eingangshalle des Museums.

Ulli de Groot blieb einen Moment stehen und sah sich um. Er zog die Mundwinkel nach unten und nickte: »Das hat sich ja gelohnt.«

Oldewurtel lachte verlegen. »Tja, das war auch viel Arbeit. Und die nötigen Gelder zu bekommen, das war auch nicht einfach.«

»Und Sie denken, meine Firma hätte das nicht so hinbekommen?«

»Ulli … Herr de Groot. Darum geht es doch gar nicht. Drei Firmen haben damals bei der Ausschreibung mitgemacht. Ihr Angebot war das teuerste, und Alwin hat das günstigste abgegeben. Wir mussten ihn nehmen.«

»Es hat ihm nicht viel genützt.«

»Ich weiß«, antwortete Oldewurtel. »Der Golfplatz hat auch ihn zugrunde gerichtet. Was macht er jetzt eigentlich?«

»Er arbeitet in meiner Firma.«

»Oh, das freut mich. Ich meine … Wir können uns auch gern setzen, wir müssen hier nicht …« Oldewurtel lehnte sich an den Eingangstresen. De Groot sollte nicht sehen, wie nervös er war, aber vermutlich hatte er es schon bemerkt.

»Es wäre ja auch schade, einen so erfahrenen Bauunternehmer in der Arbeitslosigkeit zu belassen«, erklärte de Groot. »Von Alwin kann man eine Menge lernen. Zum Beispiel, wie man als teuerster Anbieter bei der Ausschreibung der billigste und nachher bei der Abrechnung wieder

der teuerste sein kann.« De Groot strich beinahe zärtlich über den Wandputz beim Treppenaufgang und zerrieb ein paar Stückchen, die sich gelöst hatten, in seiner Hand.

Oldewurtel bemühte sich, ganz ruhig und konzentriert zu sprechen. »Ich weiß nicht, was Sie meinen.«

»Alwins Erinnerungsvermögen funktioniert da wohl noch ein bisschen besser. Die Aussicht auf einen guten Job nach einer Zeit der Arbeitslosigkeit hat sein Gedächtnis in Schwung gebracht. Wir haben uns sehr lange unterhalten, und ich habe mal in alten Unterlagen geblättert. Geschichte ist wirklich interessant. Besonders wenn man dann in die Gegenwart schaut. Das konnte man bei Ihnen im Unterricht doch lernen.« Ulli de Groot lächelte. Seine Lippen bildeten einen schmalen Strich.

Er deutete auf die Putzstelle beim Treppenaufgang. »Das darf aber nach ein paar Jahren noch nicht passieren. Da muss noch mal jemand ran. Ich werde mal einen von meinen Leuten vorbeischicken. Kostenlos natürlich, schließlich bin ich ja Mitglied hier in diesem Verein. Schon seit Jahren.« De Groot ließ noch einmal seinen Blick in der Eingangshalle kreisen. Dann nickte er. »Insgesamt lässt sich hieraus doch etwas machen. Ich habe viele Pläne.«

Oldewurtel war verblüfft. »Pläne? Ich verstehe nicht so ganz.«

»Ich werde bei der Jahreshauptversammlung für den Vorsitz im Heimatverein kandidieren«, erklärte Ulli de Groot. »Ich möchte den Verein und das alles hier in ein anderes Fahrwasser bringen. Sie haben aus dieser Anlage ein Nest für Museumsratten und Bücherwürmer gemacht. Hier können wir viel gutes Geld verdienen.«

»Für den Vorsitz?«

»Natürlich«, erwiderte de Groot. »Wie jedes andere Vereinsmitglied kann ich mich für die Wahl aufstellen lassen.«

Oldewurtel lachte verächtlich. »Sie glauben doch nicht, dass Sie gegen mich auch nur die geringste Chance haben?«

Ulli de Groot antwortete gelassen: »Natürlich nicht. Aber Sie werden gar nicht erst kandidieren. Sie waren immer ein guter zweiter Mann, und das werden Sie auch bleiben. Ich bin auf Ihre Erfahrung angewiesen.«

Oldewurtel schluckte. Er hatte schon die ganze Zeit gespürt, dass eine Drohung in der Luft lag. Jetzt würde de Groot damit herausrücken.

»Herr Oldewurtel, ich habe mir die ganzen Unterlagen von damals noch einmal angesehen. Fragen Sie mich bitte nicht, wie ich das gemacht habe, aber ich habe von allen Vorgängen eine Kopie. Und Alwin war auch einigermaßen gesprächig. Ich weiß, was damals bei der Ausschreibung gelaufen ist. Und ich weiß, dass bei dieser Geschichte viel Geld geflossen ist, öffentliches Geld, einiges davon ist auch in Seitenkanäle geflossen. Muss ich deutlicher werden? Sie haben doch bestimmt auch ein Interesse daran, dass diese Dinge unter uns bleiben.«

Oldewurtel war kreidebleich. Zum ersten Mal hatte er richtig Angst. »Die anderen im Vorstand …«

»Keine Panik, Herr Oldewurtel«, fuhr de Groot fort. »Ich habe mit den anderen Vorstandsmitgliedern gesprochen. Ich habe gestern ein paar Besuche gemacht und nett mit ihren Vorstandskollegen über Dinge geplaudert, von denen niemand so gern möchte, dass sie an die Öffentlichkeit kommen. Ich habe ein paar Vorschläge gemacht und ein bisschen Geld zur Verfügung gestellt. Wir konnten uns einigen. Sie werden meine Kandidatur unterstützen. Das wollte ich Ihnen nur sagen. Ich wünsche noch einen guten Tag.«

Er nickte und verließ das Museum.

Oldewurtel brauchte einen Moment, um sich aus seiner Erstarrung zu lösen. Dann ging er Ulli de Groot ein paar Schritte nach. Er packte seinen ehemaligen Schüler am Arm und herrschte ihn an: »Wie kannst du es wagen, in diesem Ton mit mir zu reden! Wenn du glaubst, dass du dich hier mit deinem Schicki-Micki-Kram breitmachen kannst, dann hast du dich getäuscht. Begehe nicht den Fehler, mich zu unterschätzen! Ich mach dich fertig!«

Ulli de Groot umklammerte Oldewurtels Hand so fest, dass dieser vor Schmerz zusammenzuckte. »Ich liebe ein offenes Wort, Herr Oberstudienrat. Wir werden bestimmt gut zusammenarbeiten.«

18

Günther Neeland zögerte. War die Ampel eben rot gewesen? Er sah in den Rückspiegel. Der Wagen hinter ihm fuhr ebenfalls über die Kreuzung.

Zu dumm, dass er gerade jetzt die Antiquitätenmesse stattgefunden hatte. Aber nach dem Tod von Axel de Groot lag die Hauptverantwortung für das Geschäft bei ihm. Er war immer Axel de Groots rechte Hand gewesen, und Axel hatte in vielen geschäftlichen Fragen Günther Neeland um Rat gefragt. Sie waren ein eingespieltes Team gewesen. Axels Frau Sabine ließ ihm in allen Dingen freie Hand, aber Günther Neeland fühlte sich mit der alleinigen Verantwortung für den Betrieb überlastet. Vor allem ließ ihm die viele Arbeit wenig Zeit für Katja. Zu wenig Zeit.

Dass Ulli de Groot gerade in diesen Tagen zurückkommen würde, hatte er befürchtet. Seine Sorge war jetzt Katja. In einer halben Stunde würde er bei ihr sein.

Erinnerungsbilder fluteten ihm durch den Sinn, als würde man ein Fotoalbum flüchtig durchblättern und für einen Moment bei einigen Bildern verweilen.

Katja Tiedgen hatte er schon in der Schule geliebt, aber nur aus der Ferne, denn ein so harmloser Junge wie er hatte nie eine Chance bei ihr gehabt. Sie hatte es immer zu den älteren Jungs hingezogen, die in den Raucherecken auf dem Schulhof standen.

Nach vielen Jahren hatte er sie wiedergetroffen. Er hatte den Beruf des Restaurators im Handwerk erlernt und danach an der Fachhochschule studiert und sein Diplom gemacht. Sie hatte ihre Ausbildung zur Arzthelferin abgebrochen, um zu heiraten und schon nach zwei Jahren geschieden zu werden. Ihre kleine Tochter war bei ihren Eltern untergebracht, weil sie sich mit der Erziehung überfordert gefühlt hatte.

Günther Neeland hatte ihr geholfen und ihre Freundschaft erworben. Er hatte gehofft, dass die Freundschaft bei ihr irgendwann in Liebe umschlagen würde, aber dann war damals Ulli de Groot gekommen. Die Beziehung mit Ulli hatte Katja ausgelaugt wie eine schwere Krankheit. Nach der Auflösung der Firma hatte Ulli ein neues Leben begonnen, und in diesem neuen Leben war kein Platz mehr für Katja gewesen.

Alle Erinnerungen waren auf einmal wieder da: Katjas Zusammenbruch, die Besuche bei Ärzten und Heilpraktikern, die Klinik, in der Katja eine Therapie angefangen und wieder abgebrochen hatte. Sie war nach einiger Zeit in die Ferienwohnung in Günther Neelands Haus eingezogen. Von Liebe oder Heirat war nie die Rede gewesen, doch sie wohnten seitdem zusammen und in gewisser Weise lebten sie auch zusammen, manchmal miteinander und manchmal auch nur nebeneinander.

Günther Neeland parkte seinen dunkelblauen Mercedes vor dem Haus. Katja Tiedgens rotes Cabriolet stand auf der Einfahrt. Im Haus brannte Licht. Katja war zu Hause.

Sie stand in der Küche, als Günther Neeland hereinkam. Er sah, wie sie sich betont langsam umdrehte, wie sie ihn anlächelte, wie sie zu Boden schaute.

»Ulli war hier«, stellte Günther fest.

Katja nickte.

»Und jetzt?«, fragte er.

Katja sah ihm in die Augen. »Ich habe meine Sachen gepackt. Ich glaube, Ulli braucht mich jetzt.«

Günther Neeland sagte nichts. Seine ganze Anspannung löste sich in diesem Moment. Auf einmal erfüllte ihn eine vollkommene Ruhe. Er hatte das Gefühl, alles in aller Klarheit zu sehen wie ein unbeteiligter Zuschauer: Katja, sich selbst und seine Beziehung zu ihr.

Katja sagte mit bebender Stimme: »Günther, es tut mir so leid. Ich weiß, was du alles für mich getan hast ...«

Günther Neeland zuckte mit den Achseln und ging.

19

Hanna Siefkes sah überhaupt nicht so aus, wie Johannes Fabricius sich die Inhaberin einer Frauenbuchhandlung vorgestellt hatte. Wobei er sich eingestehen musste, dass er gar nicht genau wusste, wie er sich die Inhaberin einer Frauenbuchhandlung vorstellen sollte. Die Klischees von rotgefärbter Igelfrisur und faustgroßen Ohranhängern sagten wohl doch mehr über die inneren Befindlichkeiten der Männer aus.

Hanna Siefkes sah aus wie eine Elfe. Sie trug ein weißes Leinenkleid, ihre blonden Haare reichten bis zur Taille. Sie strahlte Fabricius mit einem so bezaubernden Lächeln an, dass ihm fast benommen wurde. Ihre Stimme war ein feines Glockenklingeln.

»Herr Fabricius, ich freue mich, dass Sie mich besuchen. Ich hatte erfahren, dass Sie in den nächsten Tagen alle Buchhandlungen besuchen wollen. Möchten Sie einen Milchkaffee?«

»Ja«, konnte Fabricius mit Mühe antworten. Er fühlte sich wie ein Neuntklässler, der sich in ein Mädchen aus der Oberstufe verliebt hatte und von ihr beim Schulfest zu einer Cola eingeladen wurde. Dabei musste er mindestens zehn Jahre älter als sie sein.

»Zucker?«, frage Hanna Siefkes.

»Nein«, antwortete er.

Hanna musste ihn für ziemlich beschränkt halten, denn außer Ja und Nein hatte er bisher noch nichts gesagt.

Während sie in einem der hinteren Räume den Kaffee zubereitete, sah er sich um.

Diese Buchhandlung war ein Traum. Sie befand sich in einem stattlichen Bürgerhaus aus der Zeit um 1800. Einige wenige Ausstattungsstücke aus der Zeit des Klassizismus waren in die Inneneinrichtung integriert worden: ein Kachelofen, ein Vitrinenschrank, eine Sitzgruppe aus vier Stühlen um einen Tisch. Am Fenster stand ein Schreibtisch im Empirestil.

Die Bücherregale waren weiß lackiert. Der Dielenfußboden war gut aufgearbeitet. Die Tapeten – Längsstreifen in Pastelltönen – schlossen oben mit einer Bordüre ab.

Die Ladenräume erstreckten sich im gesamten Erdgeschoss bis auf die hinteren Wirtschaftsräume. Die obere Etage und das Dachgeschoss beherbergten eine großzügige Wohnung, in der die Ladeninhaberin lebte.

Das Sortiment war mit Sachverstand und Geschmack zusammengestellt – das sah Fabricius, als er durch die Räume ging und seinen Blick über die Regale schweifen ließ. Natürlich waren die klassischen Frauen- und Emanzipationsthemen hier vertreten, aber vor allem schien Hanna Siefkes ihre Buchhandlung auf Frauenkultur auszurichten.

Er stand vor einem Regal mit Biografien berühmter Frauen, Wissenschaftlerinnen, Autorinnen, Nonnen, Politikerinnen, Pädagoginnen, Künstlerinnen. Aufgeblättert lagen auf dem Tisch zwei großformatige Bildbände über

Frauen in der Reformationszeit und führende Frauen in der Sozialdemokratie.

Im nächsten Raum ging es um Schriftstellerinnen. Besondere Schwerpunkte waren Jane Austen und die Brontës, Selma Lagerlöf, Astrid Lindgren, Ingeborg Bachmann, Gabriele Wohmann, Doris Lessing. Ihre Porträts hingen über den Regalen. Auf einem Tisch war eine Auswahl von Büchern dieser Autorinnen ausgebreitet.

Fabricius hatte das Gefühl, in einer richtigen Buchhandlung zu sein, ja, mehr noch: Er war in einem wunderbaren Traum, und gleich würde die Traumprinzessin ihm Kaffee servieren, und er würde über tiefsinnige Geheimnisse der Literatur plaudern, und sie würde in ihm den Mann erkennen, auf den sie schon immer gewartet hatte, ohne es zu wissen. Im Glas des Vitrinenschranks sah Fabricius sein Spiegelbild, und auf einmal kam er sich lächerlich vor.

Fabricius setzte sich in einen der Sessel und nahm einen Roman in die Hand, den eine Kundin oben auf die anderen Bücher in einer Regalreihe gelegt hatte: *Die Buchhandlung* von Penelope Fitzgerald. Er blätterte in dem Buch, das den Versuch einer Frau schilderte, in einer Kleinstadt eine Buchhandlung zu führen, während ihre Mitbürger sich diesem Unternehmen mit allen Kräften widersetzten.

Plötzlich wurde die Tür geöffnet. Eilige Schritte durchquerten den Laden. Fabricius konnte von seinem Sessel aus nicht erkennen, wer es war.

Fabricius blätterte weiter. Der Besucher musste in die Küche gegangen sein, denn von dort waren Hannas Stimme und eine Männerstimme zu hören.

Warum mache ich nicht eine Buchhandlung in Hillersum auf, dachte Fabricius. Ob er damit existieren könnte? Vielleicht würde er sich mit dieser Idee auseinandersetzen müssen, wenn es keine Zukunft für seine Buchhandlung in Norden gab. Fabricius verwarf den Gedanken. Er hatte keine Lust, sich mit diesem besorgniserregenden Thema zu befassen. Alles hatte seine Zeit, auch das Verdrängen.

Fabricius las den Schluss des Romans und blieb an dem Satz hängen, mit dem der Roman endete und der die endgültige Abreise der Buchhändlerin nach der Aufgabe ihrer Buchhandlung schilderte: *Als der Zug aus dem Bahnhof hinausfuhr, hielt sie den Kopf gesenkt vor Scham, dass die Stadt, die fast zehn Jahre lang ihr Wohnort gewesen war, keine Buchhandlung gewollt hat.*

Diese Art Lektüre war überhaupt nicht das, was Fabricius jetzt brauchen konnte. Er stellte das Buch ins Regal.

Die Stimmen in der Küche wurden lauter. Unfreiwillig hörte Fabricius mit, denn die Küchentür war nur angelehnt.

»Ich lasse mich nicht von dir rauswerfen. Das kannst du mit mir nicht machen«, entgegnete Hannas Stimme heftig dem, was der Besucher gerade zu ihr gesagt haben musste.

»Dein Mietvertrag ist doch ein Witz«, konterte der Mann mit schneidender Stimme. »Du bezahlst im Monat für diese Butze hier weniger als für eine kleine Wohnung irgendwo unterm Dach. Du konntest Axel um deinen kleinen Finger wickeln, aber mit mir läuft das nicht.«

»Ich habe einen Mietvertrag«, antwortete Hanna. »Und der läuft noch mehr als fünf Jahre. Und bis dahin kannst du mich mal. Jetzt verlasse bitte mein Geschäft.«

»Stehen in dem Mietvertrag auch die sonstigen Leistungen drin, mit denen du Axel beglückt hast? Meinst du, ich weiß nicht, was zwischen euch gelaufen ist? Du kannst mir ja auch mal ein gutes Angebot machen, vielleicht lasse ich mit mir verhandeln.«

»Raus hier. Du bist ein Schwein!« Hannas Stimme war umgeschlagen.

Der Besucher ging. Im Vorbeigehen sah er Fabricius, der sich aus seinem Sessel erhoben hatte. Ulli de Groot drehte sich plötzlich zu ihm um.

»Steht Hanna bei Ihnen etwa auch auf der Gehaltsliste?«,

fragte er Fabricius und verließ die Buchhandlung, ohne auf Antwort zu warten.

Fabricius sah Hanna Siefkes an und hoffte, dass es ihm nun gelänge, etwas Intelligentes und Einfühlsames zu sagen.

»Ist der Milchkaffee schon fertig?«, erkundigte er sich.

20

Johannes Fabricius betrachtete das großformatige Bild in seinem Zimmer in der Akademie. Es war der Nachdruck eines Ölgemäldes von Malte Hoffmann, dem jungen Künstler aus Köln, der sich in Hagermarsch niedergelassen hatte und von dem zurzeit in ganz Norddeutschland die Rede war.

Mit dick aufgetragener, goldgelber Farbe war ein großes Rapsfeld als Quadrat gemalt, umgeben von einer dunkelgrünen Einfassung. Darüber leuchtete das verbleibende Drittel des Bildes himmelblau mit weißen Wolken-Ovalen. Wo Himmelblau und Grün aufeinander trafen, sah man ein paar ziegelrote Bauklötze.

Das Bild gefiel Fabricius. Vielleicht konnte er es ja nach Ablauf seiner Zeit in Hillersum kaufen. Solche Bilder malten Künstler über Ostfriesland, und ähnliche Bücher über Ostfriesland schrieben Autoren, die hier regelmäßig Urlaub machten oder seit einigen Jahren ansässig waren.

Ostfriesland, das war für sie grüne Landschaft und blauer Himmel, Wolken und Meer, Strand und Deich, Doornkaat und Tee, Grünkohl und Raps, Klootschießen und Wattwandern. Die Innenseite kanten sie kaum. Das mussten sie auch nicht, fand Fabricius.

Aber ihn störte, dass diese Leute so taten, als wäre es

ihr Ostfriesland. Dass sie es darstellten, als gehörten sie dazu, und als wäre das bisschen, was sie von Ostfriesland wussten, wirklich schon alles. Dabei wussten diese Leute nur wenig von den Wundern, von den Schönheiten, von dem Liebenswerten, von dem Hässlichen und von den Abgründen, die sich unter der Normalität auftaten.

Johannes Fabricius lehnte sich zurück und legte die Füße auf den Heizkörper. Er setzte seine Lektüre des Buches *Eine Geschichte des Lesens* von Alberto Manguel fort. Er war gerade an der Stelle angekommen, wo beschrieben wird, wie Augustinus in seinem Lehrer Ambrosius dem ersten stillen Leser begegnet, dem ersten Mann, der sich den Text nicht selbst laut vorlas.

Da klopfte es an der Tür.

Fabricius erschrak. War es vielleicht Hanna Siefkes? Nach seiner wenig angemessenen Frage nach dem Kaffee hatte er heute Vormittag einen schnellen Abgang vorgezogen, um die Peinlichkeit nicht noch schlimmer zu machen.

»Ja, bitte«, sagte er betont freundlich.

Ulli de Groot kam herein.

21

»Herr Fabricius, ich muss mich bei Ihnen entschuldigen. Darf ich einen Moment reinkommen. Das war vorhin eine etwas unglückliche Situation bei Hanna. Ich wusste nicht, dass Sie und Hanna ...«

»Frau Siefkes und ich haben einander heute Morgen das erste Mal gesehen«, erwiderte Fabricius. »Ich mache gerade in allen Buchhandlungen eine Art Antrittsbesuch.«

»Sie müssen sich nicht rechtfertigen. Hanna Siefkes ist eine sehr attraktive Frau«, antwortete de Groot leutselig.

»Diese Besuche gehören zu meinen Aufgaben, Herr de Groot. Ich muss hier ja erst einmal alles kennenlernen.«

Warum ließ er sich von solchen Leuten immer in eine Verteidigungsposition drängen, auch wenn es gar nichts zu verteidigen gab, dachte Fabricius. War nicht eigentlich de Groot zu ihm gekommen, um sich für sein Verhalten zu entschuldigen? De Groot musste sofort gemerkt haben, dass hier bei ihm eine undichte Stelle war.

»Herr Fabricius, ich will offen sprechen. Ich rede nicht schlecht über meine Gegner. Ich tue Ihnen nur Schlechtes. Hanna Siefkes war lange Zeit die Geliebte meines Vetters. Er hat ihr diese tolle Immobilie für 'nen Appel und 'n Ei überlassen. Das war ein faires Geschäft. Bett gegen Haus. Sie verstehen? Ich will gar nicht darauf herumreiten, dass sie Axel ausgenutzt hat. Das war Axels Sache. Aber Axel ist tot, und ich habe nicht vor, dieses Geschäftsverhältnis fortzusetzen.«

»Aber hat sie nicht einen Mietvertrag, der noch ziemlich lange dauert?«, fragte Fabricius und ärgerte sich sofort, dass er überhaupt zu dieser Angelegenheit Stellung nahm.

»Darauf lasse ich meinen Anwalt los«, bemerkte de Groot. »Ich habe mich Ihnen gegenüber heute früh im Ton vergriffen. Sie haben mit der Sache ja nichts zu tun. Ich möchte mich entschuldigen. Ich war ziemlich sauer, und da standen Sie auf einmal im Weg.«

»Machen Sie alles nieder, was Ihnen im Weg steht?«, fragte Fabricius trocken.

Ulli de Groot lachte. Fabricius verspürte erst in diesem Moment seinen Ärger über de Groot, aber er hatte kein Interesse an einem Streit mit ihm. Außerdem wurde er das Gefühl nicht los, dass sein Besucher sicher nicht nur gekommen war, um sich für sein schlechtes Benehmen zu entschuldigen.

»Herr Fabricius, ich will offen reden.«

Johannes Fabricius hatte gelernt, vorsichtig im Umgang mit Leuten zu sein, die besonders herausstellten, dass sie jetzt offen und ehrlich reden wollten.

»Interessieren Sie sich für den Posten als Geschäftsführer des Bücherdorfes?«, fragte de Groot.

»Ich glaube nicht«, sagte Fabricius. »Mir liegt weder das Geschäftliche noch das Führende.«

»Das glaube ich wiederum nicht. Sie führen eine erfolgreiche Buchhandlung«, bemerkte de Groot.

»Mag sein«, antwortete Fabricius kurz. Er entschied, seinem Gesprächspartner keine weitere Vorlage zu geben.

Für einen Moment war es still. Dann wurde de Groot unruhig. »Ja, Herr Fabricius, Sie wissen, dass die Stelle wieder ausgeschrieben wurde. Nach Axels Tod fand sich zunächst niemand, der den Job machen wollte.«

»Korrekt. Fürst Carl-Edzard hat einen kommissarischen Geschäftsführer eingesetzt, bis die Nachfolge geregelt ist. Die Ausschreibung im Februar brachte keine geeigneten Bewerbungen.«

»Und jetzt gibt es auch keinen richtig guten Bewerber.«

Fabricius ahnte, worauf de Groot hinauswollte. Er fragte: »Wäre das nicht etwas für Sie, Herr de Groot? Sie bringen doch alles mit, was man für diese Aufgabe braucht, Sie sind gelernter Buchhändler, haben Erfahrungen in der Leitung eines großen Unternehmens, Sie sind auch mal längere Zeit aus Ostfriesland raus gewesen, haben viele Kontakte. Soll ich Sie vorschlagen für den Job?«

Mit Mühe gelang es Ulli de Groot, sein Grinsen zu verbergen. »Wissen Sie was, Herr Fabricius? Das ist gar keine schlechte Idee. Darüber habe ich auch schon nachgedacht. Mein Vetter und ich sind sehr unterschiedlich. Aber ich habe da eine ähnliche Vision wie er. Für einige ist das Bücherdorf Hillersum ein netter Treffpunkt, wo der eine ein paar Bücher an den Mann bringt, der nächste macht eine gemütliche Frühstückspension auf und der dritte bietet Ponyreiten an. Das ist völlig unprofessionell. Wir müssen das Ganze zusammenfassen zu einer Einheit. Wir können etwas Gemeinsames aufbauen und präsentieren. Ich habe da auch schon mal einen Entwurf gemacht. Wollen Sie mal einen Blick darauf werfen?«

»Halten Sie das für realisierbar?«, fragte Fabricius.

»Wir zerreiben uns mit unseren unterschiedlichen Interessen. Vermieter wollen vermieten, Geschäftsleute wollen Geschäfte machen, Kulturtreibende treiben Kultur, und alle bremsen sich gegenseitig aus. Wir haben hier die einmalige Chance, ein gemeinsames Projekt aufzubauen, von dem alle etwas haben können. Schauen Sie sich nur die Sache mit dem Golfplatz an, wie das gelaufen ist. Da wollte jeder sein Ding durchziehen, und am Ende hatte niemand etwas davon.«

»Sie selbst haben ja auch einschlägige Erfahrungen machen müssen …«, stellte Fabricius nüchtern fest.

»Sie meinen das Familienhotel? In der Tat. Ich habe meine Fehler gemacht. Dazu steh ich. Damals haben mich mehrere Leute in die Pfanne gehauen. Sie hatten Angst, dass ich zu stark werde.« De Groot wurde heftiger. Dies war also seine wunde Stelle.

»Und meinen Sie nicht, dass diese Ängste immer noch da sind? Ihr Vetter hat sich doch auch vergeblich bemüht …«

»Mein Vetter war zu blauäugig. Axel meinte, dass man andere durch Argumente überzeugen muss. So funktionieren Menschen nun mal nicht. Das einzige Argument ist der Vorteil, den Sie aus einer Sache ziehen. Was verdienen Sie? Wo können Sie mehr mitreden? Wo stehen Sie besser da als vorher? Darum geht es. Alles andere sind Worte. Die kosten nichts. Ich bin Realist, Herr Fabricius. Nur gemeinsam können wir hier etwas erreichen, sonst wird aus unserem schönen Bücherdorf ein Flop. Altpapier.«

»Ihr Vetter Axel ist mit seinen Einigungsplänen gescheitert, genau wie Okko tom Brok. Es war die letzte Rolle seines Lebens«, stellte Johannes Fabricius fest.

»Ich werde nicht scheitern. Okko tom Brok hat sich selbst überschätzt und seinen Gegnern nicht viel zugetraut«, erklärte Ulli de Groot. »Ich traue mir und meinen Gegnern viel zu. Aber auch meine Gegner werden begreifen, dass sie von meinem Konzept nur profitieren können.«

»Davon war Okko tom Brok auch überzeugt, aber die anderen waren es nicht.«

»Stimmt. Ich habe die Aufführung vor ein paar Tagen gesehen. Okkos Niederlage auf den Wilden Äckern war eine Niederlage für Ostfriesland. Wir haben damals den Anschluss an die Realität verloren. Bis heute. Diejenigen, die die Friesische Freiheit so hochleben lassen, feiern nur ihre eigene Beschränktheit. So etwas können wir uns heute nicht mehr erlauben. Der Fürst ist ja ein liebenswürdiger Mann, aber letztlich ist er doch nur ein Frühstücksdirektor. Von da wird nicht viel kommen außer schönen Worten. Wie ist es, unterstützen Sie meine Bewerbung?«

»Ich werde Ihr Konzept lesen«, sagte Fabricius, der nicht zu spontanen Bekenntnissen aufgelegt war.

Ulli de Groot klatschte ihm einen Schnellhefter auf den Tisch. »Da steht alles drin: Zahlen, Fakten, Ideen, Maßnahmen. Rufen Sie mich an. Mich interessiert Ihre Meinung dazu. Ehrlich.«

»Sie wollen die Herrlichkeit Hillersum wieder aufleben lassen?«, fragte Fabricius spöttisch, aber die Ironie bemerkte sein Gesprächspartner nicht.

Ulli de Groot antwortete in verschwörerischem Ton: »Das haben Sie gesagt.«

Johannes Fabricius lächelte. »Und Sie wollen der neue Häuptling werden, Herr de Groot? Der neue Häuptling von Hillersum?«

22

Ein Mausklick, und die E-Mail war auf den Weg gebracht. Ulli de Groot setzte einen befreundeten Anwalt für Mietrecht auf den Vertrag mit Hanna Siefkes an. Er hatte andere Pläne mit dem Haus. Es war zwanzig nach elf. Er sah auf die Uhr und schaltete den Computer aus. Der Tag war lang genug gewesen.

Mit der üblichen Fanfare schloss das Computerprogramm. Ulli de Groot streckte sich und gähnte. Er hatte sich in den letzten Tagen einige Gegner gemacht. Aber keinen von ihnen hatte er jemals als Freund gehabt, und keinen von ihnen würde er in Zukunft jemals als zuverlässigen Freund gewinnen können. Er liebte klare Verhältnisse, solange er sie beherrschte. Und genau dieses Gefühl hatte er jetzt. Er war ein gutes Stück vorangekommen.

Übermorgen war er sogar zu einem Gespräch mit dem Fürsten über seine Pläne für Hillersum verabredet. Carl Edzard mochte von geschäftlichen Dingen nicht verstehen. Er war ein typischer Geisteswissenschaftler. Aber der Fürst war eben auch eine hervorragende Galionsfigur für das Projekt Hillersum.

Ulli de Groot nahm eine CD aus ihrer Box. Das Einzige,

was ihn neben dem Geschäft noch faszinierte, war Musik. Er legte den ersten Akt von Mozarts *Don Giovanni* ein. Und dann ging er an das Bücherregal. Vielleicht wäre es gut, wieder mehr zu lesen. Das stände ihm als Inhaber der größten Buchhandlung im Bücherdorf sicher nicht schlecht zu Gesicht. In den letzten Jahren hatte er viele Neuerscheinungen gekauft, aber in die meisten Bücher hatte er nur oberflächlich hineingesehen. Er strich mit den Fingern über die Bücher im Regal und nahm wahllos einen Roman in die Hand.

Plötzlich klopfte es an der Terrassentür. De Groot drehte sich um, konnte aber im Dunkel nicht erkennen, wer draußen stand.

»Ist das nicht ein bisschen spät?«, brummte Ulli de Groot genervt, nachdem er den späten Gast in sein Wohnzimmer gelassen und sich wieder seinem Bücherregal zugewandt hatte.

»Es ist genau der richtige Zeitpunkt«, antwortete sein Gast und lauschte auf die Musik. »Mozart?«

»*Don Giovanni*«, antwortete Ulli de Groot ungeduldig. Dann drehte sich zu seinem Gast um.

Ulli de Groot dachte, in einem schlechten Krimi würde der Mörder in diesem Moment die Pistole ziehen und auf ihn schießen.

In diesem Moment zog sein Gast die Pistole und schoss dreimal auf ihn. Ulli de Groot ging zu Boden. Er versuchte, sich aufzusetzen.

Sein Gast nahm die eingelegte CD aus dem Player und legte die letzte Scheibe aus der Dreierbox ein. Er betätigte den Schalter, und das Ende von *Don Giovanni* erklang. Dann rüttelte er am Bücherregal, bis es vornüber kippte und Ulli de Groot unter seinen Büchern begrub.

23

Als Gerrit Roolfs im Haus von Ulli de Groot eintraf, waren die Kollegen schon da. Habbo Janssen führte ihn in die Küche, wo Sabine de Groot mit versteinerter Miene saß, Kaffee trank und einen Zigarillo rauchte.

»Das ist Frau de Groot, die angeheiratete Kusine«, stellte Habbo Janssen die Frau dem eintretenden Hauptkommissar Gerrit Roolfs vor. »Frau de Groot ist die Witwe von Axel de Groot.«

»Herzliches Beileid, Frau de Groot. Haben Sie Ihren Vetter gefunden?«, fragte Roolfs.

»Er war nicht mein Vetter, sondern Axels Vetter.« Sabine de Groot zog an ihrem Zigarillo und sprach weiter: »Wir waren heute Morgen verabredet, und er kam nicht. Das ist gar nicht seine Art. Ich habe ein paarmal versucht, ihn anzurufen. Nichts. Und dann bin ich vorhin hergefahren.«

»Und haben ihn gefunden?«, fragte Habbo Janssen vorsichtig.

»Ja. Auf mein Klingeln hat er nicht geöffnet, aber sein Wagen steht in der Einfahrt. Ich bin ums Haus herumgegangen. Im Garten habe ich gesehen, dass die Terrassentür offen stand.«

Sie brauchte einen Moment. Roolfs hatte nicht den Eindruck, dass ihre Betroffenheit nur gespielt war.

»Ich bin reingegangen, und dann habe ich ihn so gefunden, wie er da lag. Unter all den Büchern. Ich habe sofort gespürt, dass er nicht mehr lebt. Das Komische war, dass die ganze Zeit Musik spielte. Ich habe nichts angerührt …«

Einen Moment wurde sie unsicher. »Ich glaube jedenfalls, dass ich nichts berührt habe. Ich habe die Polizei sofort auf meinem Handy angerufen, um das Telefon nicht anfassen zu müssen. Das kennt man ja aus dem Fernsehen. Kann ich jetzt gehen? Ich habe Ihrem Kollegen schon alles ausführlich erzählt.«

Gerrit Roolfs nickte. »Wir setzen uns dann nachher noch einmal mit Ihnen in Verbindung, um die Aussage zu protokollieren. Ist alles in Ordnung? Soll jemand Sie nach Hause fahren?«

Sabine de Groot schüttelte den Kopf. »Ich kann selber fahren.«

Gerrit Roolfs betrat das Wohnzimmer. Die Kollegen von der Kriminaltechnik waren so in ihre Arbeit vertieft, dass sie ihn gar nicht bemerkten.

»He, Leute«, rief Roolfs, »Kann nicht mal jemand die Musik ausstellen?«

Eine Kollege drehte sich um. »Gerrit, du Banause, das ist der Schluss von *Don Giovanni*. Am Ende sind alle glücklich, dass der Schuft endlich tot ist.«

24

Es war trostlos. Gerrit Roolfs sah aus dem Fenster auf den Norder Marktplatz, den größten Marktplatz in Deutschland. Auf dem Wochenmarkt kauften die Leute Kartoffeln, Blumen und Jumbo-Eier, und sie hielten ihre Schwätzchen. Das Glockenspiel intonierte gerade *Üb immer Treu und Redlichkeit*.

Die Gespräche der Marktbesucher über das Wetter und über den Garten mussten nach Roolfs Meinung bedeutend inhaltsreicher sein als das, was der kommissarische Leiter Chris Gronewold von sich gab.

Seit Lothar Uphoffs Schlaganfall hatte Gronewold als kommissarischer Direktor kaum etwas zu tun gehabt. Die Kollegen mussten Gronewold nur das Gefühl vermitteln, dass er über alles Bescheid wusste und alles selber entschied, und so konnten sie ihren Job weitermachen: ein paar Einbrüche und Schlägereien, ein schwerer Raubüberfall, ein Fall von Brandstiftung und andere Routinefälle.

Aber nun war ein Mord geschehen, und Lothar Uphoff fehlte. Chris Gronewold war kein Ersatz, weder beruflich noch menschlich. Seine Person war vielmehr ein Ausdruck der Lücke, die durch Uphoffs Ausfall entstanden war. Und sie war Ausdruck einer Führungsetage, in der Beförderungen vor allem unter dem Aspekt von Beziehungen entschieden wurden. Roolfs wusste nicht, wie Gronewold es geschafft hatte, zur Clique derer zu gehören, die von nun an grünes Licht für alle übergeordneten Stellen hatten.

Gronewold saß mit windschnittiger Frisur vor ihnen. Sein Jackett betonte besonders die Schulterbreite. Die quergestreifte Krawatte war mit einer überdimensionierten Krawattennadel am Hemd befestigt. Gronewold sprach über *Corporate Identity*, über Polizei mit Profil, über innere Geschlossenheit und Produktstolz. Vermutlich wusste er, dass dieser Mordfall auch für ihn ein Testfall war.

»Also, ich bin verschiedentlich darauf angesprochen worden«, erklärte er, »und darum möchte ich das noch mal ausdrücklich sagen: Ich fänd' es gut, wenn wir weiter beim *Du* bleiben, ich bin ja immer noch derselbe, nur meine Funktion ist jetzt eine andere. Dieser Job ist für mich die Herausforderung, die ich brauche. Und wenn ich mal jemandem von euch auf den Schlips trete, dann tut es mir selbst mindestens genau so weh. Das könnt ihr mir glauben.«

Der Gerichtsmediziner begann, seine Tasche zu packen. »Vielleicht können Sie Ihre internen Beziehungsklärungen ein andermal durchführen. Wollen Sie meinen Bericht hören, dann habe ich genau jetzt dafür Zeit. Sonst lasse ich es Ihnen meine Mappe hier. Wenn Rückfragen sind, wissen Sie ja, wo Sie mich antreffen können.«

»Nein, nein, das schon okay, Doc. Wir wollen hier eine klare Kommunikation pflegen. Wenn's irgendwo drückt, immer nur frei raus damit. Wir hören.«

Der Gerichtsmediziner suchte für einen Moment den Blickkontakt zu Roolfs und zuckte fast unmerklich mit dem Augenlid. Dann berichtete er. Ulli de Groot musste gegen Mitternacht erschossen worden sein. Der Mord war dort verübt worden, wo man de Groot gefunden hatte. Er hatte nach den Schüssen noch kurze Zeit gelebt. Anhaltspunkte sprachen dafür, dass er versucht hatte, unter den Büchern und dem umgekippten Regal wegzukriechen. Aber er hatte es nicht geschafft.

»Können Sie die Tatzeit näher eingrenzen?«, fragte Gronewold.

Der Mediziner brummte: »So zwischen elf und halb eins. Genauer kann ich es jetzt noch nicht sagen. Alles Übrige ist Lotto.«

25

Fabricius sah unauffällig auf seine Uhr. Es war jetzt kurz vor zehn. Seit zwanzig Minuten hörte er Heribert Schoppmann zu, in dessen Buchhandlung er an diesem Morgen eine Art Antrittsbesuch machte.

»Ratgeber. Die Leute brauchen Ratgeber. Die Leute sind mit unserer heutigen Welt total überfordert.« Heribert Schoppmann sprach ein gutturales »l«. »Man soll seine kleinen Monster erziehen, gesund und fit sein, gut im Beruf, gut im Bett, einen perfekt gestylten Garten haben. Und gut kochen muss man jetzt auch noch.«

Er hatte schwarze Jeans, Flanellhemd und Lederweste an. Um den offenen Kragen trug er eine Cowboy-Krawatte. Die beiden Enden des Lederbandes wurden durch ein silbernes Medaillon mit einem hellblauen Stein zusammengehalten. Sein Fünftagebart stand stachelig in dem fleischigen Gesicht. Die graumelierten Haare hatte er zu einem Pferdeschwanz zusammengebunden.

Schoppmann goss Fabricius aus der Thermoskanne Kaffee in den Becher mit dem Aufdruck von Borussia Dortmund. »In unserer Buchhandlung, Herr Fabricius, finden Sie nur Ratgeber: von der Sushi-Zubereitung bis zum Leben mit Herzrhythmusstörungen. Alles. Ungefähr dreitausend Stück. Und alles, was hier nicht steht, kann ich besorgen. Hundertprozentig! Viele Anfragen kommen per E-Mail, und wir schicken dann das passende Buch zu den Leuten. Sie glauben gar nicht, mit was für Problemen die Leute kommen. Meine Frau macht den ganzen Schreibkram, und ich unterhalte die Kunden. Eigentlich gehört der Laden meiner Frau. Dat ist vielleicht auch besser so.« Schoppmann sah Fabricius verschwörerisch an. »Sie ist für ein paar Tage zu ihren Eltern. Die werden ja auch langsam älter.«

Er kramte eine Zigarettenschachtel hervor und hielt sie Fabricius hin, der den Kopf schüttelte.

In diesem Moment kam eine junge, etwas verlebt aussehende Frau aus der Tür hinter dem Verkaufstresen. Sie winkte Schoppmann zu, bevor sie den Laden verließ. Schoppmann erwiderte ihr Winken etwas verlegen.

Er zündete die Zigarette mit einem Streichholz an und inhalierte den ersten Zug, als würde er ein Ritual zelebrieren. »Lesen tu ich unwahrscheinlich gern, Herr Fabricius. Dat fing schon in meine Jugend an, da habe alles von Karl May gelesen. Wir können auch einfach Du sagen, ich heiß Heribert, genannt Herri!«

Fabricius rutschte auf dem unbequemen Stuhl hin und her. Warum geriet er immer an Gesprächspartner, die ihn zum Opfer machten?

Sein Handy brummte. Es war die Nummer des Fürsten.

26

Ein Kollege berichtete ausführlich von den Ergebnissen der kriminaltechnischen Untersuchung. Noch war längst nicht alles ausgewertet worden. Ulli de Groot hatte am Abend zuvor eine Party als private Nachfeier zu seiner Geschäftseröffnung gegeben. Die Haushaltshilfe hatte am Vormittag danach nur ein wenig aufgeräumt, weil ihr Mann plötzlich ins Krankenhaus gemusst hatte. Heute hätte sie klar Schiff machen sollen. Durch die über zwanzig Gäste gab es so viele Spuren und Fingerabdrücke, dass an eine Auswertung noch nicht zu denken war.

»Was ist mit Einbruchsspuren?«, fragte Theda van Immen.

Der Kollege schüttelte den Kopf. »Nichts. Die Terrassentür war nur angelehnt. Man kann sie von außen nicht richtig zumachen. Vermutlich ist der Täter da rausgegangen. Spuren gibt es draußen nicht. Es hat von drei bis halb sechs tüchtig geregnet. Wir gehen davon aus, dass de Groot seinen Mörder selbst hereingelassen hat.«

»Oder der Mörder hatte einen Schlüssel«, stellte Theda van Immen fest.

Der kommissarische Kriminaldirektor Gronewold rollte genervt mit den Augen.

Habbo Janssen berichtete, dass er gerade dabei war, eine Liste der Partygäste vom Abend davor zusammenzustellen. Die anderen Kollegen waren dabei, de Groots Büro unter die Lupe zu nehmen und mit Hilfe seines Terminkalenders seinen letzten Tag zu rekonstruieren.

»He, Leute, wir ziehen das durch.«, sagte Gronewold. Er streckte ihnen beide Fäuste mit aufgereckten Daumen entgegen. »Ich glaube an euch. Und, Leute: den Ball bitte immer schön flach halten.« Er machte eine beschwichtigende Geste mit der flachen Hand.

»Was heißt das, Chris?«, fragte Gerrit Roolfs erstaunt.

»Ich meine, wir müssen hier einen Mord untersuchen.«

»Gerrit, wir sind Profis«, antwortete Gronewold. »Das Bücherdorf ist ein Minenfeld. Ein falscher Schritt, und das ganze Projekt fliegt in die Luft. Wir müssen da präzise und schmerzlos vorgehen. Wie Chirurgen. Wir haben hier eine große gesellschaftliche Verantwortung.«

»Die nehmen wir dadurch wahr, dass wir denjenigen schnappen, der Ulli de Groot auf dem Gewissen hat«, brummte Roolfs.

»Gerrit, kann ich dich gleich noch mal in meinem Büro sprechen?«, fragte Gronewold.

27

Fürst Carl Edzard saß zerknirscht in seinem Schreibtischsessel. Vor ihm stand ein Kognak. Wie immer, wenn ein schwieriges Problem ihn bedrückte, zog er sich in sein privates Arbeitszimmer in seiner Gründerzeitvilla in Aurich zurück.

Seine Eltern hatten noch im Auricher Schloss gewohnt, aber Carl Edzard hatte in seinen ersten Regierungsjahren das Schloss für die Regierung freigegeben. Carl Edzard brauchte den Abstand. Er fühlte sich seltsam frei in seinem Arbeitszimmer mit den Büchern und dem Schreibtisch aus seinem früheren Leben als Dozent für Geschichte an der Heidelberger Universität. Er trauerte seiner abgebrochenen akademischen Karriere nicht hinterher. Aber seine Bücher zeigten ihm, dass es auch noch ein anderes Leben gab. Auf diese Weise halfen sie ihm, schwierige Situationen zu relativieren. Vor ihm lag der dritte Band der Biografie über Kaiser Wilhelm II. von Röhl, den der Fürst für eine Fachzeitschrift rezensieren sollte. Er hatte noch nicht einmal ein Drittel gelesen.

»Johannes, ich habe da ein schlechtes Gefühl. Ein ganz schlechtes.«

»Das hat ein Mord so an sich. Oder gehen deine Vermutungen in eine bestimmte Richtung?«, fragte Johannes Fabricius.

Carl Edzard antwortete nicht auf die Frage. »Wie ist die Stimmung in Hillersum?«

»Das kann ich so nicht einschätzen. Axel de Groots Tod hat das Projekt ein Stück zurückgeworfen, auch wenn seine zentralistischen Ideen nicht nur Sympathisanten hatten.«

»Also, was soll das denn heißen? Zentralistisch? Johannes, hier geht es um eine großes Projekt. Da müssen alle an einem Strang ziehen. Axel de Groot hatte meine volle Unterstützung.«

»Axels Ideen waren ja auch noch harmlos gegen das, was sein lieber Vetter Ulli mit Hillersum vorhatte«, erwiderte Fabricius.

»Kannst du dich etwas deutlicher ausdrücken?«, fragte der Fürst.

»Ich habe Ulli de Groots Entwurf gelesen. Er hat ihn mir wenige Stunden vor seinem Tod gegeben. Ich verstehe das so, dass alle Buchhandlungen, der ganze Tourismus, alle übrigen Betriebe und alle Kulturinstitutionen eine Art Riesenunternehmen bilden, und alle müssen sich den Vorstellungen der Projektleitung unterwerfen. Und die Projektleitung besteht aus Ulli de Groot und anderen Investoren mit ihren Handlangern.«

»Das kannst du so nicht sagen ...«

»Aber genau so wollte er es durchziehen. Er will aus dem Ganzen eine einzige Firma machen, und alle müssen sich an klare Regeln halten. Da kann keiner aus der Reihe tanzen.«

»Johannes, so ein Vorhaben kann hier in Ostfriesland nur funktionieren, wenn es ein gemeinsames Konzept gibt. Da müssen alle Zahnräder ineinander greifen. Wir bauen hier etwas auf, das nachhaltig wirken wird. So können wir das Binnenland für den Tourismus aufwerten, und wir erreichen noch einmal ganz andere Leute als die Touristen, die auf die Inseln oder an die Küste fahren. Unsere Randlage darf nicht zu einer Sackgasse werden.«

»Carl Edzard, du bist Historiker. Zentralistische Konzepte scheitern immer. Sie funktionieren nur auf dem PC. In der Realität bedeuten sie Cliquenwirtschaft und Dirigismus. Oben sieht alles super aus und unten macht sich die Frustration breit.«

Der Fürst war erschrocken über Fabricius' harte Worte. Er entgegnete: »Das bleibt doch alles durchsichtig. Die Entscheidungen werden von einer Art geschäftsführendem Vorstand getroffen, und da sind alle Beteiligten vertreten.«

»Verlass dich darauf, wenn ihr dieses Konzept fahrt, werden bald alle interessanten Läden dichtmachen, und Hillersum wird dieselben austauschbaren Filialen haben wie die meisten Innenstädte.«

»Dazu wird es nicht kommen«, sagte der Fürst wenig überzeugend.

»Hätte Ulli de Groot den Posten als Geschäftsführer bekommen?«

»Vermutlich. Er war der beste Bewerber. Gegen ihn sprach nur seine Vergangenheit.«

»Kannst du dich etwas konkreter ausdrücken?«

»Nun ja«, druckste der Fürst, »Das ist alles eine etwas nebulöse Geschichte. Ulli de Groot hat damals alles auf eine Karte gesetzt und verloren. Er wollte mit seinem Vetter und anderen Investoren ein großes Familienhotel in Hillersum bauen. Das Konzept stimmte, aber die Kostenschätzung stimmte anscheinend nicht. Als der Rohbau stand, taten sich Finanzlöcher auf, die de Groot nicht stopfen konnte. Und dann bekam er mit seiner Firma nicht den Zuschlag für einige lukrative Aufträge. Damit war der Traum vom Familienhotel ausgeträumt.«

Fabricius erinnerte sich dunkel. Der Zusammenbruch von de Groots Firma hatte damals einige kleinere Unternehmen mit in den Abgrund gerissen. Der Inhaber eines Subunternehmens hatte sich mit Frau und Tochter vor Verzweiflung das Leben genommen, weil seine Firma vor dem Aus stand. Später war sogar Strafanzeige wegen Betrugs gegen die beiden de Groot gestellt worden. Das Verfahren war gleich zu Anfang niedergeschlagen worden, weil es keine Beweise gab. Ulli und Axel de Groot hatten sich zu Pionieren stilisiert, die durch eine Intrige zu Fall gebracht worden waren, während der Verdacht, dass mit dem Bankrott etwas nicht stimmte, nie ganz ausgeräumt worden war.

»Ihr hättet ihn trotzdem genommen?«

»Er ist ein Unternehmer mit einer Vision. Er ist eine Führungspersönlichkeit. Und er kommt von hier. Das sind die Argumente, die für ihn sprechen«, erklärte der Fürst.

»Ich finde, diese Argumente sprechen eher gegen ihn.«

28

Gerrit Roolfs startete den Wagen und schob die CD von der Ostfriesischen Blaskapelle in den CD-Player. Habbo Janssen hatte sie ihm zum Geburtstag geschenkt und erkundigte sich nun mindestens einmal pro Woche, wie sie ihm gefiel.

Chris Gronewold hatte Roolfs noch einmal eindringlich gebeten, die Ermittlungen »zeitnah und erfolgsorientiert« – ja, er hatte tatsächlich diese Worte gebraucht – sowie mit dem nötigen Fingerspitzengefühl durchzuführen. Als ob er jemals anders gearbeitet hatte. Nun gut, das Fingerspitzengefühl war nicht seine Stärke. Aber man musste sich entscheiden. Und Gerrit Roolfs hatte sich entschieden.

Er hielt vor dem Haus von Sabine de Groot. Er war bei dem Gespräch, das Habbo und Theda im vergangenen Jahr mit Axel de Groots Witwe geführt hatten, nicht dabei gewesen, hatte sich aber die Unterlagen gründlich angesehen.

»Johannes?«, fragte Gerrit Roolfs erstaunt, als ihm sein Freund die Tür öffnete. »Was machst du denn hier?«

»Frau de Groot hat das Klingeln nicht gehört. Sie telefoniert gerade, da habe ich aufgemacht. Ich hatte mich schon vor ein paar Tagen mit ihr verabredet. Gestern wollte ich den Termin absagen, aber sie …«

»Dazu bestand absolut kein Anlass«, sagte Sabine de Groot bestimmt und dirigierte Fabricius mit ihrer Kaffeekanne von der Haustür weg. »Treten Sie bitte ein, Herr Roolfs, Kaffee?«

»Ich will dann mal«, sagte Fabricius.

»Dazu besteht auch kein Anlass«, erklärte Sabine de Groot. »So, und jetzt bitte herein, ich habe keine Lust, hier noch länger mit der Kaffeekanne in der Hand zu stehen.«

Als sie Sabine de Groot ins Wohnzimmer folgten, antwortete Gerrit dem fragenden Blick von Johannes mit einem kurzen Nicken. Es war also in Ordnung, dass er blieb.

»Ich bin keine trauernde Kusine, falls es in der Literatur dieses Klischee überhaupt gibt«, eröffnete Sabine de Groot das Gespräch, während sie Kaffee einschenkte. »Ulli war ja auch nur ein angeheirateter Cousin. Und unser Verhältnis war eher sachlich als herzlich. Aber ich hoffe, dass Sie denjenigen kriegen, der Ulli ermordet hat.« Alles hörte sich so beiläufig an.

Sie erklärte Roolfs und Fabricius, dass sie nach dem Tod ihres Mannes für eine kurze Zeit die Geschäfte geführt hatte, bis sie Günther Neeland, der die rechte Hand ihres Mannes gewesen war, mit dieser Aufgabe betraut hatte.

»Bei Neeland hatte ich immer ein gutes Gefühl, aber mit der Verantwortung für das Ganze fühlt er sich doch etwas überfordert. Das hat er mir jedenfalls zu verstehen gegeben«, erklärte Sabine dem Kommissar. »Ulli hat angekündigt, dass er zu uns zurückkommt. Er ist mit in die Firma eingestiegen. Die Hälfte der Anteile gehört ihm ja sowieso.«

»Also gehört die Firma jetzt zur Hälfte Ihnen und zur Hälfte ...«, fragte Roolfs zögerlich.

»Auch mir. Axel war ein Buchhändler, der etwas vom Geschäft verstand. Ulli war ein Geschäftsmann, der auch etwas von Büchern verstand. Die Antiquitäten macht Günther Neeland. Irgendwann wollte Ulli mehr und hat nach seinem Studium eine Immobilien- und Baufirma übernommen. Was dann kam, wissen Sie«, schloss Sabine de Groot ihren Bericht. »Ich weiß, was Sie jetzt sagen wollen.« Kampflustig blitzte sie den Hauptkommissar an. »Man muss immer dem Strom des Geld folgen, dann kommt man zum Mörder. In diesem Fall bin ich die Person, bei der alles zusammenfließt.«

Gerrit Roolfs und Johannes Fabricius sahen sie an. Beide schwiegen.

Sabine de Groot kostete das Schweigen einen Moment aus. »Wissen Sie, vor Ullis Tod war ich besser dran. Ulli hatte die offizielle Geschäftsführung, Günther Neeland kümmerte sich um alles, und ich konnte ein bisschen im Antiquariatsbetrieb mitarbeiten, hier und da Literaturkurse geben und war finanziell absolut zufriedengestellt. Mit alten Büchern und Möbeln kann man gutes Geld verdienen. Und jetzt hab ich eine Firma mit fast dreißig Mitarbeitern am Hals. Ich weiß überhaupt nicht, wie das gehen soll. Günther Neeland hat in den letzten Monaten das meiste gemacht. Aber eine Dauerlösung ist das auch nicht. Meine Hoffnung war, dass Ulli sich um die Geschäftsführung kümmert.«

»Aber wir müssen Ihr Alibi trotzdem überprüfen«, antwortete Roolfs.

»Ich habe kein Alibi. Ich war den Abend über zu Hause. Meine Tochter kann das zumindest bis zu dem Zeitpunkt bezeugen, an dem sie zu Bett gegangen ist. Das war so zwischen halb neun und halb zehn. Und sonst war nichts. Ach ja, eine Freundin hat angerufen. Aber mit meinem Handy kann ich ja überall telefonieren.«

»Wer ist die Bekannte?«

»Sie hat eine Buchhandlung in Hillersum. Sie heißt Hanna Siefkes.«

Als Johannes Fabricius den Namen hörte, war es, als ob ihn ein leichter Stromschlag durchfloss.

»Wenn Sie Interesse haben, zeige ich Ihnen unseren Betrieb«, sagte Sabine de Groot.

»Haben wir«, antwortete Roolfs.

29

Schon aus der Ferne konnte man die großen Hofgebäude erkennen, in denen Antiquariat und Antiquitätenhandel untergebracht waren. Sabine de Groot bog von der Hauptstraße in einen kurzen Feldweg ein, der eher eine etwas verlängerte Auffahrt war. Fabricius und Roolfs folgten ihr in Roolfs Wagen.

Es war ein prachtvoller Hof. Der Wohnbereich im Vorderteil, an den sich die große Scheune anschloss, war wie eine Villa gestaltet. Auch die Nebengebäude sahen aus, als wären sie aufwändig restauriert worden.

»Im Vorderteil sind die Büros und die Buchbindewerkstatt«, erklärte Sabine de Groot. »In der Scheune ist das

Bücherlager, und in den Nebengebäuden lagern wir die Möbel. In einem der Ställe haben wir unsere Werkstatt, in der die Möbel aufgearbeitet werden. Wenn es sich lohnt, wird auch restauriert. Wir haben drei Antiquitätengeschäfte. Und unser großes Versandantiquariat. Und dann haben wir haben noch unser Stammhaus in Hillersum. Man muss ja präsent sein.«

»Dann lagern hier ja große Werte«, stellte Gerrit Roolfs fest.

»Nachts ist immer jemand auf dem Gelände. Manchmal kommen in der Nacht auch Lieferungen hier an. Dann kann ja nicht immer einer von uns kommen. Unser Hausmeister hat hier seine Wohnung, und wir haben immer Praktikanten, die hier Nachtwache machen. Die erledigen dann einfache Büroarbeiten oder räumen auf.«

Sie winkte einem jungen Mann zu, der mit einem kleinen Karton in die Scheune ging. »Oft helfen uns auch Studenten wie er hier, die sich etwas verdienen wollen.«

Interessiert folgte Fabricius ihren Ausführungen. »Was ist da hinten für ein Gebäude?«, erkundigte er sich und deutete ins Land.

»Ein Pferdestall«, erklärte Sabine de Groot.

»Und was ist da drin?«, fragte Fabricius.

»Pferde.«

30

Als sie im Gefolge von Sabine de Groot die Scheune betraten, war Johannes Fabricius überwältigt. Auch nach mehreren Jahren Arbeit im Buchhandel konnte er sich dem geheimnisvollen Zauber eines riesigen Raumes voller Bücher nicht entziehen. Er wusste, dass er hier keineswegs das Reich eines Bücherliebhabers vorfand, sondern ein Warenlager.

Trotzdem. Dieser einzigartige Geruch nach altem Papier, Leder und Staub, den Johannes begierig mit der Nase aufsog, war das Aroma alter Bücher. In zurückhaltenden Farben standen mit mild glänzenden Goldprägungen Werkausgaben in den Wandregalen, wertvolle Einzelbände, Sachbücher, deren wissenschaftlicher Ertrag vielleicht überholt, deren Klugheit und Sprachkunst aber immer noch unübertroffen war, und historische Werke, die inzwischen selbst Gegenstand der Geschichtswissenschaft geworden waren. Fabricius strich mit Augen und Fingern über die Einbände.

»Das hier ist ein Vermögen wert«, flüsterte er.

»Mein Mann hat damit sein Vermögen gemacht«, erklärte Sabine de Groot. »Unsere Käufer sind vor allem Hochschulen und wissenschaftliche Institute, besonders in den USA und inzwischen auch in Asien. Aber es gibt auch private Sammler. In unserem Land gibt es viele Menschen mit sehr viel Geld.«

Sie wandte sich an den Studenten, der ihr mit dem Karton gefolgt war. »Zeigen Sie unseren Gästen doch einmal, was in diesem unscheinbaren Karton enthalten ist.«

Der Student öffnete den Karton und legte sechs Bücher vor Fabricius hin. Er erläuterte: »Dies sind Erstausgaben von Theodor Fontane. Der Käufer ist Hotelier in Brandenburg. Nachdem er ein Dutzend Hotels aufgebaut hat, zieht er sich mit fünfzig Jahren aus dem Berufsleben zurück. Er lebt in einer Villa in Berlin und liest Fontane. Nur in Erstausgaben.«

»Darf ich?«, fragte Fabricius, und Sabine de Groot nickte. Er öffnete das Paket und bestaunte eine Erstausgabe von *Der Stechlin*. Er nahm das Buch fast zärtlich in die Hand und öffnete es. Aus den ersten beiden Seiten war etwas herausgeschnitten.

»Zum Glück kann man das Erscheinungsjahr trotzdem lesen«, erklärte der Student. »Manchmal sortieren Büchereien so etwas aus. Bibliotheken werden aufgelöst, und die Käufer schneiden die Bibliotheksstempel aus. Das ist schade, denn so geht etwas von der Geschichte des Buches verloren. Diese Bücher hier kommen aus einer Gymnasialbibliothek in Riga. Vor dem Zweiten Weltkrieg wurde die Schule aufgelöst, und ein Lehrer nahm die Bücherkisten mit nach Hause. Auf Umwegen kommen die Bücher nun in die Hände eines literaturbegeisterten Hotelbesitzers.«

Fabricius hatte eine alte, kunstvoll eingebundene und sehr gut erhaltene Ausgabe von Seumes *Spaziergang nach Syrakus* in der Hand und nickte. »Was würde das hier kosten?«

»Sie sind doch wohl nicht gekommen, um Vorzugspreise auszuhandeln«, antwortete Sabine de Groot spöttisch. »Darf ich es Ihnen schenken? Machen Sie mir die Freude. Nehmen Sie es als Begrüßungsgeschenk auf Ihrem neuen Posten im Bücherdorf. Vielleicht sind Sie ja bestechlich, wenn ich ein Anliegen habe. Begleiten Sie mich in die Werkstatt?«

Sie betraten den Vorderteil des Hofgebäudes. Sabine de Groot dirigierte Roolfs und Fabricius in das Büro. »Herr Roolfs, darf ich Ihnen Günther Neeland vorstellen? Er hat hier sozusagen alles in der Hand und im Kopf.«

Neeland begrüßte die beiden Gäste seiner Chefin und macht mit ihnen einen Durchgang durch die Werkstatt, in der die Möbel aufgearbeitet wurden. Als sie die Werkstatt betraten, berieten zwei Mitarbeiter gerade, welche Beschläge für eine prächtig wiederhergestellte Vitrine aus honigfarbenem Holz angemessen wären. Über ein Dutzend Beschläge waren auf dem Schreibtisch ausgebreitet.

31

Als Johannes Fabricius sein Apartment in der Akademie betrat, fiel ihm ein, dass er seine Erstausgabe von Seume im Antiquitätenhof vergessen hatte. Normalerweise hätte er ein Geschenk dieser Art zurückgewiesen, aber Seume war einer seiner Lieblingsautoren.

Seumes Buch über seine Reise nach Syrakus hatte Fabricius mindestens zwanzigmal gelesen, seine Dissertation über Seume wartete seit Jahren auf der Festplatte einer weiteren Bearbeitung, aber vor zwei Jahren hatte Fabricius einen nicht wenig beachteten Aufsatz über Seumes schriftstellerische Anfänge geschrieben. Eine Erstausgabe dieses geliebten Buches zu besitzen, war für ihn doch zu verlockend, und er bereute auch jetzt nicht, das Geschenk angenommen zu haben.

Er suchte die Nummer von Sabine de Groot und war erstaunt, dass sie sich sogleich meldete. »Kein Problem«, sagte sie. »Soll ich Ihnen das Buch zuschicken lassen?«

»Nein, das ist nicht nötig, ich fahre heute Abend noch zur Orchesterprobe nach Norden und kann einen kleinen Umweg fahren. Das ist das Buch allemal wert. Ich kann allerdings nicht genau sagen, wann ich komme. Vielen Dank noch einmal für das großzügige Geschenk.«

»Ich rufe in der Firma an. Da können Sie sogar in der

Nacht kommen. Da ist noch immer jemand auf. Freut mich, dass es Ihnen gefällt, Herr Fabricius.«

Als Johannes Fabricius das beleuchtete Hinweisschild auf De Groots Betriebsgelände am Straßenrand sah, war es tatsächlich bereits kurz vor Mitternacht. Auf dem Hof brannte Licht.

Als direkt vor ihm ein kleiner Laster in die Seitenstraße einbog, beschloss Fabricius, sein Buch sofort abzuholen. Wenn so spät eine Lieferung gebracht wurde, mussten ja tatsächlich noch Mitarbeiter auf dem Gelände sein. Er parkte sein Auto auf der Zufahrt zu dem Maisfeld gegenüber, um dem Lastwagen nicht die Ausfahrt zu versperren, und ging die Auffahrt zum Antiquitätenhof hoch.

Vier Männer waren dabei, den Laster auszuladen. Vor dem Haus stand eine Frau mit drei Kindern. Einer der Packer blieb einen Moment bei ihr stehen und streichelte einem der Kinder über den Kopf, als ihn ein Kollege zur Weiterarbeit ermahnte. Fabricius blieb neben der Scheune stehen, so dass er nicht gesehen werden konnte.

Die Packer arbeiteten zügig, und bald war alles ausgeräumt. Männer kamen zurück und begannen, den Wagen erneut mit Möbeln zu beladen. Fabricius tippte das Nummernschild des Lasters und den Namen der Spedition in sein Handy und schickte die SMS an Gerrit Roolfs. Er war sicher, sich weder das eine noch das andere merken zu können, und etwas anderes zum Schreiben hatte nicht bei sich.

Der Motor des Lasters sprang an, und die Frau stieg mit den Kindern ein.

Zwei Männer kamen geradewegs auf die Scheune zu. Fabricius hatte keine Alternative. Er trat aus dem Schatten hervor und kam den beiden entgegen.

»Moin. Mein Name ist Fabricius. ich möchte hier ein Buch abholen.«

Günther Neeland leuchtete Fabricius für einen Augenblick mit der Taschenlampe ins Gesicht. »Ein Buch abholen? Jetzt? Mitten in der Nacht? Kommen Sie mit«, brummte er schlecht gelaunt.

»Tut mir leid«, antwortete Johannes Fabricius kleinlaut, als sie das Büro betraten. »Ihre Chefin sagte mir, dass ich das Buch auch zu so später Stunde abholen könnte. Und als ich Sie hier beim Ausladen sah, wollte ich Ihre Leute wegen so einer Kleinigkeit nicht von der Arbeit wegholen.«

»Frau de Groot hat angerufen und gesagt, dass Herr Fabricius das Buch holt«, sagte ein junger Mann, der vor Fabricius und Neeland zwei Kaffeebecher hinstellte. Es war der Student, der ihnen am Nachmittag die Erstausgaben von Fontane gezeigt hatte.

Fabricius entschuldigte sich noch einmal umständlich und trank dann seinen Kaffee schwarz, so wie Neeland es tat, weil es ihm peinlich gewesen wäre, jetzt noch nach Milch zu verlangen.

»Hier haben Sie Ihr Buch«, sagte der Student und legte Fabricius das Exemplar vor. »Seume«, stellte er fest. »Lesen Sie so was?«

»Kommt vor«, brummte Fabricius.

32

Gerrit Roolfs sah in den grauen und regnerischen Sommertag. Das Wetter passte zu seiner Stimmung. Die Kollegen hatten mit der Befragung der Gäste begonnen, die am Abend vor Ulli de Groots Tod die Eröffnung seiner Buchhandlung mit ihm zu Hause gefeiert hatten. Außerdem hatte Gerrit Roolfs die letzten Tage im Leben von Ulli de Groot einigermaßen lückenlos rekonstruieren können.

Nun wurden er und seine Kollegen mit einzelnen Informationen und Hinweisen nahezu überschwemmt. Es war wie der Regen draußen: Das Wasser konnte vom vertrockneten Erdboden gar nicht recht aufgenommen werden und floss in kleinen Bächen ab. Roolfs befürchtete, dass sie derart mit Informationen beregnet wurden, dass sie die wichtigsten Hinweise gar nicht in den Blick bekamen.

Anscheinend hatte sich Ulli de Groot in der kurzen Zeit seines Comebacks eine ansehnliche Zahl von Feinden geschaffen. Durch die Putzfrau in Ulli de Groots Buchhandlung hatte Roolfs erfahren, dass Uwe Debelts, der Inhaber der Installationsfirma, nach der Eröffnung der Buchhandlung noch zu Ulli de Groot gekommen war und mit ihm gestritten hatte. Sie hatte mitbekommen, dass es um irgendeinen Auftrag ging. Nachbarn des Heimatmuseums hatten den Wortwechsel zwischen de Groot und seinem ehemaligen Lehrer Oldewurtel auf der Straße mitbekommen.

Heute früh hatte Roolfs einen Besuch bei seinem Chef Lothar Uphoff gemacht, der mit seinem Arzt darüber im Gespräch war, ob eine Rückkehr in den Dienst möglich und so wenige Jahre vor seiner Pensionierung sinnvoll wäre.

Seit Chris Gronewold kommissarischer Leiter der Dienststelle war, hatte sich schleichend Frustration bei den Kollegen breitgemacht. Es wurde mehr genörgelt als sonst. Die Bereitschaft, sich für den Job zu engagieren, war noch vorhanden, es wurde aber immer mühsamer für Roolfs, bei seinen Kollegen das Feuer zu entfachen, das auch in ihm immer schwächer brannte.

›Innere Kündigung‹ – diesem Ausdruck war er vor einiger Zeit auf einer Fortbildung begegnet. Eine unfähige Leitung rief durchaus nicht immer Widerstand der Mitarbeiter hervor. Oft zogen sie sich in sich zurück und verrichteten nur noch Dienst nach Vorschrift – und oft noch nicht einmal das. Die Köpfe und Hände machten den Job weiter, aber das Herz schlug nicht mehr mit.

Gerrit Roolfs betrachtete nachdenklich die Mail, die gerade gekommen war. Er hatte heute Morgen eine Anfrage nach der Spedition abgeschickt, deren Name Fabricius ihm gesimst hatte.

Ter Veer war eine Ende der neunziger Jahre entstandene Firma, die sich auf Umzüge zwischen Osteuropa und Deutschland spezialisiert hatte. Sie arbeitete eng mit einigen großen Unternehmen zusammen, die ganz legal Arbeitnehmer aus Osteuropa für zeitlich befristete Projekte einstellten und ihnen mit ihren Familien einen Umzug nach Deutschland ermöglichten. Die Autonummer, die Fabricius gesehen hatte, gehörte zu einem LKW dieser Spedition.

Gerrit Roolfs sah auf die Uhr. In einer guten halben Stunde war er mit Ernst Oldewurtel verabredet, und mit ihm über den Streit zwischen dem Lehrer und de Groot vor dem Herrlichkeitsmuseum zu sprechen. Die ungebrochen dörfliche Struktur Hillersums hatte für eine rasche Verbreitung dieses Vorfalls gesorgt, verbunden mit einer erheblichen Dramatisierung des Inhaltes. Nach Ulli de Groots überraschender Kandidatur für den Vorsitz des Heimatvereins sowie Ernst Oldewurtels ebenso überraschender Rücknahme seiner Kandidatur waren Gerüchte aufgekommen, die angesichts des Mordes nun in einem besonderen Licht erschienen.

Gerrit Roolfs fuhr auf der Bahnhofsstraße aus Norden heraus. Hier hatte sich in der Vergangenheit vieles verändert. Der schäbige alte Bahnhof stand wie ein Fossil in der Nachbarschaft von modernen Gebäuden, die es in jeder Stadt gab, und in denen Firmen hausten, die es ebenfalls in jeder Stadt gab. Würde Norden irgendwann auch zu einem Ort werden, deren Innenstadt man komplett mit den Innenstädten beliebiger anderer Orte austauschen konnte, ohne dass es jemand merken würde?

Roolfs fuhr weiter und versuchte, seine trübsinnigen Gedanken zu verscheuchen. Das Gute-Laune-Geblödel im Radio machte es noch schlimmer, und so ließ er die Sendersuche laufen, bis er bei den Wirtschaftsnachrichten angelangt war. In der Ferne ragten die klobigen Kirchtürme von Osteel und Marienhafe in den Himmel.

33

Ernst Oldewurtel wohnte am Ortsrand von Hillersum. Seine Frau öffnete die Haustür. Sie trug Gartenhandschuhe. Ihr T-Shirt war verschwitzt und schmutzig.

»Sie dürfen mich gar nicht angucken. Ich bin gerade im Garten.« Frau Oldewurtel wies Rolfs den Weg zur Garage und lachte. »Mein Mann hat hier nebenan sein Arbeitszimmer. Gehen Sie man rein. Er weiß ja, dass Sie kommen.«

»In der Garage?«, fragte Roolfs erstaunt.

»Ja, die haben wir schön ausgebaut. Da haust Ernst mit all seinen Büchern und Papieren. Das will ich nicht in der Wohnung haben.«

Das Arbeitszimmer von Ernst Oldewurtel sah so aus, wie Gerrit Roolfs sich als Kind immer die Wohnhöhle eines

Erfinders oder Zauberers vorgestellt hatte. Die Regale waren vollgestellt mit Büchern und Aktenordnern, dort lagen Zeitschriften und Stehordner mit Zetteln. Dazwischen standen Kartons, Kästen mit Dias, Zigarrenkisten. Auf dem Boden, auf den zwei Stühlen und der Couch lagen Stapel von Zeitungen und Mappen.

Ernst Oldewurtel nahm einen Karton von einem der Stühle. »Sie denken wohl, das hier ist unordentlich. Ist es aber nicht. Die hier vorliegende Ordnung erschließt sich nur mir. Nehmen Sie bitte Platz. Ich hoffe, ich muss Ihnen nichts zu trinken anbieten?«

»Herr Oldewurtel, wir reden über einen Mord. Worüber haben Sie und Ulli de Groot sich gestritten?«

»Gestritten?«, fragte Oldewurtel mit aufgesetzter Entrüstung. »Davon kann keine Rede sein. Wir waren unterschiedlicher Meinung. So etwas darf es ja wohl noch geben.«

»Wir haben Zeugen dafür, dass Sie de Groot nachgelaufen sind und ihn angeschrien haben. Sie haben gedroht, Sie würden ihn fertigmachen.«

»Ach wissen Sie, das sagt man so. Ich war ein bisschen sauer, weiter nichts. Ich würde doch niemals ... Herr Kommissar, also wirklich.« Noch einmal spielte Oldewurtel den Empörten, diesmal noch weniger überzeugend.

Roolfs sah ihn genervt an. »Herr Oldewurtel, ich warte jetzt darauf, dass Sie mir etwas erzählen. Ich lade Sie auch gern für morgen Vormittag vor.«

»Das geht ja nicht, dann bin ich in der Schule.«

»Ich schicke Ihnen gern einen Wagen mit zwei Beamten, die Sie dann aus dem Unterricht abholen.«

Oldewurtel lehnte sich in seinen Sessel. »Wir haben uns über die Ausrichtung der Arbeit im Verein gestritten. Ulli, also Herr de Groot ... Er war mal mein Schüler, das ist natürlich schon ein paar Jahre her. Ulli de Groot wollte diesen Verein zu einem Unternehmen umbauen, mit dem man Geld machen kann. Und ich habe viele Jahre daran gearbeitet, dass der Verein sich für heimatkundliche Belange engagiert. Das ist ja auch seine Aufgabe.«

»Und das ist alles?«, fragte Roolfs ungläubig.

»Na, hören Sie mal. Das ist schon eine ganze Menge. Damit hätte Ulli meine jahrelangen Bemühungen zunichte gemacht. Alles wäre umsonst gewesen.«

»Und warum haben Sie Ihre Kandidatur zurückgezogen? Ihre Wahl war doch so gut wie sicher.«

»Das glauben Sie. Ulli de Groot hat den anderen Vorstandsmitgliedern sein Konzept vorgelegt und eine ordentliche Geldspritze in Aussicht gestellt. Da hatte ich auf einmal keine Lust mehr. Ich mache noch mein Häuptlingsbuch fertig, und dann ist das Thema Heimatverein für mich durch. Ich werde meinen Austritt aus dem Vorstand erklären.«

»Aber nun steht Ulli de Groot Ihnen doch nicht mehr im Weg«, stellte Roolfs fest.

»Wollen Sie damit andeuten, ich hätte etwas mit dem Mord zu tun? Herr Kommissar, das geht nun zu weit!« Oldewurtel war sichtlich erschrocken. »Außerdem habe ich ein Alibi. Meine Frau kann bezeugen, dass ich den ganzen Abend zu Hause war.«

»Lassen wir das erst einmal. Herr Oldewurtel, ich werde das Gefühl nicht los, dass Sie mir nicht alles erzählt haben.«

»Ich habe Ihnen nichts erzählt, was Sie als Mordmotiv gegen mich verwenden können. Und da gibt es auch nichts zu erzählen. De Groot wollte mich ausbooten. Und das ist ihm auch gelungen. Menschen, denen ich fest vertraut habe und die ich lange Zeit kenne, sind einfach umgekippt. Sie haben mich fallen gelassen. Das ist bitter, nach all dem, was ich in den letzten Jahren für den Verein getan habe. Das ist für mich eine schlimme Erfahrung, dass es ihm fast gelungen wäre, den Heimatverein völlig zu verändern.«

»Ja, fast, Herr Oldewurtel. Fast. Aber dann hat ihn jemand aus dem Weg geräumt.«

34

Jürn Renken war eine Legende. Man hätte den Eindruck haben können, er existiere gar nicht in Wirklichkeit, sondern ein Schriftsteller hätte ihn als Figur für einen Roman erfunden.

Jürn Renkens Lebenslauf hatte durchaus Parallelen zur Lebensgeschichte von Johannes Fabricius, der sich vor dem Betreten der Buchhandlung Renkens noch dessen gepflegtes Schaufenster ansah.

Genauso wie Fabricius hatte er Germanistik studiert und einige Jahre als Lehrer gearbeitet. Genauso wie Fabricius hatte er von einem Verwandten eine solide Buchhandlung mit einem anspruchsvollen literarischen Programm übernommen und war schließlich aus dem Schuldienst ausgeschieden. Anders als Fabricius hätte Renken überhaupt keiner geregelten Arbeit nachgehen müssen, denn bei ihm waren schon in jungen Jahren mehrere Erbflüsse zusammengekommen.

Jürn Renken war nicht auf gute Geschäfte angewiesen. Er lebte für das Ideal des Buchhändlers als Bildungsberuf. Die Buchhandlung war für ihn eine Kulturinstitution und ein Treffpunkt der Gebildeten. Er konnte es sich leisten. Das Merkwürdige dabei war, dass genau deshalb seine Buchhandlung in Emden florierte.

Er war es, der vor einigen Tagen bei der Eröffnung von Ulli de Groots Buchhandlung protestierend das Geschäft verlassen hatte.

Legenden gab es viele über Renken: von seiner Mitarbeiterin, die er angeblich seit über zwanzig Jahren liebte, und die er noch nicht ein einziges Mal zu einem Essen oder auch nur zu einem Kaffee eingeladen hatte, weil er angeblich zu schüchtern war. Es reichte nur zu gemeinsamen Besuchen von Lesungen und Konzerten. Oder von den Literaturseminaren in seiner Buchhandlung, bei denen Renkens Urteile schärfer und gefürchteter waren als die der Kritiker. Einmal sollte er sogar einen jungen Lyriker eigenhändig hinausgeworfen haben, weil er dessen Gedichte für eine Beleidigung seiner Sinnesorgane hielt.

Jürn Renken war bekannt dafür, dass er Stammkunden Bücher vorlegte, die sie dann zu kaufen hatten. »Das müssen Sie lesen«, sagte er, und dies war nicht als unverbindliche Empfehlung gemeint, sondern es klang wie ein Rezept, in dem der Buchhändler die Lektüre verordnete, die er für seine Kunden als förderlich und heilsam ansah. In der Regel stellten sich seine Leseverordnungen als bereichernde Lektüre für die Betreffenden heraus, so dass man eine Renkensche Leseanweisung als Auszeichnung empfinden konnte und nie auf die Idee gekommen wäre, das von ihm vorgeschlagene Buch nicht zu kaufen, geschweige denn nicht zu lesen.

Auch Johannes Fabricius gehörte hin und wieder zu seinen Kunden, seit sie sich vor etlichen Jahren auf einer Tagung kennengelernt hatten, und auch er hatte schon einmal von Renken ein Buch mit den Worten »Hier, das müssen Sie lesen!« verordnet bekommen.

Jürn Renken hatte das Projekt des Bücherdorfes Hillersum von Anfang an unterstützt und war Gründungsmitglied des Förderkreises. Zusätzlich zu seinem Geschäft in Emden hatte er im Bücherdorf Hillersum nun eine auf Romane des neunzehnten und zwanzigsten Jahrhunderts spezialisierte Buchhandlung eröffnet, die er an zwei Tagen in der Woche selbst betreute, und die an den übrigen Tagen von einem Mitarbeiter geführt wurde.

»Herr Fabricius, wie nett, dass Sie mal hereinschauen«, begrüßte Renken den eintretenden Kollegen. »Was machen die Geschäfte?« In der Hand schwenkte er ein schmales Büchlein. »Hier, das müssen Sie lesen, Herr Fabricius. *Sunwise Turn* von Madge Jenison. Ein Buch über eine

Buchhandlung. Sie kommen doch sicherlich als Literaturbeauftragter zu mir? Oder? Bin ich des Mordes verdächtig?«

»Warum nicht?«, nahm Fabricius den Ball auf, den Renken ihm zugespielt hatte. »Sie haben bei der Geschäftseröffnung von Ulli de Groot vor Zeugen eine Morddrohung ausgesprochen. Wenige Tage später wurde er erschossen. Was liegt näher, als Sie unter die Verdächtigen einzureihen?«

Fabricius erklärte das so ernsthaft, dass Renken ihn mit offenem Mund ansah und erst wenige Augenblicke ein zaghaftes Lächeln und Kopfschütteln wagte. »Nee, Fabricius, das ist jetzt aber nicht Ihr Ernst, oder?«

»Nur ein bisschen. In Ihrem Fall würde mich wirklich interessieren, was Sie an dem Abend …«

»Das kann ich Ihnen ziemlich genau sagen, Herr Fabricius«, antwortete Renken. »Frau Seidler und ich waren im Konzert. Ein Abend des ›Musikalischen Sommers‹ wurde in der reformierten Kirche von Bargebur bei Norden gegeben. Trios von Brahms, zuerst das Klaviertrio opus 8 in der Originalfassung, mit der Wiederholung im ersten Satz. Das müssen Sie hören. Warten Sie, ich habe hier eine CD.« Jürn Renken kramte in einem Ständer mit CDs.

»Lassen Sie man«, sagte Johannes Fabricius. »Davon habe ich zu Hause eine Aufnahme.«

»Aber nicht diese hier«, erwiderte Renken und hielt ihm eine CD hin. »Die hier brauchen Sie. Dringend. Wollen wir unser Verhörspiel noch ein bisschen weitermachen?«

»Gern. Das Konzert wird höchstens anderthalb Stunden gedauert haben.«

»In etwa, ja.«

»Ulli de Groot wurde um Mitternacht herum erschossen.«

»Also kein Alibi? Tja, mehr kann ich nicht liefern. Ich habe Frau Seidler nach Hause gebracht, und dann bin ich auch nach Haus gefahren.«

»Dann hätten Sie doch gut zu Ulli de Groot fahren können?«

Jürn Renken war auf einmal wieder verunsichert. »Hören Sie, Herr Fabricius, ich weiß, was ich an dem Abend in Ulli de Groots Buch-Discounter gesagt habe. ›Er wird uns alle plattmachen‹ oder so ähnlich.«

Fabricius ergänzte: »›Es sei denn, dass jemand ihn platt macht.‹«

Renken fuhr sich mit der Hand durch sein strubbeliges graues Haar. »Hören Sie, Herr Fabricius, ich bin nicht gerade bekannt dafür, ein aufbrausender Mensch zu sein. Das geschieht nur selten. Und wenn Sie an die Geschichte denken, die von dem Rausschmiss des jungen Dichters handelt, so sollten Sie wissen: Sie ist genau so passiert. Und ich würde es heute wieder tun, wenn ein Mann mit Mitte dreißig, der sich noch von seiner Mutti die Hemden waschen und bügeln lässt, uns Gedichte über die Gefangenen in Guantanamo vorliest und dazu Waldmeisterbrause trinkt.«

»Sie können ja richtig zornig werden«, bemerkte Fabricius.

»Nichts als der Zorn der Zahnlosen. Aber wo wir schon dabei sind: Ulli de Groots Buchhandlung verdient diesen Namen nicht. Das wissen Sie genauso wie ich. Diese seelenlosen Supermärkte für Bücher sind eine Schande für unsere Innung. Mehr noch, sie fressen all die wunderbaren Buchhandlungen auf und zerstören eine Kulturlandschaft.«

Jürn Renken wurde heftig.

»Ich mache mir keine Sorgen um meine Existenz, Herr Fabricius. Vor Jahren gab es auch in kleineren Städten noch ein Geschäft, in dem sie Schallplatten kaufen konnten. Heute können Sie nur noch im Internet Musik bestellen. Einen richtigen Plattenladen finden Sie heute nur noch in wenigen großen Städten. Wenn Sie Glück haben, finden Sie in diesem riesigen Technik-Kaufhäusern eine Ecke mit CDs. Dann haben Sie in der Abteilung für Klassik die Auswahl zwischen André Rieus Walzermusik und Mozarts *Kleiner Nachtmusik* mit Herbert von Karajan. Vielleicht ist noch der Soundtrack für *Titanic* dabei, und das war's dann. Das ist die Versteppung einer Kulturlandschaft. Und mit den Büchern wird es genauso laufen. Da finden Sie in ein paar Jahren noch zwei Taschenbuchständer in Ihrem Supermarkt, und alles andere geht übers Internet. Und in den Städten wird es nur diese Filialen im Stil von MacBook geben. Und solche Typen wie Ulli ...«

Jürn Renken schwieg einen Moment. »Entschuldigen Sie bitte. Ich habe mich in Rage geredet. Ich will Ihnen keine Verschwörungstheorie präsentieren. Mein Zorn richtet sich nicht gegen Ulli de Groot persönlich. Sein Tod ändert überhaupt nichts. Für ihn wird jemand anders weitermachen. Diese Entwicklung kann man nicht aufhalten.«

»Haben Sie Lust, mir Ihre Buchhandlung zu zeigen?«, fragte Fabricius.

»Gern«, antwortete Renken und verharrte einen Moment, dann griff er in ein Regal und hielt Fabricius ein Buch hin.

»Fontane«, sagte Fabricius. »*Frau Jenny Treibel*. Darüber habe ich als Student meine Proseminar-Arbeit geschrieben.«

»Darum geht es mir gar nicht. Herr Fabricius. Das Thema, das mich interessiert, als Deutschlehrer, als Buchhändler, als jemand, der Literatur liebt, ist eine ganz einfache Frage: Hat das, was hier drinsteht, wirklich eine Bedeutung? Hat es etwas zu tun mit meinen Nachbarn, mit meinen Schülern, mit dem, was im Gemeinderat beschlossen wird? Spielt es irgendeine Rolle für die Familien, die da drüben in den Doppelhaushälften wohnen?«

»Für die einen sicher, für andere nicht.«

»Ja, sehen Sie Fabricius, das glaube ich eben nicht. Entweder es bewirkt etwas, oder es ist nur Blabla. So wie in diesem Roman. Worte, die nichts kosten und die nichts wert sind. Worte, die nur eine Funktion, aber keine Bedeutung haben. An diesem Thema kaue ich seit Jahren herum. Haben Sie die Antwort?«

Fabricius antwortete: »Ja.«

35

In der Nacht fuhr Fabricius von der Orchesterprobe nach Hillersum. Diesmal hatten sie die erste der drei »Tageszeiten-Sinfonien« mit dem Titel *Der Morgen* geprobt und im zweiten Satz war Fabricius mit seinem Cello besonders gefordert gewesen. Auch wenn ihn die konzentrierte Probenarbeit angestrengt hatte, konnte er der Verlockung nicht widerstehen, noch einmal einen Umweg zu machen und bei de Groots Antiquitätenhof vorbeizufahren.

Gerrit hatte ihm erklärt, dass der von ihm beobachtete LKW zur Umzugsfirma *ter Veer* gehörte, die jedes Jahr eine größere Anzahl Umzügen von Osteuropa nach Norddeutschland oder in umgekehrter Richtung durchführte. Die Firma war bisher nie durch Unregelmäßigkeiten aufgefallen. Gerrit hatte aber zusagt, noch einmal nachzufassen, welche Verbindung es zwischen der Umzugsspedition und de Groots Antiquitätenhof gab.

Als Fabricius sich dem Antiquitätenhof näherte, bog ein LKW von ter Veers Spedition vom Hof auf die Landstraße. Er fuhr hinterher. In Aurich verlor er ihn, als der LKW die Kreuzung an der Julianenburger Straße bei roter Ampel überfuhr. An der nächsten Kreuzung beim Pferdemarkt hatte er ihn wieder eingeholt, als sich der LKW Richtung Wittmund und Wilhelmshaven einordnete.

Fabricius wusste noch nicht einmal, was er nun genau vorhatte. Er wollte sehen, was passiert. So folgte er dem Umzugswagen in großem Abstand, auf den Umgehungsstraßen an Wittmund und an Jever vorbei und durch das Gewerbegebiet nach Wilhelmshaven. Einige Male bog der LKW ab, bis er vor einem dreistöckigen Wohnblock hielt. Fabricius fuhr ein kleines Stück weiter, bog in der nächste Seitenstraße ein, wendete und parkte so, dass er den LKW gut im Blick hatte. Er schaltete die Beleuchtung aus.

Ein Fahrer stieg aus und zündete sich eine Zigarette an. Er telefonierte mit seinem Handy und gestikulierte mit der Zigarette in der Hand. Dann verließen eine Frau und zwei Kinder die Fahrerkabine.

Fabricius konnte alles gut sehen. Sollte er Gerrit anrufen? Etwa, um ihm zu sagen, dass er einem Umzugswagen hinterhergefahren war und gleich beobachtete, wie Möbel aus dem Wagen in die Wohnung gebracht wurden? Lächerlich. Seltsam war es trotzdem, dass der Umzug jetzt mitten in der Nacht durchgeführt wurde.

Fabricius verspürte Hunger und Harndrang. Das erste Problem ließ sich leicht lösen. Er hatte im Handschuhfach immer eine Packung Müsliriegel dabei. Er stopfte sich einen Kokos-Ananas-Riegel in den Mund und stieg aus seinem Auto, vorsichtig, damit er nicht gesehen wurde. Aber der Fahrer telefonierte, rauchte und gestikulierte immer noch, und die Frau mit dem Kind stieg gerade wieder ein. Vielleicht wollten sie sich in der Schlafkabine noch etwas ausruhen.

Fabricius ging durch die Seitenstraßen, bis er ein mit Büschen und Bäumen bewachsenes Grundstück entdeckte. Er stellte sich erleichtert zwischen zwei ausladende Rhododendrenbüsche. Sein Plätschern kam ihm in der Stille der Nacht so laut vor, dass er fürchtete, in den umliegenden Wohnungen gehört zu werden.

Fabricius zog gerade seinen Reißverschluss zu und kam aus dem Gebüsch, als ein Mann mit zwei Rauhaardackeln an der Leine vor ihm stehen blieb. »He, was machen Sie denn da? Pinkeln Sie hier? Sie sind doch kein Hund!«

Als Fabricius zu seinem Auto zurückkam, waren die Fenster einer Wohnung im ersten Stock des Mietshauses hell erleuchtet. Der LKW war hinten offen, die Rampe heruntergelassen. Niemand war beim Wagen. Vermutlich sah man sich oben die Wohnung an oder machte eine Pause, bevor die Arbeit begann. Kurz entschlossen ging Fabricius zum Umzugswagen und stieg auf die Rampe.

Der Wagen war nicht annähernd voll. Doch die wenigen Möbel waren gut befestigt, damit während der Fahrt nichts ins Rutschen kam. Leider hatte er keine Taschenlampe dabei, aber er wusste, dass in seinem Kofferraum eine sein musste.

»Können wir Ihnen helfen?«

Als Fabricius sich umdrehte, standen da zwei Männer. Einer von beiden war der Fahrer. Umständlich kletterte Fabricius von der Rampe. »Nee, Entschuldigung«, sagte er. »Ich war bloß neugierig.« Zum zweiten Mal in dieser Nacht fühlte er sich ertappt.

Aus dem Hauseingang kam der Student vom Antiquitätenhof, bei dem er vor ein paar Tagen zu später Stunde das Buch von Seume abgeholt hatte. Der Student schien ihn wiederzuerkennen, sagte aber nichts. Einer der beiden anderen sagte zu ihm: »Ich hab Sie doch schon mal gesehen. Sie haben doch neulich nachts beim Antiquitätenhof rumgeschnüffelt.«

»So würde ich das nicht nennen«, sagte Fabricius mit dem ihm verbleibenden Rest von Würde.

36

Als Johannes Fabricius am nächsten Morgen in Gerrit Roolfs' Büro saß, konnte er sich schon nicht mehr an die umständliche Geschichte erinnern, mit der er den Männern von der Spedition zu erklären versucht hatte, warum er in ihren LKW geklettert war.

Fabricius war ein schlechter Lügner. Er hielt schon die Realität für eine Konstruktion, deren Aufrechterhaltung äußerst mühsam war. Umso anstrengender war es für ihn, in dieser absurden Wirklichkeit noch eine Fiktion zu gestalten und aufrechtzuerhalten.

»Und?«, fragte Gerrit. »Haben Sie es dir abgekauft?«

»Wohl kaum. Aber was sollten sie machen? Sie konnten mich ja nicht verhaften. Sie werden mich auf ihren Merkzettel setzen.«

»Johannes, ich möchte nicht, dass du in dieser Sache noch etwas unternimmst. Wenn es so harmlos ist, wie es sich anhört, wird das sonst unangenehm für dich.«

»Und wenn es nicht so harmlos ist?«, wandte Johannes ein.

»Dann wird es mit Sicherheit noch unangenehmer für dich. Also halt dich da raus!«

»Dann möchte ich aber, dass du da noch mal nachhakst. Da stimmt doch etwas nicht. Warum wird so ein Umzug mitten in der Nacht durchgeführt? Und warum fahren die Wagen der Umzugsspedition zuerst zum Antiquitätenhof? Der Wagen heute Nacht muss über die Autobahn von Hannover gekommen sein. Nach Wilhelmshaven fährt man doch direkt über Oldenburg. Warum fährt er erst hierher? Das ist ein Riesenumweg. Die müssen doch ein Fahrtenbuch führen, oder so etwas.«

»In Ordnung. Ich werde mit Habbo zu ter Veer fahren und mich mal ganz zwanglos mit ihm über seine Spedition unterhalten. Hast du die KFZ-Nummer aufgeschrieben?«

»Hier.« Fabricius legte seinem Freund einen Notizzettel hin, auf dem neben der Nummer auch die Ankunftszeiten auf dem Antiquitätenhof und in Wilhelmshaven aufgeschrieben waren.

»Perfekt«, lobte ihn der Kommissar. »Und? Wie läuft dein Job im Bücherdorf?«

»Fast jeder erklärt mir, warum er nicht liest. Aber sonst läuft es ganz gut. Als neuer Fachberater mache ich überall meine Antrittsbesuche. Ich habe schon einige Buchhandlungen durch. Ulli de Groot war gerade dabei, sich in Hillersum so richtig breitzumachen. Der neue Häuptling von Hillersum. Es wird erzählt, dass er einer der Hauptinvestoren der neuen Ferienhaussiedlung war. Angeblich gehörten ihm auch noch zwei Läden neben seiner Mega-Buchhandlung. Es gibt sogar Gerüchte, dass er das Familienhotel noch einmal aufleben lassen wollte. Die Stimmung war nicht gut für ihn. Aber ob ihn deshalb jemand erschossen hat?«, fragte Fabricius.

»Hast du nicht selbst mal gesagt, dass jeder Grund irgendwann zum Motiv werden kann?«, fragte Gerrit Roolfs. »Na ja, Ulli de Groot hat auf seine Art das beschauliche Bücherdorf ein bisschen aufgemischt. Er hatte ein paar neue Ideen und einen Riesenhaufen Knete. Damit macht man sich nicht gerade beliebt.«

37

Die Spedition *ter Veer* hatte ihren Sitz in Emden. In einem Gewerbegebiet waren auf dem großen Firmengelände zwei Fahrzeughallen aufgebaut. Die Büros waren in einem funktional gestalteten Gebäude untergebracht.

Gerrit Roolfs und Habbo Janssen wurden von einer stark geschminkten Sekretärin mit blondierten Haaren, die im Ansatz schon dunkelbraun nachgewachsen waren, in das Büro des Firmeninhabers geleitet.

Lutz ter Veer telefonierte gerade. Er bat die beiden Beamten mit einladender Geste, in einer Ledercouch Platz zu nehmen.

»Du, hömma, Sascha, fünfhundert Euro für eine Fahrt. Da gibt's doch wohl nix zu maulen, oder? Fünfhundert, sag ich nur: fünf – hun – dert. Das ist geschenkt. Geschenkt ist das. Da setz ich sogar noch was zu. Ja, ehrlich. Ich sag nur: geschenkt. ... Wunderbar, Sascha. Ich schick dir nachher jemanden mit den Papieren vorbei. Ich muss jetzt Schluss machen. Wenn du mal Zeit hast, müssen wir mal wieder ... Ja, du auch. Munter holl'n!«

Lutz ter Veer musste um die Vierzig sein. Sein Schädel war kahlrasiert, sein Körper machte einen kräftigen, durchtrainierten Eindruck. Er trug eine khakifarbene Jeans und ein olivenfarbenes Hemd.

»Meine Herren, was kann ich für Sie tun?«, fragte er und drehte sich lässig in seinem Schreibtischstuhl zu ihnen hin. »Wollen Sie mit Ihrer Dienststelle umziehen? Ich mach Ihnen einen guten Preis.« Etwas herablassend sah er die beiden Beamten an, während seine Sekretärin hereinkam und jedem einen Becher mit Kaffee hinstellte.

»Vielen Dank«, sagte Habbo Janssen. »Ich trinke keinen Kaffee. Das vertrag ich nicht.«

»Tee?«, fragte die Sekretärin. »Kein Problem. Ist schnell gemacht.« Schon war sie wieder verschwunden.

»Herr ter Veer, besten Dank, dass Sie einen Moment Zeit für uns haben. Wir ermitteln im Mordfall Ulli de Groot«, erklärte Habbo Janssen in beruhigendem Ton. »In diesem Zusammenhang werden natürlich auch alle geschäftlichen Aktivitäten von de Groots Antiquitätenhof durchgecheckt. Wir gehen davon aus, dass weder Sie noch Ihre Firma etwas mit dem Tod von de Groot zu tun haben. Dies ist kein Verhör.«

»Und warum lassen Sie meine Männer dann bespitzeln?«, fragte Lutz ter Veer angriffslustig. »Was war das für ein Schnüffler, der gestern Nacht in meinen LKW einsteigen wollte? Den haben Sie doch geschickt, oder? Am besten, ich rufe sofort meinen Anwalt an.«

»Es handelt sich um die ungebrochene Neugierde eines harmlosen Mitbürgers«, brummte Gerrit Roolfs. »Der Vorfall steht nicht im Zusammenhang mit unseren Ermittlungen. Ich habe den besagten Herrn heute Morgen gründlich in die Mangel genommen.«

»Also gut. Ich habe unseren Anwalt über dieses Treffen informiert, und er sagt, ich kann ihn jederzeit anrufen.«

»Herr ter Veer, hören Sie sich doch einfach mal unsere Fragen an, und dann entscheiden Sie, ob Sie die so beantworten können oder ob Sie lieber Ihren Anwalt dazu holen möchten«, schlug Habbo Janssen begütigend vor. Ter Veer nickte.

Gerrit Roolfs lehnte sich zurück. In Momenten wie diesem wusste er wieder, warum er schon so viele Jahre so gern mit Habbo zusammenarbeitete.

»Wir möchten eigentlich nur von Ihnen wissen, welche Geschäftsverbindung zwischen Ihnen und Ulli de Groot besteht«, erklärte Janssen. »Wir möchten Sie einfach auf unserer To-do-Liste abhaken.«

Roolfs stutzte und fragte sich, woher sein Kollege diesen Ausdruck hatte. Vermutlich hatte Chris Gronewold ihn auf einer Teambesprechung gebraucht.

Lutz ter Veer erzählte weitschweifig, wie er eine marode Spedition übernommen und zu einem modernen Umzugsunternehmen gemacht hat. Er hatte sich besonders spezialisiert auf Umzüge mit Zoll und Bundeswehr, und auf Umzüge zwischen Deutschland und Polen, Ungarn, Tschechien, Slowenien und den baltischen Staaten. Gleichzeitig nahm er natürlich auch andere Umzüge und Speditionsaufträge an. In den genannten Ländern gab es Partnerunternehmen, die das Umzugsgut fertig verpackten, so dass alles sofort nach Ankunft in den LKW eingeladen werden konnte, während die Fahrer sich ausruhten. So konnte der Umzug relativ schnell durchgeführt werden.

»Und was haben Sie mit den de Groots zu tun?«, fragte Roolfs dazwischen.

»Axel de Groot hatte in all diesen Ländern Geschäftspartner, die ihm bei der Suche nach bestimmten Büchern oder Antiquitäten behilflich waren«, erklärte ter Veer. »Und wenn dann in Riga oder in Budapest ein Schreibtisch für ihn bereitstand, haben wir den auf unserer nächsten Tour einfach mitgebracht. Das haben wir separat mit ihm abgerechnet, und das läuft alles reell. Nach Axels Unfall hat Günther Neeland das mit uns weitergemacht. Mit Ulli de Groot hatten wir nichts zu tun. Warten Sie einen Moment, ich habe alle Papiere hier. Ich hole den Ordner«, sagte er und verließ den Raum.

»Habbo«, flüsterte Gerrit Roolfs seinem Kollegen zu, »dieser Typ ist mir so was von unsympathisch ... Ich hoffe, dass er Dreck am Stecken hat. Ich glaube es aber nicht.«

38

Als ter Veer zurückkam, brachte er einen jungen Mann mit, groß und schlank mit lockigem schwarzem Haar, der leicht gebückt ging. Ter Veer stellte ihn als den Mitarbeiter vor, der vor allem für die Osteuropa-Umzüge zuständig sei.

Der Mitarbeiter lächelte etwas unbeholfen und erklärte: »Ich mache die Angebote, organisiere alles und wickele alles ab. Und dann darf ich auch die Rechnungen verschicken.«

»Nu mach man«, sagte ter Veer.

Sein Mitarbeiter breitete den Ordner vor den beiden Kripobeamten aus. »Gucken Sie hier«, sagte er und blätterte in den Unterlagen. »Wir bringen fast auf jeder Fahrt etwas für den Antiquitätenhof mit. Möbelstücke, manchmal auch einen Karton mit alten Büchern. Günther Neeland kümmert sich um alles, und er will die Zusammenarbeit mit uns fortsetzen.«

Ter Veer gab Habbo Janssen einen Computerausdruck. »Hier. Das sind die Firmen, für die wir hauptsächlich arbeiten. Wir ziehen vor allem mit Ingenieuren und mit hoch spezialisierten Facharbeitern aus Osteuropa um, zum Beispiel Restaurateure, Mechaniker, Instrumentenbauer, Leute, die ein altes Handwerk beherrschen, das hier niemand mehr kann.«

»Und das hier niemand so billig kann«, stellte Roolfs grimmig fest.

»Das ist nicht mein Problem«, antwortete ter Veer. »Marco, erzähl den beiden doch mal, wie das so abläuft.«

Der Mitarbeiter grinste etwas unsicher und erklärte: »Also, wenn eine Tour nach Osteuropa ansteht, schicke ich Neeland eine Mail. Vorher habe ich das mit Axel de Groot gemacht. Und dann bekommen wir Bescheid, ob wir etwas mitbringen sollen. Neeland kümmert sich dann darum, dass der Krempel bereitsteht und unsere Leute das Ganze nur noch verladen müssen.«

»Nun mal nicht so respektlos«, unterbrach ihn ter Veer. »So ein Krempelschreibtisch ist vermutlich mehr wert, als du in einem Monat verdienst.«

»Das kann man ja leicht ändern.« Ter Veers Mitarbeiter grinste wieder. Dann zeigte er Roolfs und Janssen die Unterlagen der letzten Umzüge. Der Transport der Antiquitäten war ordnungsgemäß abgewickelt worden.

Habbo Janssen blätterte die Papiere durch. Alle Transporte der einzelnen Stücke waren durch Kopien der Rechnungen, durch die entsprechenden amtlichen Formulare, Lieferscheine und andere Unterlagen belegt. Es waren sogar das anteilige Kilometergeld und eine Lohnkostenpauschale für den Antiquitätenhof berechnet und von der Rechnung für den Umzug abgezogen worden. Habbo, der vor dem Eintritt in den Polizeidienst eine Verwaltungsausbildung absolviert hatte, erfasste das alles mit einem Blick.

»Kann ich den Ordner mal mitnehmen?«, fragte er.

Ter Veer war einverstanden.

»Normalerweise machen wir im Sommer so etwa fünfzehn bis zwanzig Umzüge nach Osteuropa«, erklärte der Mitarbeiter. »Und natürlich auch zurück. Wir bringen die Leute ja auch wieder nach Hause, wenn das Projekt abgewickelt ist.«

»Ach ja«, brummte Gerrit Roolfs, »Dann werden die Leute auch gleich mit abgewickelt.«

»Das ist nicht unser Job, Herr Hauptkommissar.« Lutz ter Veer war sichtlich genervt. »Wir machen nur den Umzug, das andere machen die Arbeitgeber. Wir ziehen freundlich und reell mit den Leuten um. Da lass ich nichts auf meine Leute kommen. Und auf mich selber auch nicht. So, und das ist nun hoffentlich das Ende unserer Plauderstunde. Im Gegensatz zu Ihnen sind wir keine Beamten. Unsere Konten füllen sich am Monatsende nicht von selbst. Wir haben zu arbeiten.«

39

Die Installationsfirma von Uwe Debelts befand sich im Hillersumer Gewerbegebiet. Uwe Debelts war ein großer Mann um die vierzig, mit Bauchansatz; Haare und Vollbart waren rotblond und struppig. Er trug einen blauen Firmenoverall und ein weißes T-Shirt, thronte auf seinem Schreibtischstuhl wie ein König und telefonierte, als Gerrit Roolfs und Habbo Janssen hereinkamen. Er erklärte einem Kunden am Telefon, dass der Einbau eines billigen Badezimmers letztlich kostspieliger wäre als der Einbau eines teuren Badezimmers mit einer wesentlich längeren Lebensdauer. »Im Endeffekt«, sagte Debelts. Das schien einer seiner Lieblingsausdrücke zu sein.

»Komisch, dass die Leute immer telefonieren, wenn wir kommen«, raunte Habbo Janssen. »Ob die das mit Absicht machen?«

Debelts war Inhaber einer Firma für Heizungs-, Sanitär- und Bädertechnik und gleichzeitig zweiter Vorsitzender des SV Hillersum. Seine Karriere als Fußballer hatte Debelts bei seinem Heimatverein begonnen und dann bei Kickers Emden erfolgreich fortgesetzt. Danach war er als Trainer zum SV zurückgekehrt. Erfolg und Popularität im Sport hatten sich als überaus günstig für den Aufbau seiner Firma erwiesen, so dass er immer genügend Aufträge bekam. Als Handwerker war er genau so erfolgreich wie im Sport. So war aus dem kleinen Betrieb eine moderne Firma mit fünfzehn Mitarbeitern und Aufträgen im ganzen Landkreis und auf den Inseln geworden.

Debelts war einer der wichtigsten Sponsoren seines Vereins und vor einigen Jahren zum zweiten Vorsitzenden gewählt worden. Den ihm angebotenen ersten Vorsitz hatte er abgelehnt, weil er die damit verbundene Aufgabenfülle nicht mit seiner Arbeit in Einklang bringen konnte.

Debelts bekleidete kein politisches Amt. Dennoch gehörte er in der Gesellschaftsstruktur Ostfrieslands zu den Häuptlingen seines Ortes, deren Wort gehört wurde und ohne die fast nichts ging.

Zwei Wände in Debelts Büro waren behängt mit gerahmten Siegerurkunden, Fotos und Zeitungsausschnitten. In einer großen Vitrine standen Pokale, Wimpel mit Wappen und andere Erinnerungsstücke. An den beiden anderen Wänden waren die Regale vollgestopft mit Aktenordnern, Mappen und Stapeln von Katalogen und Prospekten.

Debelts legte auf und sah die beiden Beamten mit freundlicher Ungeduld an. »Moin, jetzt bin ich voll und ganz für Sie da. Was kann ich für Sie tun?«

Roolfs und Janssen kramten nach ihren Dienstausweisen.

Debelts winkte ab. »Laat man sitten. Ihr Büro hat mich ja vorhin angerufen, dass Sie kommen. Eigentlich muss ich dringend auf die Baustelle, aber hier gibt es im Endeffekt genauso viel zu tun. Angebote machen, Rechnungen schreiben, Mahnungen verschicken. Da gehört echt was dazu, dass man heutzutage sein Geld kriegt. Und ich bekomme niemanden für den Job im Büro.«

»Na, erst einmal kann man Ihnen ja herzlich gratulieren, Herr Debelts«, sagte Roolfs. »So wie es aussieht, haben Sie ja jetzt den Zuschlag für die neue Feriensiedlung bekommen.«

»Man muss nehmen, was man kriegen kann«, antwortete Debelts. »Bei der heutigen Lage ist man froh über jeden Auftrag. Ich habe Verantwortung für meine Mitarbeiter. Meine Leute will ich gerne in Lohn und Brot halten. Da bin ich froh, wenn Arbeit da ist.«

»Der Auftrag für die neue Feriensiedlung im Bücherdorf ist Ihr Rettungsanker«, schaltete sich Habbo Janssen ein.

»Ja, das Bücherdorf reißt mich raus, obwohl ich gar keine Bücher lese.« Debelts lachte und zeigte auf die Ordner im Wandregal. »Das Einzige, was ich lese, sind Prospekte und

Ausschreibungen. Mit viel Glück blättere ich mal in einer Fachzeitschrift. Man muss ja auf dem Laufenden bleiben.«

»Wir sind bei Ihnen und Ihrer Firma auch ganz gut auf dem Laufenden«, bemerkte Roolfs. »Das Wasser steht Ihnen bis zum Hals. Wenn Sie den Auftrag in der Feriensiedlung nicht bekommen hätten, säßen heute nicht mein Kollege und ich hier, sondern der Konkursverwalter.«

Uwe Debelts schlug die Augen nieder. »Ich will Ihnen nichts vormachen. Ohne diesen Auftrag wäre ich am Ende. Ich habe es Johannes Fabricius zu verdanken, dass ich im Endeffekt den Auftrag doch bekommen habe.«

»Johannes Fabricius?« Roolfs wurde hellhörig.

»Ja. Ich bin zu ihm gegangen und habe ihm von meinen Problemen mit Ulli de Groot erzählt. Herr Fabricius hat sich bereit erklärt, mein Angebot in die Investorengruppe einzubringen. Das hat er dann ja auch wohl sofort getan, denn schon gestern Abend kam der Anruf. Der Auftrag für die Feriensiedlung, das bedeutet sechzigmal Badezimmer, Toiletten, Gästetoiletten mit Dusche und sechzigmal Heizungsanlagen, Heizkörper und alles, was dazugehört. Dazu kommen noch die ganzen Anlagen im Gemeinschaftshaus. Das bringt ordentlich etwas ein.«

»Würde Ulli de Groot noch leben, hätten Sie den Zuschlag nicht bekommen«, stellte Roolfs fest.

»Bestimmt nicht. Obwohl mein Angebot das beste und günstigste war. Das weiß ich aus guten Quellen. Aber Ulli gab den Ton an bei der Investorengruppe. Das war ja keine öffentliche Ausschreibung. Ulli hatte mit mir noch eine Rechnung zu begleichen.«

»Um was geht es da?«, fragte Roolfs.

»Das sind alte Geschichten«, antwortete Debelts kurz angebunden. Er sah auf die Uhr. »Ich denke, ich muss dann mal langsam.«

»Herr Debelts, mein Kollege und ich hören für unser Leben gern alte Geschichten«, erklärte Habbo Janssen lächelnd. »Nun legen Sie man los. Dafür sind wir schließlich hier. Das macht ja keinen guten Eindruck, wenn wir Ihnen das alles aus der Nase pulen müssen. Besonders, wenn man zwei Abende vor dem Mord noch Streit mit dem Opfer gehabt hat.«

40

Uwe Debelts erzählte. Für das Projekt eines großen Ferienhotels für Familien mit großzügigem Außengelände und Schwimmbad in Hillersum hatte sich vor ein paar Jahren eine Investorengruppe gebildet. Der Abbau von Kies am Ortsrand von Hillersum war eingestellt worden, und nun stand an zwei miteinander verbundenen Kiesseen und direkt am Rand eines Waldes ein optimal geeignetes Gelände zur Verfügung.

»Das Ganze war im Endeffekt eine Geschichte in Höhe eines zweistelligen Millionenbetrages: eine große Hotelanlage mit Wohneinheiten für Familien, Badelandschaft mit Freibad und Innenbereich, Mehrzeckhalle, Sportanlagen, Abenteuerspielplatz, Biotop – mit allen Schikanen. Das sollte auf längere Sicht ein Goldesel für alle Beteiligten werden. Ich bin schließlich auch eingestiegen, fast mit einer halben Million. Auf Kredit. So flüssig war ich auch nicht. Ich hielt das für eine sichere Bank. Eine echte Marktlücke in einer Region, wo es fast keine Familienhotels gibt. Die meisten sind in Bayern und Österreich, glaube ich.«

»Hört sich gut an«, bestärkte ihn Habbo Janssen.

»Ja, hört sich gut an. Aber dieser Goldesel musste erst gehörig mit Gold gefüttert werden. Schließlich konnte der Bau beginnen. In gut zwei Jahren sollte die Sache so weit stehen, dass der Betrieb beginnen konnte. Die ersten Buchungen kamen schon, als das Baustellenschild gerade aufgestellt war.«

»Das hört sich auch gut an.«

»Der Bau begann. Und dann fingen die Probleme an. Einer unserer Investoren ging pleite und fiel aus. Gleichzeitig explodierten die Kosten und überstiegen alle vorherigen Schätzungen. Unser Goldesel entwickelte einen gewaltigen Appetit. Es entstanden Riesenlöcher. Und dann wurden die Bauarbeiten gestoppt, weil zwei Behörden sich wegen der Baugenehmigung in die Haare kriegten. Irgend so ein Kompetenzgerangel. Jeder Tag, an dem die Maschinen dort standen und unsere Leute bezahlt werden mussten, kostete viel Geld.«

»Hört sich schlecht an.«

»Das kann man wohl sagen, Herr Janssen. Ich musste gewaltig in Vorleistung gehen. Ich hatte den gesamten Sanitärbereich. Die Investoren legten genau fest, welche Einrichtung und welches Material ich von welcher Firma beziehen musste. Alles vom Feinsten. Ich musste alles vorher abnehmen. Der ganze Schiet wird nun in meiner Halle im Gewerbegebiet gelagert. Alles bezahlt. Also, wenn Sie mal ein neues Badezimmer oder ein gediegenes Klo brauchen: Ich hab über hundert davon auf Lager.«

»Vielleicht können Sie die ja in die Ferienhaussiedlung einbauen«, schlug Janssen vor.

»Meinen Sie, die wollen hier etwas eingebaut haben, was bei mir seit ein paar Jahren auf Halde liegt? Das können Sie vergessen. Mein Geld ist weg, und davon werde ich auch nichts wiedersehen«, stellte Debelts fest.

Er fuhr fort: »Der Rohbau stand, aber die Sache war gelaufen. Ulli wollte, dass wir alle noch mal Geld reinpumpen, Kredite aufnehmen. Der wollte die Sache unbedingt durchziehen. Der war richtig fanatisch. Aber es war zu Ende. Wenn ich noch einen Riesenkredit aufgenommen hätte, wäre ich damals schon baden gegangen. Ulli war stinksauer. Ich hätte ihn im Stich gelassen, und so. Der nahm das sehr persönlich. Darum ging es auch bei unserem Streit. Ich sollte den Auftrag für die Ferienhaussiedlung nicht bekommen. Das war seine Rache. Ich war leider bei einem anderen Projekt etwas weniger vorsichtig gewesen: Das Golfhotel hat mir den Rest gegeben, und ohne diesen Auftrag in der Feriensiedlung ist für mich im Endeffekt alles aus und vorbei. Bei dem Familienhotel bin ich gerade noch so davongekommen. Sie sehen, ich hatte nicht viel Glück in letzter Zeit, aber ich bin noch da.«

»Und wie Ihnen erging es auch den anderen Investoren?«, fragte Gerrit Roolfs.

»Einige sind so wie ich gerade noch da herausgekommen«, antwortete Debelts. »Die beiden de Groots waren nach dem Zusammenbruch schon sehr bald wieder sehr flüssig. Und bei Petra Lütjendörp und Krino van Westen steht so viel Kapital dahinter, dass die einen Verlust in dieser Größenordnung wegstecken können. Einige sind kaputtgegangen, darunter zwei alteingesessene Familienbetriebe. Ein Jammer ist das. Besonders schlimm war die Sache mit Walter Jakobsen. Der musste seinen Betrieb dichtmachen und hat sich das zu sehr zu Herzen genommen. Der hat sich mit Frau und Tochter das Leben genommen. Aber ob es das wert ist? Wissen Sie, mein Betrieb bedeutet mir sehr viel, dafür würde ich eine Menge tun. Tu ich ja auch. Aber so was? Das kann ich nicht verstehen. Was können seine Frau und seine Tochter dafür? Die Tochter hatte gerade das Examen bestanden. Wollte Lehrerin werden oder so ähnlich.«

Die drei Männer schwiegen einen Moment. Bei der Erwähnung Krino van Westens erinnerte Roolfs sich an die Ermittlungen in einem Mordfall vor einigen Jahren. Dabei waren sie auf unsaubere Immobiliengeschäfte bei van Westen gestoßen, hatten ihm aber letztlich nichts nachweisen können. Er räusperte sich. »In der Sache wurde damals ermittelt.«

»Ja«, antwortete Debelts. »Heiße Luft und sonst nichts. Die Ermittlungen wurden beendet, bevor sie richtig angefangen hatten.«

»Und was denken Sie darüber?«, fragte Roolfs.

»Gar nichts.«

»Gar nichts? «, fragte Janssen. »Gibt es da nicht ein paar Vermutungen? Daran sind wir interessiert.«

»Ich bin daran interessiert, Heizungen und Badezimmer einzubauen«, sagte Debelts. »Das ist mein Beruf. Ich möchte nicht, dass mein Name im Zusammenhang mit Unterstellungen genannt wird. Schon gar nicht gegen Leute, von denen ich im Endeffekt noch mal ein paar Aufträge haben möchte.«

41

»Hattest du auch schon deinen Einstand in der Bücherdorf-Mafia?«, spottete Gerrit Roolfs, als Johannes Fabricius in sein Büro kam. »Hast du hinter den Kulissen ein paar Drähte gezogen, damit Uwe Debelts den Auftrag für die Ferienhäuser bekommt?«

»Meine Güte, Gerrit, er hat das beste Angebot gemacht. Er ist das Unternehmen vor Ort. Und ohne diesen Auftrag ist seine Firma im Eimer, und seine Angestellten werden arbeitslos. Außerdem habe ich nichts weiter getan, als das Angebot von Debelts den Ausschussmitgliedern in vollem Umfang zur Kenntnis zu geben. Die Entscheidung hat die Investorengruppe getroffen.« Johannes Fabricius wurde laut.

»Ist ja schon gut. Ich will nur sichergehen, dass du keine Bestechungsgelder genommen hast«, lenkte Roolfs grinsend ein.

»Debelts war es nicht. Oder?«

»Wir haben sein Alibi überprüft. Seine Frau bezeugt, dass er in der Nacht zu Hause war. Natürlich: Er profitiert von de Groots Ableben. Andere tun das auch. Ich glaube nicht, dass Debelts unser Mann ist.«

»Und die Sache mit der Spedition?«, fragte Fabricius.

Roolfs druckste. »Wir gehen in alle Richtungen und kommen kein Stück voran. Ulli de Groots Privatleben, seine geschäftlichen Aktivitäten, sein Engagement im Heimatverein, sein Rachefeldzug gegen seine vermeintlichen Gegenspieler. Alles. Das volle Programm. Überall stoßen wir auf schwarze Löcher, aber wir sind noch nicht auf die Spur gekommen, die uns zu seinem Mörder bringt. Oder vielleicht haben wir sie unter all diesen vielen Spuren übersehen. Deine Umzugsspedition ist leider keine Spur. Das läuft ganz reell. Habbo und ich haben das überprüft.«

Roolfs erzählte Johannes Fabricius von seinem Besuch in ter Veers Spedition. Er klopfte auf den Aktenordner: »Hier sind alle Papiere drin.«

Theda van Immen kam herein. »Gerrit, kannst du eben mitkommen? Das Ergebnis der Ballistik ist da. Moin, Herr Fabricius.«

»Kannst du noch einen Moment hierbleiben? «, fragte Roolfs. »Ich hab da noch eine Bitte an dich.«

Fabricius nickte. Nachdem Roolfs das Büro verlassen hatte, stand er sofort auf, nahm den Ordner mit den Papieren der Spedition und ging an den Fotokopierer auf dem Flur. Alle schienen in einem der Büros bei der Teambesprechung zu sein. Fabricius kopierte die noch ausstehenden Aufträge der Firma.

Als er sich umdrehte, stand Habbo Janssen hinter ihm.

42

Gerrit Roolfs hielt bei der Teamsitzung ein Zwischenergebnis der bisherigen Ermittlungen fest. Der kommissarische Dienststellenleiter war glücklicherweise auf einer Fortbildung für Führungskräfte in Hannover. Im Blickfeld der Ermittlungsarbeit standen bisher drei Personen: Sabine de Groot, Erwin Oldewurtel und Uwe Debelts. Alle drei hatten Motive: Oldewurtel sah im Heimatverein seine Felle und die Früchte jahrelanger Arbeit davonschwimmen, Debelts bangte um den Auftrag, der ihn und sein Unternehmen retten konnte, und Sabine de Groot war jetzt Alleinerbin des de Grootschen Unternehmens. Alle drei hatten jeweils ein Alibi aus dem engsten familiären Umkreis: bei Debelts und Oldewurtel waren es die Ehefrauen, bei Sabine de Groot die Tochter.

Keinem von den dreien traute Roolfs zu, mit einer Pistole bei Ulli de Groot aufzutauchen und ihn niederzuschießen, aber er wusste auch, wie Habgier oder Angst Menschen verändern und sie zu Taten fähig machen konnte, die ihnen vorher niemand zugetraut hätte, auch sie selber nicht.

Gerrit Roolfs befestigte die Fotos und Namen von Sabine de Groot, Ernst Oldewurtel und Uwe Debelts an der Stellwand und nickte dann seiner Kollegin zu.

Theda van Immen berichtete über den Ermittlungsstand im Hinblick auf die Tatwaffe. Die ballistische Untersuchung hatte ergeben, dass es sich um eine Walther PPK im Kaliber .22 lfb. handelt. Theda hatte herausgefunden, dass Ulli de Groot im Besitz einer solchen Waffe war. Allerdings hat er vor einem dreiviertel Jahr den Diebstahl dieser Waffe gemeldet, die er in seinem Ferienhaus am Großen Meer aufbewahrt hatte.

»Denkt ihr auch, was ich jetzt denke?«, fragte Habbo Janssen.

»Du musst gar nicht so viel denken. Hör einfach zu«, sagte Theda van Immen und zwinkerte ihrem Kollegen zu. »Es gibt in Victorbur, also ganz in der Nähe von Hillersum, eine Kneipe mit einem Schießkeller, wo Ulli de Groot regelmäßig mit seiner Pistole geschossen hat. Diese Kneipe hat vor etwa vier Jahren zugemacht. Aber für treue Stammkunden hat der Besitzer den Schießkeller weiterhin geöffnet. Einer dieser Stammkunden war de Groot, und er hat immer am selben Stand geschossen. Außer ihm haben da noch zwei weitere Männer regelmäßig geschossen, die aber andere Waffen haben. So konnten wir die Projektile untersuchen, die wir dort fanden.«

»Nun mach es nicht so spannend, Theda«, drängelte Habbo Janssen.

»Sowohl die Kugeln aus dem Schießkeller als auch die Kugeln, mit denen Ulli de Groot erschossen wurden, stammen aus derselben Waffe. Sie wurden aus nächster Nähe auf de Groot abgefeuert.«

»Ulli de Groot wurde also …«, Habbo Janssen schluckte.

Theda van Immen vollendete den Satz: »Er wurde mit seiner eigenen Waffe erschossen.«

43

»Mit seiner eigenen Waffe?«, fragte Johannes Fabricius, nachdem Roolfs ihn über den Stand der Ermittlungen in Kenntnis gesetzt hatte.

»In Ulli de Groots Ferienhaus war damals eingebrochen worden«, erklärte Roolfs. »Die Kollegen sind da von einem normalen Einbruch ausgegangen. Das sehen wir jetzt natürlich in einem anderen Licht.«

»Warum erzählst du mir das eigentlich?«, wollte Fabricius wissen. »Du bist sonst doch nicht so großzügig mit internen Informationen.«

»Ich habe eine Bitte an dich.«

»Auf die Idee wäre ich jetzt nicht gekommen.«

»Mit unseren Ermittlungen bei Sabine de Groot, Ernst Oldewurtel und Uwe Debelts kommen wir nicht weiter. Sie scheiden als Verdächtige nicht aus, aber wir müssen da noch eine neue Baustelle aufmachen, oder besser gesagt: eine alte Baustelle. Unsere beste Spur ist dieses Familienhotel, das als Rohbau am Kiessee steht.«

»Ich weiß. Aber nun ist ein Mahnmal für die Schrecken des Kapitalismus daraus geworden«, spottete Fabricius.

»Da ist irgendetwas gelaufen«, sagte Roolfs. »Es gab Vermutungen, dass die Geschichte absichtlich gegen die Wand gefahren wurde. In der Sache ist damals nicht groß ermittelt worden. Vier Investoren hingen am stärksten drin: Axel und Ulli de Groot, die beide nicht mehr leben. Außerdem Petra Lütjendörp, die von irgendeiner Karibikinsel aus ihr Imperium beherrscht: Drogeriemärkte, Fitnessstudios, Imbissbetriebe an der Küste – alles Mögliche, womit man Geld machen kann. Eingestellt werden nur Billiglohnkräfte. Seit drei, vier Jahren macht die Lütjendörp auch in Immobilien. Privat weiß man fast nichts von ihr. Vor Ort wird alles von ihren beiden Neffen geregelt. Petra Lütjendörp hat sich in den letzten Jahren ein bisschen zur Symbolfigur eines Unternehmens entwickelt, das hier im Bereich Nordwest rücksichtslos expandiert. Brutal, aber legal. Die Lütjendörp selbst ist für uns nicht greifbar«, erklärte Roolfs. »Und bei dem Vierten musst du uns helfen ...«

»Lass mich raten, wer der Vierte ist«, sagte Fabricius.

Roolfs nickt. »Genau der.«

44

Aus dem morgendlichen Nebel über dem Wattenmeer tauchte die Silhouette der Insel Spiekeroog auf. Hier hatte der Geschäftsmann Krino van Westen seinen ersten Wohnsitz. An drei Tagen in der Woche regierte er von der Insel aus sein Immobilienunternehmen auf dem Festland.

Johannes Fabricius hatte Krino van Westen vor ein paar Jahren kennengelernt, als er auf eigene Faust in einem Mordfall ermittelte. Er hatte van Westen verdächtigt, in diesem Fall eine Rolle zu spielen, und dessen zwielichtige Rolle in einem großen Grundstücksgeschäft aufgedeckt, was mangels konkreter Beweise jedoch ohne Konsequenzen geblieben war.

Fabricius sah dem Besuch bei van Westen mit unangenehmen Gefühlen entgegen. Er wollte Auskünfte, mit denen van Westen sich vermutlich selbst belastete, und hatte im Gegenzug nicht viel zu bieten. Außerdem war ihre damalige Begegnung für beide so unerfreulich gewesen, dass sie einander möglichst aus dem Weg gingen.

Er hatte sich noch keine Strategie für das Gespräch zurechtgelegt. Fabricius hatte gestern Abend am Telefon nur eine vage Andeutung gemacht, und van Westen hatte ihm kurz angebunden einen Termin für heute früh gegeben.

Fabricius hatte die Fähre um sieben Uhr genommen, um rechtzeitig um neun Uhr bei van Westen zu sein. Jetzt löste sich der Nebel im Sonnenlicht auf. Im Westteil Spiekeroogs waren aus der Ferne das Haus Klasing auf der Düne und die katholische Kirche zu sehen, die mit ihrer exponierten Lage und ihrem markanten Zeltdachbau längst zu einem Wahrzeichen der Insel geworden war.

Der Fahrgast, der ihm gegenübersaß, musterte ihn aufmerksam. Der Urlauber trug einen Anzug aus hellem Leinenstoff. Fabricius nickte und befürchtete, dass dieses Nicken ein Fehler war.

Der Fahrgast fragte ihn unvermittelt: »Wissen Sie, warum ich Spiekeroog so liebe?«

Fabricius wollte nicht unhöflich sein und sah sein Gegenüber mit einem fragenden Blick an.

Sofort begann der Mann im Leinenanzug: »Ich sage nur eins: Tatze! Ohne so eine Tatze auf Ihren Klamotten dürfen Sie eigentlich gar nicht auf die Insel rauf. Was auf Mallorca der tätowierte Steiß ist, das ist auf Spiekeroog der Fleecepulli mit der Tatze drauf.«

Fabricius sah sich die Umstehenden etwas genauer an. Sein Gesprächspartner hatte nicht ganz unrecht. Zumindest die Hälfte der anderen Fahrgäste trug ein Kleidungsstück dieser Firma.

»Ja, so ist das«, tönte sein Gegenüber. »Unser Leben wird immer komplizierter. Da müssen Sie schon starke Signale setzen, um Ihren Platz im öffentlichen Leben sichtbar einzunehmen. So eine Tatze markiert ein Persönlichkeitsrevier. Sie hat eine Botschaft, und die lautet: Hallo, Freunde, ich habe mindestens ein gutes Durchschnittseinkommen und bin outdoormäßig super drauf. Ich bin für das Einfache, aber dafür bitte in guter Qualität. Meine Kinder heißen nicht Justin und Kimberly, sondern Lukas und Wiebke oder so ähnlich.«

Fabricius begann, sich auf das Gespräch mit Krino van Westen zu freuen.

»Das wird die Zukunft des ostfriesischen Inseltourismus sein«, erklärte der Mann im Leinenanzug weiter. »Jede Insel wird mit der Zeit ihr eigenes Profil ausbilden und ihr eigenes Gästemilieu entwickeln. Dann wird in ein paar Jahren jemand am Fahrkartenschalter stehen, weiß-blau gestreifter Pulli um die Schulter gelegt, sonnenstudiogebräunt, Zigarette im Anschlag, Sonnenbrille in die Haare geschoben. Und der Mann am Fahrkartenschalter wird sagen: Tut mir leid. Sie können nicht nach Spiekeroog. Sie fahren nach Norderney!«

Der laute Signalton der Fähre unterbrach den Monolog, und Fabricius ließ sich bereitwillig durch die Fahrgäste, die sich zum Ausgang bewegten, von seinem Gesprächspartner wegdrängen. Er winkte ihm noch einmal zu.

Dann ging Fabricius langsam, den Mann im Leinenanzug weit vor sich lassend, die Wüppspoor entlang in das Dorf. Die Glocke der kleinen alten Inselkirche bimmelte. Ein Jugendlicher stand vor dem Eingang der Kirche, zog rhythmisch am langen Glockenseil und brachte die mit dem Seil verbundene Glocke im Dachreiter der Kirche zum Läuten. Dabei wurde er von Gästekindern bestaunt.

Fabricius sah auf die Uhr. Er hatte noch eine Stunde Zeit. Er ging in das Kirchlein und setzte sich unter die Empore in die letzte Reihe. Buntschummriges Licht erhellte den Raum aus Kirchenfenstern, die neben religiösen Motiven auch die Namen und Herkunftsorte ihrer Spender aufwiesen. Die Decke war als blauer Himmel mit goldenen Sternen gestaltet. Beherrscht wurde der Raum von einer Kanzel in zurückhaltendem Barock und einem neogotischen Altaraufsatz mit Jesusbild. Das originale Altarbild mit Abendmahl in Bauernbarockmalerei hing an der Wand.

Ein älterer Herr begann ein virtuoses Orgelspiel. Der Pastor, sonnengebräunt und gut gelaunt wie ein Urlauber, hielt eine kurze Andacht mit Wortwitz und Tiefgang. Wenn Fabricius die Augen schloss, erinnerte ihn die Stimme an Hanns Dieter Hüsch.

Nach der Andacht blieb Fabricius noch einen Moment auf seinem Platz. In der ersten Reihe blieben zwei ältere Damen sitzen und unterhielten sich laut flüsternd. Dann erhoben sie sich gleichzeitig, und eine von ihnen bekreuzigte sich. Die andere fasste sie am Arm und deutete auf das Jesus-Bild am Altar. »Hier musste disch nit bekreuzige«, belehrte sie ihre Freundin. »Dä is doch evangelisch.«

»Ah jo«, antwortete die andere. »Hier in Hambursch sin' se doch all' evangelisch.«

45

Im Ostteil des Inseldorfes bewohnte Krino van Westen ein großes reetgedecktes Haus. Ihm gehörte auch das Nachbarhaus, in dem Büroräume und Gästezimmer für seine Mitarbeiter eingerichtet waren. Im Zeitalter winziger Speichereinheiten mit gigantischem Fassungsvermögen genügten ihre Laptops, um die Firmenzentrale für ein paar Tage auf die Insel zu verlegen und per Handy und E-Mail überall anwesend zu sein. Seitdem van Westen auch offiziell als Millionär geführt wurde, gönnte er sich diesen Luxus. Meist flog van Westen mit seiner Cessna und nahm dann drei oder vier Mitarbeiter mit. Er war seinerzeit einer der maßgeblichen Befürworter zur Einrichtung eines neuen Flugplatzes auf der Insel gewesen.

Van Westen ließ Fabricius zweimal klingeln, bevor er öffnete. Er reichte ihm nicht die Hand. »Sie haben mir etwas zu sagen, Herr Fabricius«. Das klang eher nach einer Feststellung als nach einer Begrüßung.

Krino van Westen dirigierte seinen Gast in das minimalistisch aber teuer eingerichtete Esszimmer. Er wies Fabricius einen Stuhl zu und machte keine Anstalten, seinem Gast etwas anzubieten.

Van Westen war ein großer, schlanker Mann, Ende fünfzig. Seine blonden Haare gingen erst langsam ins Graue über und waren akkurat gescheitelt. Seine riesige Adlernase ragte unter der Brille hervor, hinter der seine zusammengekniffenen Augen blinzelten. Er trug einen cremefarbenen Anzug und ein dunkelblaues Hemd ohne Krawatte.

Am Fenster stand ein Sessel. Auf dem Beistelltisch lagen Zeitungen und die vier dunkelroten Bände von Walter Kempowskis *Echolot*.

»Herr Fabricius«, eröffnete van Westen das Gespräch. »ich gehe davon aus, dass Ihr Anliegen für mich und für meine Firma genau so wichtig ist wie für Sie. Ansonsten sollten wir Ihnen und mir das eingeschränkte Vergnügen gegenseitiger Gesellschaft ersparen.«

Fabricius ließ van Westens Arroganz nicht an sich heran. Schon der Gedanke, dass sein Gegenüber nicht wusste, dass Fabricius gelegentlich mehr als freundschaftliche Kontakte zu dessen Frau hatte, verlieh ihm ein gewisses Selbstbewusstein. Außerdem war er ja nicht in eigener Sache hier und nicht auf van Westens Wohlwollen angewiesen.

»Lieber Herr van Westen, ich würde mich nie ohne zwingenden Grund Ihren guten Umgangsformen aussetzen«, antwortete Fabricius. »Ich habe eine Information, von der ich nicht einschätzen kann, welche Bedeutung sie für Sie hat. Sie ist sicherlich nicht unwichtig. Sie können diese Information nutzen. Im Gegenzug stelle ich eine oder zwei ganz einfache Fragen, um deren möglichst konkrete Beantwortung ich Sie bitte.«

Van Westen brauchte einen Moment, um das Gehörte zu verarbeiten, und lehnte sich dann erwartungsvoll zurück.

»Herr von Westen, wenn wir ins Gespräch kommen

wollen, müssen Sie schon Laut geben«, sagte Fabricius. Van Westens zur Schau getragene Herablassung hatte etwas unfreiwillig Komisches.

Van Westen räusperte sich. »Ich bin einverstanden.«

»Sie waren mit anderen Investoren am Bau einer großangelegten Hotelanlage in Hillersum beteiligt. Das Vorhaben platzte schließlich. Die Investoren haben diese Niederlage verkraftet, andere sind in den Abgrund gerissen worden. Es gab daraufhin einen spektakulären Selbstmord: Ein Subunternehmer hat sich und seine Familie ums Leben gebracht. Es wurde sogar polizeilich untersucht, ob das Scheitern des Hotelprojektes absichtlich herbeigeführt worden war. Die Untersuchungen wurden schnell und ohne Ergebnis eingestellt.« Fabricius machte eine Pause.

»Herr Fabricius, diese Fakten sind mir hinlänglich bekannt. Ich habe mich mit einer nicht unwesentlichen Summe an diesem Vorhaben beteiligt. Und selbst wenn es nicht so gewesen wäre, hätte ich all das, was Sie mir da erzählen, in der Zeitung lesen können.«

»Was ich Ihnen jetzt mitteile, werden Sie nicht in der Zeitung lesen«, antwortete Fabricius. »Die damaligen Untersuchungen werden jetzt Gegenstand einer internen Ermittlung, und in diesem Zusammenhang soll nun diese ganze Hotelgeschichte noch einmal aufgerollt werden. Es gibt zwei Möglichkeiten: Entweder haben die verantwortlichen Beamten damals unsauber gearbeitet, oder sie haben ihren Job mit Absicht so schlecht gemacht, dann wären die Gründe dafür zu klären. In ein paar Tagen wird eine Sonderkommission mit ihrer Arbeit beginnen und unter anderem auch bei Ihnen vorstellig werden.« Für einen Moment erkannte Fabricius eine Spur von Unsicherheit bei seinem Gesprächspartner.

Sofort setzte van Westen sein selbstgefälliges Grinsen wieder auf. »Damit kann ich gut leben, Herr Fabricius. Ich habe damals ebenfalls Geld verloren und gehöre keineswegs zu den vermeintlichen Gewinnern dieser unglücklichen Geschichte. Ist das etwa schon alles? Sie enttäuschen mich.«

»Da kann man dann wohl nichts machen. Ich finde allein hinaus, Danke für Ihre freundliche Bemühung«, sagte Fabricius und erhob sich achselzuckend.

Er drehte sich noch einmal zu van Westen um. »Ach, eine Nebensache habe ich nicht erzählt. Fast hätte ich es vergessen. Nach dem Mord an Ulli de Groot sieht die Polizei den Tod seines Vetters Axel nun in einem etwas anderen Licht. Man geht davon aus, dass es Mord gewesen ist, und dass beide Morde etwas mit diesem Hotelprojekt zu tun haben. Innerhalb eines dreiviertel Jahres sind also zwei der vier Hauptinvestoren ermordet worden. Für die Polizei ist offen, wem der nächste Anschlag gilt. Zwei sind ja noch übrig: Sie und Petra Lütjendörp, die sich weit weg von hier auf einer anderer Insel sonnt und weder für die Behörden noch für einen potentiellen Mörder erreichbar ist. Einen schönen Tag noch, Herr van Westen.«

Fabricius nickte seinem Gastgeber noch einmal zu und ging. Was er gerade gesagt hatte, war eine glatte Lüge, die er auch nicht mit Gerrit nicht abgesprochen hatte. Aber sie verfehlte ihre Wirkung nicht. Auf einmal stand van Westen neben ihm und sagte mit tonloser Stimme: »Bitte, bleiben Sie noch einen Moment.«

46

Als Fabricius van Westens Haus verließ, war es kurz nach zehn. Van Westen hatte geredet: sehr kontrolliert, abwägend, aber Fabricius hatte doch einige Einblicke bekommen. Das nächste Schiff fuhr erst am frühen Nachmittag, so dass er noch Zeit hatte. Er beschloss, die wichtigsten Ergebnisse des Besuches bei van Westen zu notieren.

Fabricius betrat die Inselbuchhandlung. Er befürchtete eine Einrichtung im inzwischen üblichen Stil: einen großflächigen Laden, in dem zwischen Kunstharzleuchttürmen und Plüschseehunden nur Bestseller im Regal standen, mit der Titelseite nach vorn. Er war erfreut, eine Buchhandlung vorzufinden, in der auf kleinem Raum ein vielseitiges, anspruchsvolles Sortiment geführt wurde. Eine richtige Buchhandlung. Vielleicht würden seine Horrorvisionen für die Zukunft des Buchhandels ja doch nicht wahr werden.

Fabricius kaufte erleichtert ein Kladdebuch und den *Inselboten.* Dann machte er sich über den Slurpad auf den Weg zum Strand.

Schon von weitem erblickte er eine hoch aufragende Skulptur auf der Aussichtsdüne, eine schlanke und große Gestalt, die mit beiden Handflächen über den Augen über die Insel schaute. Die musste neu sein.

Fabricius folgte dem Blick der Gestalt und sah, wie van Westens Cessna eine Runde über die Insel flog. Die Initialen KVW waren gut sichtbar in den ostfriesischen Landesfarben schwarz, rot und blau auf dem Rumpf der Maschine angebracht. Die Cessna flog in Richtung Festland. Anscheinend waren die Information von Fabricius für Krino van Westen wichtiger, als der Unternehmer zugegeben hatte.

Am Strand setzte sich Fabricius auf eine der freien Bänke. Er ließ seinen Blick über die Strandkörbe und Sandburgen schweifen. Auf keiner Insel, so hatte er neulich aus einem

Zeitungsartikel erfahren, würde so viel gelesen wie auf Spiekeroog. Wahrhaftig war in den meisten Strandkörben jemand in ein Buch vertieft. Vielleicht wäre diese Insel ein idealer Ort für ein Bücherdorf. Eine Bücherinsel? Ob sich so etwas realisieren ließ? Ob sich so ein Vorhaben rechnete?

Mit einem Ächzen ließ sich ein älterer Mann neben Fabricius auf der Bank nieder. Als ein Wasserball auf die Bank zugerollt kam, knurrte er: »Also nee, entweder haben die Leute Köter, oder sie haben Kinder.«

Der Mann erhob sich ächzend und ging weiter. Fabricius nahm den Ball und warf ihn den Kindern zu. Und dann begann er zu schreiben.

Krino van Westen hatte schon vor mehreren Jahren einige zusammenhängende Grundstücke am Hillersumer Kiessee gekauft. Ulli de Groot und Petra Lütjendörp waren dann mit der Idee einer Hotelanlage für Familien auf ihn zugekommen, und van Westen war als Investor mit einer stattlichen Summe eingestiegen. Für die von ihm zur Verfügung gestellten Grundstücke hatte er damals einen Preis erhalten, der sogar ihm zu hoch schien.

Mit dem Platzen des Projektes hatte auch er Geld verloren, jedoch hatten Ulli de Groot und Petra Lütjendörp ihm in der Folgezeit einige lukrative Aufträge vermittelt, die seinen Verlust deutlich relativierten.

Eine Verbindung dieser Ereignisse zum Tod der beiden Vettern de Groot konnte van Westen nicht erkennen. Zu der Frage, ob das Scheitern des Familienhotels absichtlich herbeigeführt worden war, wollte van Westen sich nicht äußern. Er hatte den Eindruck gehabt, dass sich Ulli de Groot als maßgeblicher Motor dieses Vorhabens eine Art Denkmal errichten wollte und sich davon einen großen finanziellen Erfolg versprach.

Zum Ende des Gespräches hatte Fabricius noch einmal eine mögliche Verbindung zu den beiden Todesfällen angesprochen, was Krino van Westen sichtlich unter Druck gesetzt hatte. Der Unternehmer hatte sich dadurch zu einer Äußerung hinreißen lassen, die er schon in dem Moment zu bereuen schien, in dem er sie aussprach.

Fabricius notierte sie so, wie er sie fast wortwörtlich noch im Ohr hatte: »Ulli de Groot wollte zu viel. Er wollte um jeden Preis die Sache mit dem Hotel durchziehen und sah das als sein persönliches Prestigeobjekt. Aber ich hatte das Gefühl, dass er schon mit dem Bau der Anlage etwas für sich abzweigen wollte. Er wollte beides: durch den Bau der Anlage viel Geld verdienen und später noch mal durch den Betrieb. Aber das funktionierte nicht. Und so ist alles geplatzt. Das kann ich nicht belegen. Aber ich hatte den Eindruck, dass da mit der Finanzierung einiges nicht stimmte.«

Van Westen hatte Fabricius eingeschärft, diese rein subjektive Vermutung auf keinen Fall mit van Westens Namen und Verbindung zu bringen, hatte sogar rechtliche und persönliche Konsequenzen für Fabricius angedroht, falls dieser sich nicht an die Verabredung hielte. Das wiederum ließ Fabricius vermuten, dass van Westen hier endlich beim Namen genannt hatte, was das Hotelprojekt zum Scheitern gebracht hatte.

Am Hafen, als das Schiff gerade angelegt hatte und die Gäste ausstiegen, stand auf einmal sein Gesprächspartner von heute Morgen wieder neben Fabricius. Er überlegte, ob er lieber die Abendfähre nehmen sollte. Aber heute Abend war die Probe für die zweite der drei »Tageszeiten-sinfonien«. Mit seinem Solopart im dritten Satz durfte er bei der Probe einfach nicht fehlen.

Der Mann im Leinenanzug sagte zu Fabricius' Erleichterung: »Ich muss mich leider verabschieden, es hat mich gefreut, Sie kennenzulernen. Ich bleibe auf der Insel. Ich will hier meine Frau abholen. Wir machen in den nächsten

Tagen ein Kreativseminar in der Inselakademie. Meine Frau bringt zwei Koffer voller Plastiktüten mit.«

»Plastiktüten?«, fragte Fabricius erstaunt.

»Ja. Ich will die Plastiktüte wieder gesellschaftsfähig machen. Die Plastiktüte ist durchaus kulturkompatibel«, erklärte der Mann mit großem Ernst. »Die Plastiktüte ist ein Medium niedrigschwelliger Alltagsästhetik. Verstehen Sie, was ich meine?«

»Nein«, gab Fabricius zu.

Sein Gesprächspartner wollte gerade mit einer weit ausholenden Erklärung über Alltagskunst beginnen, als eine zierliche Frau mit langen, schwarzen Haaren und einem ausladenden Sonnenhut vor ihnen stand. »Hallo, mein Schatz, unsere Koffer sind in Container 12. Drei Stück. Die Aufkleber sind drauf. Schwing die Hufe!«

»Tja, tschüss denn. Denken Sie immer daran: Die Ästhetik von heute ist die Ethik von morgen! Man sieht sich«, verabschiedete sich der Mann im Leinenanzug und ging zu den Containern.

Seine Frau lächelte Fabricius an. »Ich hoffe, mein Mann hat Sie nicht genervt. Er ist kein schlechter Kerl, man darf ihn nur nicht zu Wort kommen lassen.«

47

Am nächsten Morgen fuhr Johannes Fabricius in aller Frühe los. Sein Navigationsgerät war eingestellt, aber er würde es erst ab der tschechischen Grenze anschalten. Den Weg bis dorthin kannte er. Er war schon einige Male in Prag gewesen, aber so weit ging die Reise diesmal nicht. Er musste nur bis Eger. Das war nicht weit hinter der Grenze, die Stadt, in der Wallenstein ermordet worden war.

Neben sich auf dem Beifahrersitz hatte er die kopierten

Unterlagen aus dem Ordner der Spedition *ter Veer*. Glücklicherweise hatte Habbo Janssen beide Augen zugedrückt, als Fabricius ihm erzählte, dass er die Unterlagen nur aus Interesse kopiere. Und das war eigentlich noch nicht einmal eine Lüge gewesen.

In den nächsten Tagen würde die Firma *ter Veer* noch zwei Umzüge machen, einen aus Eger in Tschechien und den anderen aus Riga in Lettland. Erst ab Herbst waren wieder Umzüge nach Osteuropa vorgemerkt.

Fabricius hatte sich für die Adresse in Eger entschieden, weil die Strecke erheblich kürzer und unkomplizierter war. Er hatte Karten und zwei aus dem Internet ausgedruckte Stadtpläne bei sich. Wenn er richtig recherchiert hatte, war die Adresse in einer Straße mit Altbauwohnungen.

Das Team der Firma *ter Veer* würde erst morgen Nachmittag dort eintreffen, um die Möbel aus der Wohnung abzuholen. Fabricius konnte sich also Zeit lassen. Bis heute Abend wollte er an der Grenze sein, sich ein Hotel für die Übernachtung suchen und dann morgen rechtzeitig zur Stelle sein.

Im Grunde wusste er gar nicht genau, was er dort erwartete oder suchen sollte. Er würde vermutlich nur den Männern aus sicherem Abstand zusehen, wie sie Möbel und Kartons in den LKW einluden. Am Ende konnte er immer noch das Haus besichtigen, in dem Wallenstein seine letzte Nacht verbracht hatte.

48

Chris Gronewold hörte sich bei der Dienstbesprechung ungeduldig die Ergebnisse der bisherigen Ermittlungen an. Er wippte mit dem Fuß, schaute zur Uhr, tippte zwischendurch etwas in seinen Laptop. Zweimal brummte sein Handy und er ging vor die Tür, um zu telefonieren.

Inzwischen waren alle Gäste, die Ulli de Groot nach der Eröffnung seiner Buchhandlung noch zu einer Feier zu sich nach Hause eingeladen hatte, befragt worden. Auch die Alibis aller bisher verhörten Personen waren überprüft worden. Die Kriminaltechnik hatte alle möglichen Spuren noch einmal unter die Lupe genommen. Aber auch Tage nach dem Mord an Ulli de Groot war nur der Kreis derer größer geworden, die aus dem Tod des Geschäftsmannes Nutzen ziehen konnten. Es gab keine erfolgversprechende Spur.

Die Stimmung ging nach unten. Und Gronewolds Kommentare taten ihr Übriges.

»Leute, ich muss mich nachher vor die Presse stellen«, sagte Gronewold. »Das mach ich auch. Hundertprozentig. Ich steh dafür gerade. Dafür bin ich da. Ich bin ein Profi, und ich kann das wegstecken, wenn da jemand verantwortlich gemacht werden soll. Aber, Leute, wir müssen hier weiterkommen. Wir brauchen handfeste Ergebnisse. Der Fürst wird inzwischen auch unruhig. Das Bücherdorf ist sein Baby. Und wenn er Geburtstag hat, soll der Empfang im Bücherdorf stattfinden. Keine Sorge, ich regle das schon mit ihm. C. E. und ich, wir können ganz gut miteinander.«

C. E. – das sollten sicher die Initialen des Fürsten sein. Wehmütig dachte Roolfs an die Tobsuchtsanfälle von Lothar Uphoff. Vielleicht waren Typen wie Uphoff heute nicht mehr leitungskompatibel. Vielleicht gehörte die Zukunft den Chris Gronewolds. Gerrit Roolfs fühlte sich wie ein Vertreter einer aussterbenden Art.

Als Habbo Janssen neben ihm in aller Ruhe eine Sahnewolke in seiner Teetasse platzierte, fühlte er sich schon etwas weniger einsam.

49

Der LKW von ter Veer war schon da, als Fabricius in die Straße einbog. Er konnte nicht wenden, ohne in der eng zugeparkten Straße die Möbelpacker auf sich aufmerksam zu machen. So fuhr er zügig an den Männern vorbei, die gerade ein Sofa auf die Rampe hievten. Drei Straßen weiter fand er eine Parklücke. Fabricius steckte sein Handy in die eine, den Stadtplan in die andere Tasche und nahm seine Digitalkamera mit.

Er wartete, bis die Männer in den grünen Overalls der Spedition wieder in der Wohnung waren, und stellte sich dann in den Eingang eines Hinterhofes. Von hier aus konnte er alles sehen und fotografieren. Bald kamen vier andere Männer, die nicht die Montur von ter Veers Firma trugen. Sie brachten Kartons und Möbel. Mit seinem Zoom holte Fabricius alles so nahe heran wie möglich, auch wenn hier seiner Meinung nach nichts Besonderes zu sehen war. Die Männer von ter Veer tauchten nicht wieder auf. Vermutlich ruhten sie sich von der Fahrt aus. Dann kamen auch die Männer ohne Firmenmontur nicht wieder. Machten auch sie eine Pause?

Fabricius nutzte den Moment, in dem niemand beim Wagen war, um zu seinem Auto zu gehen. Über eine Stunde hatte er nun das Verladen von Möbeln und Kartons beobachtet. Nun wollte er etwas essen und trinken, einen Moment sitzen.

Er setzte sich in sein Auto, aß eines der beiden belegten Brötchen, die er heute Morgen an der Raststätte gekauft hatte, und trank Mineralwasser. Dann ging er wieder auf seinen Posten. Die Männer waren nun wieder da und beluden den kleinen Anhänger. Der LKW war inzwischen verschlossen. Fabricius beobachtete, wie ter Veers Männer zurück zum Wagen kamen. Er sah, wie sie mit ihren Kollegen über irgendetwas verhandelten und dann noch einmal die Hecktüren des LKW öffneten, um einen weiteren Karton hineinzustellen. Dann gingen die beiden ter-Veer-Männer weg, während die anderen in ein Auto stiegen und davonfuhren. Und er sah auch, dass der LKW nicht wieder richtig verschlossen worden war.

Fabricius schaute sich vorsichtshalber noch einmal um. Sollte er wirklich so dumm sein, noch einmal den gleichen Fehler zu machen wie neulich? Mit einem Schwung öffnete er die Heckklappe und kletterte hinein. Die Ladefläche war etwa zur Hälfte bepackt mit Tischen, Stühlen, Schränken, Betten, vielen Kartons. Fabricius öffnete einige der Kartons und fand Bücher, Töpfe, Vasen, in Zeitungspapier eingepacktes Geschirr und ähnliche Haushaltsgegenstände.

Jemand betrat die Rampe. Schnell verkroch sich Fabricius hinter einem Schrank. Durch einen Spalt sah er, wie zwei Männer in das Innere kletterten. Die Türen wurden geschlossen, gleichzeitig sprang der Wagen an. Die beiden Männer unterhielten sich in einer fremden Sprache, vermutlich tschechisch. Der LKW fuhr los.

Fabricius malte sich alle möglichen Szenarien aus, wohin sie jetzt fahren und was dort geschehen würde. Er tastete nach seinem Handy. Anrufen konnte er niemanden, wenn er nicht die Männer aufmerksam auf sich machen wollte. Eine SMS konnte er auch nicht schicken, da das Handy einen Ton von sich gab, wenn er es in Betrieb nahm, und die Tasten leise piepten, wenn man sie drückte. Vermutlich konnte man das auch ausschalten, aber um es auszuschalten, musste man die Tasten ja vorher betätigen.

Fabricius wurde plötzlich ganz ruhig. Im schlimmsten Fall würde man ihn entdecken und anzeigen. Oder?

Nach einer dreiviertel Stunde hielt der Wagen an. Die Türen wurden geöffnet, und die Männer begannen auszuräumen. Der Schrank, hinter dem er sich versteckt hatte, wurde beiseite geschoben. Die beiden Männer schienen keineswegs überrascht, ihn zu finden. Sofort griffen sie ihn hart und zerrten ihn aus dem Wagen.

»He, was soll denn das?« Fabricius wehrte sich, aber er konnte sich nicht aus der Umklammerung befreien.

Unten warteten andere Männer. Noch bevor Fabricius etwas sagen konnte, wurde er gepackt und jemand drückte ihm ein Tuch auf Nase und Mund. Äther. Das Letzte, was er hörte, war das Klingeln seines Handys.

50

Warum ging Johannes nicht an sein Handy?

Vielleicht sitzt er in irgendeiner Besprechung oder in einem Seminar, dachte Gerrit Roolfs. Er sprach nicht auf die Mailbox, er wollte es später noch einmal versuchen.

Roolfs war jetzt mit Günther Neeland verabredet. Neeland war gleich im Anschluss an den Mord schon einmal befragt worden, aber nun kam es darauf an, den Geschäftsführer des Antiquitätenhofes noch genauer unter die Lupe zu nehmen und ihn zu den Geschäften der de Groots zu vernehmen. Ein Nachbar wollte Neelands Wagen am Abend des Mordes vor Ulli de Groots Haus gesehen haben. Er hatte sich nur die beiden Buchstaben des Nummernschildes gemerkt, und die stimmten überein.

Gerrit Roolfs fuhr den Linteler Weg entlang, wo vor mehr als hundert Jahren betuchte Landwirte aus den Marschen und aus der Sandbauerschaft ihre Stadthäuser für den Ruhestand gebaut hatten.

Schließlich kam er in Nordens Neustadt. Hier waren die Straßen nach den großen Städten in Schlesien, Pommern, West- und Ostpreußen benannt. Hier hatten die Vertriebenen eine neue Heimat gefunden. Eine Heimat, in der sie lange Zeit unwillkommen gewesen waren, wie Roolfs von den Eltern seiner Freundin wusste, die damals als Kinder mit Eltern und Großeltern von Ostpreußen nach Norden gekommen waren.

Er fuhr am Frisia-Bad vorbei und bog erst rechts in die lange Nordseestraße ein und von hier aus in die Insterburger Straße. Günther Neeland wohnte in einem Haus aus den 70er Jahren, das er umgebaut und um einen Anbau sowie den obligatorischen Wintergarten erweitert hatte. In der Einfahrt des Nachbarhauses stand ein Wohnmobil. LEBE DEINEN TRAUM stand am Heck, mit großen Buchstaben aufgeklebt. In den Fenstern des Wohnmobils hingen gehäkelte Gardinen.

Neben Günther Neelands Haustür standen zwei große Gänse aus Ton, und an der Hauswand lehnten zwei mit Sonnenblumen bemalte Dachziegel. Auf dem einen stand *Günni* und auf dem anderen *Kati*. Neben der Klingel hing ein Keramikbild, auf das zwei Enten mit roten Schleifen um den Hals gemalt waren. In Schreibschrift stand darunter: *Hier lieben, streiten und vertragen sich: Günther und Katja.*

Roolfs drückte die Klingel. Der Ton hörte sich an wie eine Schiffsglocke.

Neeland öffnete. In seinem dunkelgrauen Jogginganzug sah er mit Schnauzbart, Brille, großer Nase und Bauchansatz jetzt aus wie der Seeelefant aus der Augsburger

Puppenkiste. Dazu passte die tiefe, getragene Stimme, mit der er Roolfs begrüßte: »Moin, Herr Kommissar. Kommen Sie bitte rein.«

Das Teegeschirr war mit Entchen dekoriert, die mit einer karierten Halsbinde bekleidet waren. Neeland schenkte ein.

»Haben Sie schon eine Spur?«, fragte er.

Gerrit Roolfs erwiderte belustigt: »Dadurch, dass Sie diese Frage stellen, ist Ihre Unschuld nicht bewiesen. Haben Sie ein Motiv? Haben Sie ein Alibi?«

»Auf beide Fragen antworte ich mit Nein.«

»Fangen wir mit dem Alibi an.«

»In Ordnung«, sagte Günther Neeland. »Ich war an dem Abend hier zu Hause. Habe ein bisschen Schreibkram gemacht, noch ein wenig gelesen, Fernsehen geguckt. Und dann bin ich zu Bett gegangen. Ich stehe morgens immer so gegen halb sechs auf, darum lege ich mich abends meist so gegen zehn, halb elf Uhr hin.«

»Und das kann ihre Frau bezeugen?«

»Ich bin nicht verheiratet.«

»Wer ist Katja? Ihre Freundin? Lebenspartnerin?«

»Katja Tiedgen. Sie ist meine Freundin«, antwortete Neeland kurz angebunden.

»Muss ich Ihnen denn jeden Buchstaben einzeln aus der Nase ziehen? Ihre Freundin kann doch sicher bestätigen, dass Sie zu Hause waren, oder?«

»Die ist nicht da.«

»Wann kommt sie wieder?«, hakte Roolfs nach.

»Sie ist vor ein paar Tagen zu Ulli de Groot gegangen. Ganz in seiner Nähe haben Katjas Eltern eine Ferienwohnung, die sie für Freunde und Verwandte bereithalten. Da ist Katja eingezogen. Erst mal für eine Weile.« Günther Neeland sackte in sich zusammen, als würde er erst in diesem Moment die Endgültigkeit von Katja Tiedgens Auszug akzeptieren. Er verschränkte die Arme vor der Brust und sah auf den Tisch.

»Wie standen Sie zu Ulli de Groot?«, fragte Roolfs.

»Leben und leben lassen.«

»In Ordnung, Herr Neeland.« Gerrit Roolfs erhob sich. »Besten Dank für den Tee. Jetzt lade ich Sie zum Kaffee ein. Wir setzen das Gespräch gleich im Präsidium fort. Ich habe keine Lust, hier um jedes Wort von Ihnen zu betteln. Vielleicht sind Sie im Vernehmungsraum ja etwas mitteilsamer.«

Da sah Gerrit Roolfs, dass Günther Neeland Tränen in den Augen hatte.

»Das alles hier«, sagte er mit tränenerstickter Stimme und breitete die Arme aus. »Das alles habe ich für Katja aufgebaut.«

Neeland erzählte Gerrit Roolfs seine Geschichte mit Katja Tiedgens. Als Roolfs erklärte, dass Neeland sich durch seine Aussagen möglicherweise selbst belastete und er einen Anwalt hinzuziehen könnte, winkte er ab. Er sprach von seiner langen Liebe zu Katja und von deren Hang zu unglücklichen Beziehungen. Er erzählte, wie er Katja geholfen hatte, neu anzufangen.

»Ein schönes Zuhause sollte sie haben. Wir wollten sogar eines Tages ihre Tochter zu uns holen. Eine richtige Familie wollten wir sein. Ich weiß, dass sie mich nie geliebt hat. Aber die Männer, die sie liebte, machten sie kaputt. Vor einiger Zeit arbeitete in ihrer Schule ein junger Mann, der Sozialstunden ableisten musste, weil er einen alten Mann zusammengeschlagen hatte. Sie hat sich über mehrere Wochen heimlich mit ihm getroffen. Eines Abends kam sie mit einem blauen Auge nach Hause und wollte mir erzählen, sie wäre beim Sport unglücklich gefallen. Können Sie sich so etwas vorstellen, Herr Kommissar?«

»Ist Frau Tiedgen Lehrerin?«

»Nein, sie macht an der Schule Nachmittagsangebote. Bodenturnen und so etwas. Ich wollte so gern, dass sie Hilfe in Anspruch nimmt. Sie war längere Zeit in Behandlung, aber eine richtige Therapie wollte sie nie machen. Ich habe das alles mit ihr durchgezogen, und nun kommt so ein Ulli de Groot und sagt: ›Hallo, hier bin ich‹, und sofort springt sie … Wissen Sie, wie das ist, wenn man da nur hilflos zugucken kann?«

»Ihr Wagen wurde am Abend der Tat vor Ulli de Groots Haus gesehen.«

»Ich sage jetzt überhaupt nichts mehr.«

»Herr Neeland«, sagte Roolfs mit ruhiger Stimme, »Ich muss Sie leider bitten mitzukommen. Bitte packen Sie ein paar Sachen zusammen und rufen Sie Ihren Anwalt an.«

Während Günther Neeland oben eine Sporttasche packte, versuchte Gerrit Roolfs noch einmal, Johannes Fabricius anzurufen. Vergeblich.

51

Als Fabricius erwachte, verspürte er Übelkeit und Kopfschmerzen. Er lag in einem dunklen Raum. Er wusste nicht, wo er war, konnte nichts erkennen.

Johannes setzte sich aufrecht hin. Zum ersten Mal in seinem Leben hatte er Angst.

Das Einzige, das ihm vertraut vorkam, war der Geruch. Es war der Geruch alter Bücher, herb und lieblich zugleich. Er lehnte sich gegen einen Karton. Fabricius betastete den Karton, öffnete ihn, betastete den Inhalt. Bücher. Alte Bücher, er befühlte die Einbände aus Leder und Leinen.

Fabricius fühlte in seinen Taschen. Die Pfefferminzbonbons

hatte man ihm gelassen. Das Taschentuch auch. Das Handy und die Autoschlüssel waren natürlich nicht mehr in seiner Tasche.

Ihm wurde plötzlich schwindelig.

Als Fabricius wieder erwachte, waren Kopfschmerzen und Übelkeit verschwunden. Ein paar Meter vor ihm war ein schmaler Lichtspalt zu sehen. Dort war die Tür.

Er hörte ein Geräusch. Mühsam stand er auf, seine Füße waren eingeschlafen, seine Gelenke waren steif. Schritte kamen näher. Von außen wurde ein Schlüssel umgedreht, helles Licht eingeschaltet, die Tür ging auf.

Eine Frau stand im Türrahmen. Erschrocken zuckte sie zusammen, als sie Fabricius sah. Sie ließ ihre Handtasche fallen. Bevor er etwas sagen konnte, schlug sie die Tür wieder zu und schloss ab. Das Licht hatte sie nicht wieder gelöscht. Der Schalter musste sich außen befinden.

Fabricius sah sich um. Er befand sich in einem Raum, der gut fünf mal fünf Meter groß sein mochte. In der Mitte ein mächtiger Schreibtisch, auf dem ein paar Kartons standen. An den Wänden Regale voller Bücher und Kartons. Kein Fenster, nur die eine Tür.

Direkt vor dem Schreibtisch standen ein Teller mit zwei Brötchen und einem Apfel sowie eine Flasche Wasser. Daneben stand ein Eimer, vor dem eine Rolle Toilettenpapier lag. Das war für ihn bestimmt, dachte Fabricius, aber er hatte es in der Dunkelheit nicht gesehen.

Dann sah er die Handtasche, die vor ihm auf dem Boden lag. Ein Portemonnaie, ein Lippenstift und ein Handy waren aus der Handtasche herausgerutscht. Blitzschnell nahm Fabricius das Handy und tippte Gerrits Nummer ein. Gerrits Mailbox schaltete sich ein.

»Hallo Gerrit, hier ist Johannes. Du musst mir helfen, ich weiß nicht …«

In diesem Moment wurde die Tür wieder aufgeschlossen. Zwei Männer waren mit einem Satz im Raum. Im Hintergrund stand die Frau, die vorhin hereingekommen war, und redete auf eine weitere Person ein. Die beiden Männer hatten Skimützen mit Augenlöchern über das Gesicht gezogen. Während der eine die Handtasche aufhob, riss der andere Fabricius das Handy weg.

Im selben Augenblick wurde die Tür wieder abgeschlossen und das Licht gelöscht.

52

»Können wir weitermachen?«, fragte Gerrit Roolfs. Außer Roolfs und Neeland saßen noch Habbo Janssen und Neelands Anwalt im Vernehmungsraum am Tisch.

Günther Neeland nickte.

Sein Anwalt, ein gedrungener Mann im grauen Anzug, mit grauer Krawatte, grauen Haaren, grauer Gesichtsfarbe und einer Brille in leuchtend roter Fassung, nickte ebenfalls.

»In welcher Beziehung standen Sie zu Ulli de Groot? Geschäftlich, meine ich.«

Neeland überlegte einen Moment, kaute nervös auf seinen Lippen. »Beziehung ist eigentlich nicht das richtige Wort. Ich habe nach Axels Tod den Bereich der Antiquitäten allein geleitet. Die Bücher habe ich so mitlaufen lassen. Wir haben im Moment einen Studenten, der sich mit Büchern ganz gut auskennt, und der hilft uns. Auf Dauer müssen wir jemanden für diesen Job einstellen, denn da kenne ich mich nicht gut genug aus. Ich komme kaum dazu, etwas zu lesen.«

»Darf ich Ihre Aufmerksamkeit auf die Frage zurücklenken?«

»Ulli de Groot hat mich machen lassen. Er hat sich da überhaupt nicht eingemischt. Alle ein, zwei Wochen haben Sabine, Ulli und ich zusammengesessen, und ich habe kurz über die laufenden Angelegenheiten berichtet. Meist haben die beiden noch nicht einmal nachgefragt. Sabine hat jetzt einen eigenen Buchladen in einer der *Dree Süsters* am Norder Marktplatz.«

Der Anwalt sah fragend in die Runde.

»Die *Dree Süsters* sind drei nebeneinander gebaute Häuser im Barockstil«, erklärte Habbo Janssen dem Juristen. »Sie stehen direkt am Norder Marktplatz. Ein Wahrzeichen unserer Stadt. Eins davon wurde vor an paar Jahren abgerissen, aber später hat man es doch wieder aufgebaut. Sieht ja auch viel schöner aus.«

»Habbo«, unterbrach Roolfs genervt seinen Kollegen, dem häufiger mal der Norder Lokalpatriotismus durchging.

»Kurz gesagt«, erläuterte Neeland weiter, »Ulli hat sich nur um die großen Geschäfte gekümmert. Alte Möbel und Bücher, das war für ihn bloß Tüdelkram.« Neeland grinste. »Obwohl man damit wirklich eine Menge Geld machen kann.«

»Und das haben Sie?«, fragte Roolfs.

»Jau.« Neeland lehnte sich zurück. »Die Firma läuft ganz gut. Na ja, sie wird auf Dauer wohl Sabines Buchladen finanziell mit über Wasser halten müssen. Sie will nur anspruchsvolle Bücher verkaufen. Ich glaube nicht, dass sich so etwas trägt.«

»Beruflich hatten Sie mit Ulli also keinen Streit«, hakte Roolfs noch einmal nach.

»Privat auch nicht«, antwortete Neeland mit ruhiger Stimme.

»Was heißt: ›privat auch nicht‹?«, fragte Roolfs. »Ulli de Groot hat Ihnen Ihre Freundin ausgespannt. Sie haben alles für Katja Tiedgen getan, haben ihr ein neues Leben aufgebaut, und dann kommt der Typ wieder und schnippt einmal mit den Fingern …«

»Er hat noch nicht einmal mit den Fingern geschnippt«, erklärte Neeland trocken.

»Sieh mal an. Und da sind Sie hingefahren und haben diesem Mistkerl einmal so richtig eine verpasst.«

»Sie müssen darauf nicht antworten«, sagte der Anwalt.

»Sabine sagte, dass Ulli erschossen wurde«, sagte Neeland. »Davon stand nichts in der Zeitung, aber sie muss es ja wissen. Eine Waffe besitze ich gar nicht. Ich wüsste auch gar nicht, woher ich so etwas bekommen sollte. Ich bin an dem Abend hingefahren, habe überlegt, ob ich mit Ulli rede. Ich habe eine Weile im Auto gesessen und nachgedacht. Aber dann ich wieder losgefahren. Es hätte keinen Sinn gehabt. Außerdem …« Er presste die Lippen auf einander.

»Außerdem …?«, fragte Roolfs. Neeland hatte nichts davon gesagt, dass Ulli de Groot mit dessen eigener Waffe erschossen worden war. Aber vielleicht achtete Neeland auch sehr genau auf das, was er sagte und was er nicht sagte.

In diesem Moment summte Roolfs' Handy. Er ging nicht ran. Das Gespräch mit Neeland durfte jetzt nicht unterbrochen werden.

»Wissen Sie«, sagte Günther Neeland und setzte sich aufrecht hin. »Es ist eigentlich nicht so, dass Ulli zwischen Katja und mir steht. Eigentlich ist es Katja selber, die zwischen ihr und mir steht. Seit ihrem Auszug hatte ich Zeit zum Nachdenken. Ich habe auch mit einem von Katjas früheren Chefs gesprochen, und ich glaube, dass ich mit meiner Einschätzung gar nicht so verkehrt liege.«

»Können Sie sich da mal ein bisschen klarer ausdrücken?«, forderte Roolfs ihn auf.

»Nicht Ulli war in diesem Fall das Problem«, erklärte Neeland. »Ulli ist ein Drecksack, darüber müssen wir nicht groß diskutieren. Aber Katja ist freiwillig zu ihm gegangen. Und in dem Moment, wo sie mir sagte, dass sie gehen will, da war ich auf einmal ganz ruhig. Der ganze

Krampf der vergangenen Zeit, meine ganzen Bemühungen, ihr ein schönes Leben zu bieten, mein Versuch, ihr Leben auf eine gute Bahn zu bringen: Das kann ich alles knicken. Das wurde mir auf einmal klar.«

Neeland wirkte ganz entspannt. »Wissen Sie, was mir ihr früherer Chef, der Pastor, gesagt hat? Ich soll die Verantwortung da lassen, wo sie hingehört. Ich kann nicht ihr Leben führen. So ein naiver Blödmann wie ich wird nie eine Frau wie Katja halten können. Auch wenn es verdammt weh tut: Sie ist es wahrscheinlich nicht wert. Damit muss ich mich abfinden. Nützt ja nix.« Neeland sah zur Uhr an der Wand. »Können wir Schluss machen? Ich kann einfach nicht mehr.«

»Sie müssen heute Nacht hierbleiben«, antwortete Roolfs. »Da sind einfach noch zu viele Fragen offen. Sie haben kein Alibi …«

Gerade wollte der Anwalt sich zu Wort melden, als Neeland sagte. »Ist in Ordnung. Rufen Sie bitte für mich bei Sabine an und sagen ihr, dass ich morgen nicht komme. Ich will das jetzt durchziehen.«

»Eine Frage noch, Herr Neeland.« Gerrit Roolfs schaltete das Aufnahmegerät noch einmal ein. »Welche Vorteile haben Sie sonst von de Groots Tod?«

»Er hat das bekommen, was er verdient hat«, antwortete Neeland trocken. »Aber davon habe ich nichts. Ich werde meinen Job sicher behalten. Mehr will ich auch nicht. So, und nun möchte ich in meine Zelle. Ich habe mir schon als kleiner Junge gewünscht, einmal eine Nacht im Gefängnis zu verbringen.«

Habbo Janssen stand auf. »Sie sind hier nicht im Gefängnis, Herr Neeland. Kommen Sie bitte mit.«

Der graue Anwalt wollte etwas sagen, aber Neeland winkte müde ab.

53

Während Katja Tiedgen telefonierte, schob sie den Berg Schmutzwäsche auf dem Sofa zu einem Haufen zusammen, um sich setzen zu können. »Du, ich muss Schluss machen. Wir sehen uns ja nachher. Nein, das bleibt unser Geheimnis. Ja, ich werde bestimmt pünktlich da sein. Den Schlüssel bringe ich mit. Aber du weißt ja, dass ich nicht ins Wasser gehe. Ja, ich werde bei der Polizei anrufen und mich nach Günther erkundigen. Ganz bestimmt. Ich will versuchen, es zu schaffen. Tschüss.«

Katja Tiedgen warf das Handy auf das Sofa. Ihr Leben war wieder einmal ein Chaos, genau wie die Ferienwohnung ihrer Eltern, die sie seit Ullis Rückkehr bewohnte.

Wie sollte es nun für sie weitergehen? Zu Günther konnte sie nicht zurück. Sie wusste auch nicht, ob sie das überhaupt wollte. Mit seinem Bemühen um ein harmonisches Beziehungsglück war er ihr in der letzten Zeit immer lästiger geworden. Günther hatte wohl gemerkt, dass es zwischen ihnen kriselte, und er hatte immer noch einen draufgelegt: die teure Reise, das neue Auto, das er ihr geschenkt hatte. Den Job als Betreuerin in der Schule vor einem Jahr hatte er ihr auch besorgt, nachdem ihr während ihrer Probezeit als Sekretärin in einer Kirchengemeinde gekündigt worden war. Und nun sollte eine Gärtnerei das vernachlässigte Grundstück hinter dem Haus in einen Traumgarten verwandeln. Günther schien ja gut zu verdienen, aber …

Katja seufzte. Die Beziehung mit Günther würde ihr andererseits ermöglichen, ihre Tochter wieder bei sich aufzunehmen. Aber war Lena-Sophie nicht bei ihren Großeltern viel besser aufgehoben als bei ihr? Konnte sie ihrer Tochter überhaupt als Mutter gerecht werden? Würde sie das überhaupt wollen?

Vielleicht sollte sie endlich mal einen Schnitt machen.

Noch einmal von vorn anfangen. Irgendwo anders hingehen, irgendetwas …

54

Im Lichtstreifen unter der Tür hatte Johannes Fabricius einige Bücher vor sich ausgebreitet.

Vor ihm lagen die beiden Bände einer Erstausgabe der *Buddenbrooks* von Thomas Mann von 1901. Daneben ein Erstdruck von Manns *Zauberberg* aus dem Jahr 1924. Er trug auf dem Deckblatt den Stempel einer Bücherei in Pilsen. In der Hand hielt Fabricius den 1927 bei Kurt Wolff in München erschienenen Erstdruck von Kafkas Roman *Amerika*.

Allein diese Bücher waren zusammen sicher über zwanzigtausend Euro wert. War dies das Geheimnis der Spedition? Transportierten sie heimlich gestohlene Bücher mit den ganz normalen Umzügen?

Sie versorgten ihn hier regelmäßig mit Brot, Obst und Mineralwasser, leerten regelmäßig seinen Toiletteneimer. Aber niemand redete mit ihm.

Wenn Sie ihn umbringen wollten, hätten sie das sicher längst getan. Sollte er gegen ein Lösegeld eingetauscht werden? Wer sollte das zahlen? Wem sollte er so viel wert sein?

Hielt man ihn fest, weil er das Geheimnis entdeckt hatte? Eigentlich hatte er es doch erst gerade eben entdeckt. Aber die Männer dachten vermutlich, er hätte im LKW etwas gesehen, was er nicht hätte sehen dürfen. Aber irgendwann mussten sie ihn doch freilassen? Irgendwann würde man ihn doch suchen.

Aber wer wollte ihn ausgerechnet hier suchen? Aus dem

angefangenen Satz, den er Gerrit auf die Mailbox gesprochen hatte, konnte niemand schließen, wo und in welchen Schwierigkeiten er sich jetzt befand.

Nebenan hörte er, wie jemand auf einer Tastatur schrieb, in Büchern blätterte, ab und zu herumlief. Vermutlich wurden die Bücher hier katalogisiert.

Der Lichtschein unter der Tür verschwand.

55

Es war ein Morgen, wie Oberstudienrat Ernst Oldewurtel ihn liebte. Wie immer war er früh zu Bett gegangen. Er hatte das erste Mal seit dem Ärger mit Ulli de Groot ruhig geschlafen.

Wie immer war er um fünf Uhr aufgestanden und hatte bis kurz vor sechs in seinem Arbeitszimmer im Keller gesessen und an seinem Manuskript gearbeitet. Das Buch war eigentlich fertig. Jetzt feilte er nur noch an seinem Vorwort und arbeitete am Anhang. Wenn alles klappte, würde sein Buch in der Vorweihnachtszeit erscheinen können. Oldewurtel malte sich in Gedanken schon die Buchpräsentation im Sitzungssaal des Museums aus.

Er trank seine Tasse Tee leer und schob sich den letzten Brocken des karamellfarbenen Honigkuchens in den Mund. Zum Frühstück würde er für sich und seine Frau Brötchen mitbringen.

Wie jeden Morgen ging er die zehn Minuten zum Hallenbad zu Fuß. Als Schriftführer des Sportvereins hatte er von Uwe Debelts einen Schlüssel für die Seitentür der Schwimmhalle bekommen, damit er in der Frühe seine Runden schwimmen konnte.

Er schloss die Tür gewissenhaft hinter sich ab, zog seinen Trainingsanzug aus, duschte erst heiß und dann kalt.

Diese halbe Stunde am Morgen liebte Oldewurtel besonders. Da das Bad erst um halb sieben für die Frühschwimmer öffnete, war er um diese Zeit immer der einzige Schwimmer. Aber als er an das Becken trat, sah er, dass er heute nicht allein war.

Im Wasser trieb eine unbekleidete Frau. Die Wasserfläche war spiegelglatt.

56

»Hier, hör dir das mal an. Und ich Rindvieh bin nicht rangegangen. Ich habe es gerade erst abgehört«, sagte Gerrit Roolfs und reichte der Kollegin sein Handy.

Theda von Immen erkannte die Stimme von Johannes Fabricius: »Hallo, Gerrit, hier ist Johannes. Du musst mir helfen, ich weiß nicht …«

»Hört sich gar nicht gut an«, sagte Theda. »Habbo, kannst du dir das mal anhören?« Sie sah den Kollegen eilig auf sie zukommen.

»Keine Zeit«, sagte Habbo Janssen hektisch. »Wir haben eine Tote. Gerade kam ein Anruf aus dem Hillersummer Schwimmbad.«

»Fahrt schon mal los. Ich komme gleich nach«, sagte Roolfs.

Er versuchte pausenlos, Johannes anzurufen, und er wählte abwechselnd Johannes' Nummer und die andere Nummer, die bei Johannes Anruf angezeigt worden war. Beide Handys waren abgeschaltet. Noch einmal hörte er sich den Anruf an, lauschte auf die Geräusche im Hintergrund, konnte sie nicht einordnen.

Da fiel ihm die Kollegin ein, die neulich bei einem anderen Fall eine kurze Anrufaufnahme analysiert und ihr eine unglaubliche Fülle von Informationen entnommen hatte. Die Kollegen hatten mit offenen Mündern vor ihr gestanden, als sie ihre Ergebnisse präsentiert hatte. In seinem PC fand Roolfs ihre Nummer und rief sie an.

Sie hörte ihm aufmerksam zu und bat ihn, am besten sofort zu ihrer Dienststelle nach Emden zu kommen.

Roolfs fuhr die Nebenstrecke von Norden nach Emden über den Wurzeldeich und über Wirdum und Loppersum. Er fragte sich jedes Mal, ob es sich hier um eine wirkliche oder nur um eine gefühlte Abkürzung nach Emden handelte. Irgendwann würde er die Kilometer mitzählen, die Zeit stoppen und ein weiteres Menschheitsrätsel lösen.

Theda van Immen rief an. »Wo bleibst du, Gerrit?«, fragte sie genervt. »Chris Gronewold macht uns alle fix und fertig. Er will das alles zur Chefsache machen. ›Chefsache‹ ist hier jedes zweite Wort. Sogar Habbo ist kurz vor dem Ausrasten. Du musst unbedingt kommen.«

»Ihr müsst das alleine durchziehen«, erwiderte Roolfs in sein Handy. »Schickt den Kollegen von Kriminaltechnik vor, der ist Chris immer ein bisschen unheimlich. Vor dem hat er Respekt. Weiß man, wer die Tote ist?«

»Katja Tiedgen, die Freundin von Günther Neeland. Alles Weitere kommt nachher, ich muss auflegen, da kommt Gronewold schon wieder«, sagte Theda van Immen. »Ich werde heute mit Lothar Uphoff reden. So geht das nicht weiter. Wir haben zwei Leichen und einen Chefspieler, der den ganzen Laden aufhält.«

»Ich kann hier noch nicht weg. Ich muss wissen, was mit Johannes los ist. Er ist in Schwierigkeiten, und ich weiß nicht, wie ich ihm helfen kann. Ich komme, so schnell es geht. Bitte!«

Theda van Immen legte auf.

57

Mit einem Schreck erwachte Fabricius. Sein Herz klopfte.

Er hörte, wie Männer sich draußen mit gedämpfter Stimme unterhielten. Dann kamen wieder Schritte näher. Einer der beiden Männer mit den Skimasken über dem Gesicht betrat den Raum, während der andere mit verschränkten Armen in der Tür stehen blieb. Genauso wie im Fernsehen, dachte Fabricius.

»Warum werde ich hier festgehalten?«, sprach er den Mann an, der ihm eine neue Flasche Wasser und einen Teller mit Brötchen hinstellte und seinen Toiletteneimer austauschte. »Wie lange muss ich noch hierbleiben?«

Der Mann tat so, als ob er nichts hörte, und verließ den Raum. Der andere blieb im Türrahmen stehen. Dann kam der Erste zurück und trug einen Karton mit Büchern hinaus. Die Tür wurde geschlossen, das Licht wurde ausgeschaltet.

58

Am frühen Nachmittag traf sich das Team. Während Gronewold als kommissarischer Chef wortreich die Besprechung eröffnete, sah der Gerichtsmediziner ihn aus zusammengekniffenen Augen an wie einen kleinen Hund, der durch sein ständiges Gekläffe lästig wurde.

»Wir müssen jetzt unsere Ressourcen bündeln und unsere Kompetenzen vernetzen«, erklärte Gronewold. »Ich nehme wahr, dass das noch mal eine enorme Arbeitsverdichtung ergibt, aber da müssen wir uns jetzt auf unser Kerngeschäft konzentrieren.«

»Ich leg dann mal los mit meinem Kerngeschäft«, grummelte der Gerichtsmediziner dazwischen und begann seinen Bericht. Er erläuterte, dass die Tote von ihren Eltern eindeutig identifiziert worden war. Katja Tiedgen war ertrunken. Es gab keine Spuren äußerer Gewalteinwirkung. Die Untersuchung ihres Blutes zeigte, dass sie sehr viel Alkohol getrunken haben musste, bevor sie ins Wasser gegangen war. Der Mageninhalt ließ auf ein dürftiges Abendessen schließen. Das Labor hatte außerdem ein starkes Sedativum in ihrem Blut festgestellt.

»Flunitrazepam«, erläuterte er. »Manche sagen auch K.-o.-Tropfen. In hoher Dosierung mit der festgestellten Alkoholmenge war Katja Tiedgen wohl kaum noch fähig, irgendetwas zu tun.«

Der Kollege von der Kriminaltechnik erklärte, dass die Kleidung der Toten auf der Bank an der Seite des Beckens aufgefunden worden war. Sie war unbekleidet ins Wasser gegangen. In ihrer Hosentasche hatte auch der Schlüssel zur Sporthalle gesteckt. Man hatte schon in Erfahrung gebracht, dass Katja Tiedgen einen solchen Schlüssel für ihre Sportgruppen bekommen hatte, die sie als Nachmittagsangebot der Schule begleitete. Schwimmgruppen hatte Katja Tiedgen nicht geleitet, darauf hatte sie bestanden. Aber mit ihrem Generalschlüssel konnte sie auch jederzeit in das Schwimmbad gelangen, das von der Sporthalle aus zugänglich war.

»Zwei hochinteressante Gegenstände haben wir im Wasser gefunden«, erklärte er weiter. »Das eine ist eine Cointreau-Flasche. Sie lag auf dem Beckengrund. Und da unten lag außerdem eine Pistole. Ich habe vorhin das Ergebnis der ballistischen Untersuchung bekommen. Es ist die Waffe, mit der Ulli de Groot erschossen wurde.«

Einen Moment schwiegen alle, um die Nachricht zu verdauen.

»Aber das ist ja wunderbar«, unterbrach Chris Gronewold die Stille und lachte laut.

»Wie meinen Sie das?«, fragte die Staatsanwältin überrascht.

»Na, das ist doch alles ganz transparent. Wenn ich Ihre Berichte richtig gelesen habe, dann hatte Katja Tiedgen über viele Jahre eine unglückliche Beziehung zu Ulli de Groot. Dann lässt er sie wegen einer anderen einfach sitzen. Nun taucht de Groot nach ein paar Jahren wieder auf. Und da nimmt sie Rache und erschießt ihn.«

»Mit seiner eigenen Waffe, die ihm vorher gestohlen worden war?«, fragte die Staatsanwältin und schaute Gronewold dabei über ihre Brillengläser hinweg an.

»Klaro. Die Tiedgen hat doch für alles Schlüssel. Die konnte sich da doch jederzeit Zutritt zu Ulli de Groots Haus verschaffen. Da gab es doch damals einen Einbruch in de Groots Haus, und dabei soll die Waffe verschwunden sein. Vermutlich hat Katja Tiedgen diesen Einbruch nur vorgetäuscht, und sie hat die Waffe entwendet. Auf jeden Fall wusste Katja Tiedgen, dass Ulli de Groot eine Pistole hatte und wo sich die Waffe befand.«

»Und danach hat sie sich dann im Schwimmbad ertränkt?«, hakte Roolfs nach.

»Ja. Sie hat die Tat vielleicht bereut. Vielleicht wollte sie auch nicht ins Gefängnis, vielleicht war sie verzweifelt. Was weiß ich? Sie hat sich die Kante gegeben und ist dann ins Wasser gegangen.«

»Und die Pistole hat sie mitgenommen, damit der kommissarische Kriminaldirektor sich nicht so viel Mühe machen und nach einem Mörder suchen muss«, ergänzte der Gerichtsmediziner und erhob sich. »Ich gehe dann mal an meine Arbeit. Wünsche noch viel Vergnügen.«

Gronewold sah ihm einen Moment hinterher und klatschte dann einmal kräftig in die Hände. »Dann ist die Sache ja wohl beendet.«

»Was ist beendet?«, wollte Roolfs wissen. Alle in der Runde sahen Gronewold ungläubig an.

»Der Fall ist geklärt. Ich habe schon die Aufhebung der U-Haft von Günther Neeland angeordnet. Es geht nur um Katja Tiedgen und Ulli de Groot. Die Liebe brachte den neuen Häuptling zu Fall, das unglückliche Ende einer zerstörerischen Liebe. Sehr traurig. Glaubt mir, Leute, so was bleibt nicht in den Kleidern stecken. Das lässt man bei Dienstschluss nicht auf dem Schreibtisch liegen. So was geht weiter mit.« Chris Neeland hielt einen Moment inne.

Dann presste er die Lippen aufeinander und fuhr fort: »Aber wir müssen unseren Job hier draußen machen. Mit Empathie und trockener Sachlichkeit haben wir das wieder einmal prima hinbekommen, Leute!«

Roolfs beschloss, noch heute Abend Lothar Uphoff einen Besuch abzustatten.

59

Ratlos sah Roolfs Habbo Janssen und Theda van Immen an. Gemeinsam saßen sie im Wohnzimmer von Habbo Janssen beim Tee, um sich gegenseitig von ihrer Frustration zu erzählen. Gerrit fühlte sich an seine Kinderzeit erinnert, als es nur drei Fernsehprogramme gab und man sich in der Schule gegenseitig den Film erzählte, den alle gestern gesehen hatten, und man stritt sich beim Nacherzählen darum, wer die spannendsten und lustigsten Szenen wiedergeben durfte.

»Gerrit, was ist mit Johannes?«, fragte Theda van Immen unvermittelt. »Hat er sich wieder gemeldet?«

»Ich mache mir Sorgen. Außer seiner abgebrochenen Nachricht habe ich nichts von ihm. Ich war heute Morgen bei einer Kollegin in Emden, die aus so ein paar Schnipseln eine Menge heraushören kann. Sie hat vorhin angerufen. Sie meint, dass im Hintergrund Tschechisch gesprochen wurde. Aber wieso soll Johannes in Tschechien sein?«

Habbo Janssen begann, unruhig in seiner Ledercouch hin- und herzurutschen. »Ich glaube, ich muss etwas sagen. Ich habe das nicht weiter ernst genommen, aber ich denke, ich weiß, wo er ist.« Er sah seine beiden Kollegen waidwund an, und dann er zählte er, wie er Johannes Fabricius beim Kopieren von ter Veers Mappe mit den Umzugsaufträgen erwischt hatte.

60

Gerrit Roolfs konnte nicht schlafen. Sie hatten noch am Abend herausgefunden, dass ter Veers Spedition zum Zeitpunkt von Johannes Fabricius' Verschwinden mit einem Ingenieur und dessen Familie von Eger in Tschechien nach Delmenhorst umgezogen war. Roolfs hatte bei der Polizei in Eger nachfragen lassen, und die hatten alle Dienststellen und Krankenhäuser kontaktiert. Ohne Ergebnis.

Er war fast dankbar, als um zwei Uhr morgens das Telefon klingelte.

»Roolfs«, meldete er sich.

Es war ein Kollege, der Nachtdienst auf der Norder Dienststelle hatte. Es war eine E-Mail eingegangen, die er unbedingt lesen sollte. Es ging um Fabricius.

Als Gerrit Roolfs kurze Zeit später ins Kommissariat kam, hatte der Kollege ihm schon einen Becher Kaffee hingestellt. »Moin, Gerrit. Diese Mail ist vorhin reingekommen. Hier, lies selbst.«

Gerrit las den Ausdruck: »*Johannes Fabricius wird seit*

vorgestern in einem Lagerhaus in der Nähe von Eger in Tschechien festgehalten.«

Im Anhang waren die genaue Adresse des Lagerhauses und eine mit Routenplaner erstellte Wegbeschreibung zu finden.

»Wir wissen nicht, woher diese Mail kommt«, erklärte der Kollege. »Als Mail-Adresse ist so eine Zahlen-Buchstabenkombination angegeben. Da müssen wir einen Fachmann ranlassen.«

»Ruf Habbo und Theda an, dass sie sofort kommen sollen. Ich hole inzwischen den Chef. Danke, dass du mich sofort angerufen hast.« Gerrit Roolfs klopfte dem Kollegen auf den Rücken und nahm den Kaffeebecher mit in sein Büro.

Eine halbe Stunde später saßen Gerrit Roolfs, Habbo Janssen und Theda van Immen dem unrasierten Lothar Uphoff gegenüber, der es schaffte, gleichzeitig verdrießlich, unausgeschlafen und voller Tatendrang zu erscheinen.

Uphoff fragte kurz die wichtigsten Fakten ab. »In Ordnung«, sagte er. »Ihr beiden fahrt sofort los, Richtung Bremen – Hannover. Wir buchen euch den nächsten möglichen Flug und geben euch dann Bescheid, wo ihr abfliegen könnt. Theda und ich machen alles Weitere von hier aus. Wir rufen da unten an und regeln alles. Wagt es nicht, eure Handys auch nur für eine Sekunde auszuschalten, kapiert? Trödelt nicht zu lange herum, es reicht, wenn ihr ein paar Sachen mitnehmt. Ihr fahrt schließlich nicht in den Urlaub.«

»Irgend etwas Nettes hätte er nun doch sagen können«, beklagte sich Habbo Janssen hinterher. »Da kommt er nach so langer Zeit zurück, und dann kommandiert er bloß herum.«

»Dass er uns nicht mit einem Tritt in den Hintern nach draußen befördert hat, war das Nette«, stellte Gerrit Roolfs fest.

61

Die Befreiung von Johannes Fabricius war denkbar unspektakulär. Nach dem ausführlichen Telefonat mit Norden griffen die Kollegen in Eger sofort zu. Das Versteck, in das man Fabricius gebracht hatte, war eine heruntergekommene Lagerhalle in einem heruntergekommenen Gewerbegebiet einer benachbarten Ortschaft.

Hier überraschten die tschechischen Beamten zwei Männer, die mehr schlafend als wachend in der kleinen Küche saßen und einen Boxkampf im Fernsehen verfolgten, während zwei Frauen damit beschäftigt waren, alte Bücher mit einem Computerprogramm zu katalogisieren.

Im Anschluss befragte man Fabricius bei der Polizei in Eger mit Hilfe eines Übersetzers ausführlich zu den Vorkommnissen der vergangenen Tage.

Habbo Janssen führ mit Fabricius' Wagen nach Norden, während Roolfs mit Fabricius zurückflog.

Kaum hatte die Maschine abgehoben, schlief Fabricius ein.

62

»Herr Uphoff, trauen Sie sich das denn wirklich zu? Haben Sie sich das gut überlegt? Ich habe auch eine Verantwortung Ihnen gegenüber.« Fürst Carl Edzard sah den Kriminaldirektor besorgt an.

Lothar Uphoff antwortete für seine Verhältnisse ruhig: »Der Arzt hat gesagt, ich bin topfit. So topfit, wie man in unserem Alter eben ist.« Er warf dem Fürsten, der sogar noch zwei Jahre älter war als Uphoff, einen vielsagenden Blick zu. »Und außerdem, mein Team braucht mich.«

»Vielleicht ist das gar kein schlechter Zeitpunkt für den Wiedereinstieg«, sagte der Fürst. »Der Mordfall Ulli de Groot ist abgeschlossen. Gronewold hat schon eine Pressekonferenz abgehalten. Ich habe vorhin einen Anruf bekommen, dass er in den nächsten Tagen mit einer Leitungsfunktion in Hannover betraut wird.«

»Er hat was?« Lothar Uphoff konnte seinen Zorn kaum unterdrücken. »Roolfs und Janssen und van Immen haben die ganze Arbeit gemacht, während Gronewold irgendwelche Seminare für Chefspieler besucht, und der stellt sich nun vor der Presse hin, als hätte er den Fall gelöst? Die Ermittlungen haben ja noch nicht einmal angefangen. Was ist denn, wenn Katja Tiedgen ebenfalls ermordet wurde? Haben Sie an diese Möglichkeit gedacht?«

»Herr Gronewold hat mir eine defensive Ermittlung zugesagt. In ein paar Tagen gebe ich meinen Geburtstagsempfang in Hillersum. Dabei geht es mir nicht um mich und meinen Geburtstag. In dieser schwierigen Situation will ich dem Bücherdorf meine volle Unterstützung geben. Daran hängen viele Arbeitsplätze, Herr Uphoff. Wir sind auf unsere Fördergelder und auf unsere Sponsoren angewiesen. So tragisch diese unglückliche Liebesgeschichte ist, wir dürfen nicht zulassen, dass sie ein schlechtes Licht auf ein so wichtiges gemeinsames Vorhaben wirft. Sie verstehen mich.«

Wieder gelang es Uphoff, gelassen zu bleiben. »Das Einfachste wäre doch gewesen, den Fall sauber zu klären. Bis zu Ihrem Geburtstagsempfang bleibt wenig Zeit. Ich schlage vor, dass jetzt mit Volldampf gearbeitet wird. Keine Blockaden, keine Denkverbote. Bis zu Ihrem Empfang brauchen wir klar Schiff. Wenn es keine tragische Liebe ist, sondern ein Verbrechen, dem beide zum Opfer fielen: gut. Wenn es nur eine tragische Liebesgeschichte mit tödlichem Ausgang ist: umso besser.«

63

Als Roolfs ins Präsidium kam, beugten sich alle über die Tageszeitungen. Chris Gronewold war groß im Bild.

Gronewold hatte im Pressegespräch die Teamarbeit lobend erwähnt. Eine solche Leistung, so Gronewold, sei ja nicht von einer Person allein zu erbringen, da partizipiere man auch an dem Fleiß und der Kompetenz anderer. Außerdem hatte er erklärt, dass Leitungsqualifikation sich in der Bündelung unterschiedlicher Kompetenzen zu einer gemeinsamen Leistung ausdrücke, so viel habe er in seinen Seminaren und in seiner beruflichen Erfahrung gelernt. Die Zeitungsberichte vermerkten allerdings auch, dass er auf konkrete Nachfragen zum Fall eher ausweichend und verallgemeinernd geantwortet hätte.

»Gronewold wird die Tage noch einmal hereinschauen, um sich zu verabschieden. Er wird einen Job in einer übergeordneten Dienststelle übernehmen«, erklärte Uphoff in aller Seelenruhe.

»Das kann doch nicht … Ich meine, das geht doch nicht …« Gerrit Roolfs suchte nach Worten.

»Gerrit, ist noch was?«, fragte Uphoff.

»Alles in Ordnung«, sagte Roolfs und fühlte, wie eine tiefe Frustration sich in ihm ausbreitete.

»Dabei wollen wir es auch belassen«, erwiderte der Kriminaldirektor. Hatte er Roolfs zugezwinkert?

»Die tschechische Polizei hat ein Lager ausgenommen, in dem massenweise Bücher aus Einbrüchen gesammelt wurden«, erläuterte Uphoff weiter. »Erstausgaben, besonders seltene Exemplare, besonders schöne Bücher. Die meisten stammen aus Einbrüchen. Damit ihr eine Vorstellung habt: Ein Karton voller Bücher ist so viel wert wie ein schönes Einfamilienhaus. Über ter Veers Spedition wurden Bücher und Antiquitäten nach Deutschland geschmuggelt. Mitten zwischen den Umzugsmöbeln ein Schreibtisch aus dem 18. Jahrhundert oder eine fünfhundert Jahre alte Truhe. Und zwischen Liebesromanen und Angelratgebern ein paar schöne Buchausgaben, die ein paar schöne tausend Euro wert sind. Das ist noch nicht einmal aufgefallen, wenn so ein LKW an der Grenze gecheckt wurde.«

»Und da hängen ter Veer und der Antiquitätenhof mit drin?«, fragte Fabricius, der sich wunderte, dass Uphoff seine Anwesenheit so widerspruchslos akzeptierte.

»Auch wenn es euch enttäuscht: Lutz ter Veer ist unschuldig. Einer seiner Mitarbeiter hat die ganze Sache mit Axel de Groot durchgezogen. Wir haben im Ferienhaus des Mitarbeiters seine Unterlagen gefunden. Und nach Axel de Groots Tod hat seine Frau Sabine damit weitergemacht. Günther Neeland war da auch mit drin. Im Moment gehen wir davon aus, dass Ulli de Groot seine Finger nicht mit in diesem Geschäft hatte. Um diese Sache werden sich Kollegen kümmern. Das ist etwas Internationales. Wir bleiben hier und kümmern uns um unsere beiden Morde. Das langt erst mal.«

»Das bedeutet, dass der Mord an Ulli de Groot wohl

nichts mit der Antiquitätengeschichte zu tun hat?«, fragte Theda van Immen.

»Im Moment sieht es so aus«, antwortete Gerrit Roolfs.

»Ich vertrete ungern die Meinung von Chris, aber theoretisch könnte Katja Tiedgen dann ja doch die Mörderin von Ulli de Groot sein, die sich aus Kummer selbst das Leben genommen hat«, gab Theda van Immen zu bedenken.

»In der Theorie geht das wunderbar auf«, stimmte Roolfs zu. »Eins zu eins, und die Mordwaffe wird gleich mitgeliefert. Ich bin Realist. Für mich ist diese Lösung etwas zu glatt. Ich sehe zwei Möglichkeiten. Erstens: Es gibt noch eine andere Verbindung zwischen Katja Tiedgen und Ulli de Groot oder zweitens: Katja Tiedgen wurde ermordet, weil sie wusste, wer de Groots Mörder war. Dann müssten wir nur noch für den Mord an de Groot ein Motiv ermitteln.«

»Gibt es noch eine dritte Möglichkeit?«, fragte Habbo Janssen.

»Axel de Groot«, sagte Theda van Immen. »Was ist, wenn es kein Unfall war, sondern er war das erste Opfer?«

Janssen erwiderte: »Da haben wir damals ausführlich ermittelt. Es gab keinen Anlass, an einem Unfall zu zweifeln.«

»Die Ermittlungen waren so ausführlich nun auch wieder nicht«, sagte van Immen.

»Es ist sinnvoll, dass wir uns auf Ulli de Groot konzentrieren«, fasste Lothar Uphoff zusammen. »Wir sollten uns um diese Sache mit dem Familienhotel kümmern. Von den Kollegen, die das damals untersucht haben, haben wir eine Liste der Firmen bekommen, die durch diese Pleite damals kaputt gingen. In Marienhafe lebt der Bruder von Walter Jakobsen, der damals sich selbst und seine Frau und seine Tochter umgebracht hat. Gerrit und Habbo, da fahrt ihr morgen hin. Es kann nicht schaden, wenn ihr vorher bei den Eltern von Katja Tiedgen hereinschaut.«

»Was versprichst du dir von den Eltern?«, wollte Roolfs wissen.

»Ich möchte alle verkehrten Möglichkeiten ausschließen, damit am Ende die richtige übrigbleibt«, schloss Uphoff und lehnte sich in seinem Schreibtischsessel zurück. Der Häuptling war wieder zurückgekehrt in seine Herrlichkeit.

3. Teil: Im Juli

64

Das Gespräch mit den Eltern von Katja Tiedgen lief in etwa so ab, wie Gerrit Roolfs vermutet hatte, und außer Selbstanklagen war von ihnen nichts zu erfahren. Immerhin erhielten Roolfs und Janssen den Namen von einem der letzten Arbeitgeber Katja Tiedgens. Sicher hätten sie den auch von Neeland bekommen. Es handelte sich um den Pastor, in dessen Gemeindebüro Katja Tiedgen für gut zwei Monate gearbeitet hatte und dann noch während der Probezeit wieder entlassen worden war. Roolfs erhoffte sich von dem Pastor keine großartigen und weiterführenden Informationen, aber da er ihn gut kannte, wollte er sich auf jeden Fall bei ihm melden.

Jetzt fuhr er mit Habbo Janssen zu Arnold Jakobsen nach Marienhafe. Arnold war der Bruder von Walter Jakobsen, der durch das Scheitern von Ulli de Groots Hotelprojekt seine Firma verloren und sich mit Frau und Tochter das Leben genommen hatte. Ob dies ein gemeinsamer Entschluss der drei gewesen war oder ob Walter seine Frau und seine Tochter auf dem Gewissen hatte, hatte damals nicht eindeutig festgestellt werden können.

Der andere Bruder war seinerzeit auch befragt worden. Da er mit seiner Familie aber schon über fünfzehn Jahren in Stadthagen lebte und nur wenig Kontakt zu seinen Geschwistern hatte, war auch von ihm wenig zu erfahren gewesen.

Roolfs parkte auf dem Marktplatz, um im dort ausgehängten Ortsplan die Straße aufzusuchen. Er fuhr grundsätzlich ohne Navigationsgerät.

Wie immer, wenn er in Marienhafe war, blieb er einen

Moment auf dem Marktplatz stehen und betrachtete die Marienkirche mit ihrem wuchtigen Turm. Auf einem Bild hatte er gesehen, dass die Kirche bis vor gut zweihundert Jahren um ein Vielfaches größer und der Turm etwa doppelt so hoch gewesen war, bis man die Kirche abgebrochen hatte, weil man dieses riesige Gebäude nicht mehr unterhalten zu können glaubte.

Er stellte sich vor, wie es aussähe, wenn diese große Kreuzkirche mit dem hoch aufragenden Turm noch heute dastünde.

Glücklicherweise hatten die Marienhafener die Störtebekerlegende aufleben lassen und so auf ihren Ort bezogen, dass man auf dem Marktplatz sogar ein Denkmal für den sagenhaften Seeräuber aufgestellt und den Kirchturm nach ihm benannt hatte. Vermutlich profitierten die Marienhafener heute mehr vom toten Störtebeker als sagenhaftem Symbol des Fremdenverkehrs als ihre Vorfahren von dem lebendigen Störtebeker, der ihren Ort als Stützpunkt genutzt hatte.

Habbo Janssen hatte die Zeitungsberichte über Walter Jakobsen im Archiv durchgelesen und sich die Akten vorgenommen. Während der Weiterfahrt informierte er Roolfs über die wichtigsten Fakten. Zeugen hatten bestätigt, dass die Familie Jakobsen eine kleine Ferienwohnung auf Norderney besaß. Hin und wieder hatte Werner Jakobsen dort ein Wochenende mit seiner Frau verbracht. In früheren Jahren war die Tochter mitgefahren, aber seit ihrem Studium hatte sie die Wochenenden meistens bei ihrer Oma verbracht, um dort zu arbeiten.

Walter Jakobsen war mit Frau und Tochter an jenem Tag mit dem Boot aus dem Norddeicher Jachthafen abgefahren. Aber sie waren nie im Hafen von Norderney angekommen.

Eine Woche später war die Leiche von Werner Jakobsen mit Verbrennungen angespült worden. An verschiedenen Stellen wurden einzelne Teile des Bootes und seiner Einrichtung aufgefunden, an denen ebenfalls Brandspuren erkennbar waren. Die gerichtsmedizinische Untersuchung ergab, dass Walter Jakobsen an einem schnell wirkenden Gift verstorben war. In Lunge und Atemwegen des Toten befanden sich keine Rauchpartikel. Woher Jakobsen sich das Gift besorgt hatte, war bis heute ungeklärt.

Anhand der wenigen Wrackteile konnte der Hergang des Geschehens nicht völlig aufgeklärt werden, aber man ging davon aus, dass Jakobsen sich, seine Frau und seine Tochter entweder mit oder ohne deren Wissen das Gift verabreicht und dann den Brand oder die Explosion an Bord ausgelöst hatte.

Im Haus der Familie fand man einen kurzen Abschiedsbrief, eigenhändig von Werner Jakobsen geschrieben. In diesem Brief teilte er mit, dass er und seine Familie keinen Ausweg mehr wüssten und dass er hoffte, dass man die Verantwortlichen zur Rechenschaft ziehen würde.

Auch wenn dies letztlich kein Beweis war, ging man bei den Ermittlungen von einem Selbstmord aus. Ob es eine gemeinsame Entscheidung der drei gewesen war, oder ob Werner Jakobsen seine Frau und seine Tochter ohne deren Einverständnis mit in den Tod genommen hatte, blieb unklar. Die Leichen seiner Frau und seiner Tochter waren nie gefunden worden.

65

Als die beiden Beamten mit ihrem Wagen in die Einfahrt fuhren, stand Arnold Jakobsen mit einem überdimensionalen Rasentrimmer im Graben. Er trug einen Blaumann, Schutzbrille und Ohrenschützer. Er schaltete den Trimmer ab, und der ohrenbetäubende Lärm verstummte.

Dann nahm er die Schutzbrille und den Ohrenschutz ab. »Moin, Sie sind sicher von der Polizei. Ich wusste nicht genau, wann sie kommen. Ich dachte, dass ich den Schloot hier noch fertigmachen kann.«

Arnold Jakobsen war vor zwei Jahren von VW aus in den Vorruhestand gegangen. Das hatte er schon am Telefon erzählt, als Habbo Janssen ihren Besuch angekündigt hatte.

Arnold Jakobsen kletterte aus dem Graben und führte Janssen und Roolfs durch den Garten. Der Rasen roch frisch gemäht. Blumenbeete waren exakt abgestochen. Schmale Schienen waren an beiden Seiten von Steinen eingefasst, so dass man am Rand entlang mähen konnte. Ein künstlich angelegter Bachlauf wurde von einer Holzbrücke überwölbt. Beim kleinen Gartenteich standen Flamingos aus Kunststoff. Ein klobiger Froschkönig diente als Wasserspeier. Um den Teich herum posierte eine bunte Schar von Gartenzwergen.

»Setzen wir uns auf die Terrasse?«, fragte Jakobsen. Sie gingen vorbei an einem aus Backsteinen aufgemauerten Brunnen, dessen Überdachung mit Reet gedeckt war. Gleich dahinter stand ein Holzhaus, das eher einem Wohngebäude als einem Geräteschuppen glich: das Dach mit hellroten Ziegeln gedeckt, vor den Fenstern Blumenkästen mit überbordenden leuchtend roten und lachsfarbenen Geranien. Dahinter war ein Gewächshaus mit dem Ausmaß eines kleinen Feriendomizils.

»Das ist jetzt mein Arbeitsplatz«, rief Jakobsen den bciden

Beamten zu. Habbo Janssen starrte fasziniert in diese perfekt inszenierte Gartenidylle eines Vorruheständlers.

»Was darf ich Ihnen anbieten?«, fragte Jakobsen. »Bier dürfen Sie ja sicher nicht. Alster? Oder Mineralwasser?«

»Wasser ist in Ordnung«, sagte Roolfs, und er und Janssen setzten sich in die Gartensessel auf der Terrasse. Die Hauswand war behängt mit alten Spaten, Dreschflegeln, Forken und anderen Arbeitsgeräten aus alter Zeit. In der Ecke stand sogar ein altes Butterfass.

Jakobsen kam zurück mit einem Tablett, das mit einer Wasserflasche, drei Gläsern und zwei Fotoalben beladen war.

Bewundernd fragte ihn Habbo Janssen: »Wo haben Sie denn die Flamingos her?«

»Die gibt es in *Joki Eibens Gartenparadies*. Da hol ich die meisten Sachen. Die haben auch eine riesige Abteilung mit Gartenzwergen. Meine Kinder schenken mir jedes Jahr einen zum Geburtstag.«

Er füllte die drei Gläser mit Mineralwasser. »Ja, das war eine traurige Geschichte mit Walter. Meine Frau und ich waren richtig krank davon. Er ist zwar mein Bruder, aber zwölf Jahre jünger als ich. Er war ein Nachzügler. Für mich eher so etwas wie ein Neffe. War sehr ehrgeizig mit seiner Firma. Das war sein Leben. Holzarbeiten. Er hat erst eine Lehre als Tischler gemacht, und dann noch als Zimmermann. Hat dann in Abendkursen seinen Meister gemacht, hat sich Geld zusammengepumpt und seine Firma aufgebaut. Wir haben auch etwas dazugegeben. Mit einem Gesellen und einem Lehrling als Anfang. Schon bald konnte er alles zurückzahlen. Und nach ein paar Jahren hatte er zehn Mann in Arbeit. Seine Frau und seine Tochter haben zusammen das Büro gemacht.«

Jakobsen erzählte, wie die Firma seines Bruders florierte und dann innerhalb des allgemeinen Rückgangs an Aufträgen ebenfalls heruntergefahren werden musste.

Er erzählte, wie sein Bruder um jeden Auftrag verbissen kämpfte, um seine Mitarbeiter beschäftigen zu können.

»Die Firma war sein Leben«, resümierte er. »Und als es mit der Firma vorbei war, war es auch mit ihm vorbei. Schrecklich.«

Arnold Jakobsen legte auf einmal den Zeigefinger an die Lippen und sagte leise: »Mutti kommt. Wir reden gleich weiter.«

Eine ältere Frau kam. Ihr graues Haar war zu einem Pferdeschwanz zusammengebunden. Sie trug eine hellblaue Hose und einen über und über mit Pailletten bestickten rosa Pullover.

»Ach, da seid ihr ja endlich«, begrüßte sie die beiden Männer. »Kommt rein, ich mach uns erst einmal Tee.«

»Lass man, Mutti«, sagte Walter Jakobsen. »Wir müssen hier noch was besprechen, und dann trinken wir eine schöne Tasse Tee.«

»Sind Sie wegen Steffi hier?«, fragte die alte Frau. »Ja, die Steffi, von der habe ich schon lange nichts mehr gehört.«

»Geh man wieder nach Hause, Mutti. Ich komme gleich.«

Die alte Frau nickte den beiden Kripobeamten zu und ging wieder zum Nachbarhaus.

»Meine Mutter wohnt hier gleich nebenan. Im Nachbarhaus. Wir wollen sie eigentlich zu uns ins Haus holen, damit immer jemand da ist. Wenn mal was ist, dann sind wir gleich bei ihr. Meine Frau und ich haben damals auf dem Nachbargrundstück der Eltern gebaut, damit wir immer zusammen sind. Bis vor einem Jahr hat meine Mutter noch alles selber gemacht, konnte mit zweiundachtzig noch ihren Haushalt führen, Auto fahren und alles. Aber dann hatte sie einen Zusammenbruch, und nun baut sie gewaltig ab. Vor allem hier oben.« Arnold Jakobsen tippte sich an die Stirn. »Schade. Aber zum Glück ist mein anderer Bruder vor einem Jahr bei ihr eingezogen.«

»Es wurde damals gemunkelt, dass einige bei dem Konkurs ganz gut verdient haben«, sagte Roolfs.

»Das wird so sein«, antwortete Jakobsen. »Auch das ist ein Verbrechen, wenn Betriebe wie der von Walter kaputt gemacht werden. Menschen verlieren ihre Arbeit, da wird etwas zerstört, was mit viel Mühe über lange Jahre aufgebaut wurde. Aber diese Sache ist wohl nie so richtig untersucht worden.«

»Was empfinden sie gegenüber Leuten wie den de Groots oder Petra Lütjendörp?«, fragte Roolfs. »Hass?«

»Denken Sie, ich habe de Groot als Rache für meinen Bruder und seine Familie umgebracht? Wenn ich mir klarmache, was mein Bruder seiner Frau und seiner Tochter angetan hat, frage ich mich, ob ich nicht besser ihn hassen sollte.« Jakobsen wurde heftig: »Wenn er für sich Schluss machen will, ist das seine Entscheidung. Aber er kann doch nicht so über seine Frau und seine Tochter befinden. Er hat die beiden voll in seinen Betrieb eingespannt. Wie Steffi bei all dem noch ihr Studium gepackt hat, ist mir ein Rätsel. Ich verstehe Walter nicht. Wie kann jemand so über das Leben der Menschen entscheiden, die er liebt?«

Habbo Janssen fragte: »Könnte es nicht eine gemeinsame Entscheidung der drei gewesen sein?«

Walter Jakobsens vergnügte Gelassenheit war verschwunden und hatte einer aufgestauten Wut Platz gemacht. »Steffi hatte doch noch alles vor sich. Sie hatte gerade ihr Examen gemacht. Sie hatte tolle Angebote, konnte an der Uni weitermachen. Da kann sich doch keiner das Recht nehmen und sagen, das ist jetzt alles nichts mehr wert, bloß weil ...« Jakobsen erhob sich. »Entschuldigen Sie mich bitte einen Moment. Ich will eben zu Mutti. Eben sehen, ob alles in Ordnung ist. Ich bin gleich wieder da.«

Aus der Kuckucksuhr piepte es viermal. Aus dem Garten war ein Pfeifton zu hören. Die Garteneisenbahn begann eine Rundreise durch das Anwesen.

»Zeitschaltuhr«, bemerkte Habbo Janssen. »So eine Eisenbahn hat mein Bruder auch.«

Roolfs warf seinem Kollegen einen bedeutungsvollen Blick zu.

Als Arnold Jakobsen zurückkam, hatte er eine Schnapsfahne. Er ließ sich in den Gartensessel fallen. »Verdächtigen Sie mich wirklich? Den Weg hätten Sie sich sparen können.«

»Wir verdächtigen Sie nicht wirklich«, beruhigte ihn Habbo Janssen. »Können Sie sich vorstellen, dass jemand wegen dieser Hotelgeschichte so einen Hass hatte, dass er die beiden de Groots ermordet hat?«

»Nach so vielen Jahren? Wohl kaum. Wer sollte das sein?«

Gerrit Roolfs fragte: »Gibt es jemanden in der Familie Ihrer Schwägerin oder in Ihrer Familie, dem sie so etwas zutrauen? Hatte Ihre Nichte Stefanie einen Freund, der sich rächen wollte?«

»Ich glaube, allen ging es so wie mir, dass wir am meisten auf meinen Bruder wütend waren. Keiner konnte das verstehen. Ich glaube nicht, dass einer von uns nach so vielen Jahren Rache genommen hat. Ich glaube, ich bin da für Sie keine große Hilfe.«

»Moin, wo geiht?«, dröhnte eine helle Männerstimme durch die Hecke vom Nachbargrundstück.

»Hunnert«, erwiderte Jakobsen in ähnlicher Lautstärke.

»Wullt du vandag nix doon in din Tun?«

»Ik bün all lang kloor un hebb min Tun up Stee. Ik bün je nich so'n Nüsselmors as du«, rief Jakobsen zurück. »Das ist mein Nachbar Hillrich«, erklärte er den beiden Polizeibeamten. »Wir passen immer aufeinander auf, dass keiner seinen Garten verkommen lässt. Ja, der Garten, das ist unser Lebenselement.«

Habbo Janssen räusperte sich. »Diese Brücke über dem Wasserlauf, gibt es die als Bausatz, oder haben Sie das alles selbst entworfen?«

»Alles von eigener Hand«, sagte Jakobsen stolz. »Ich hab auch mal Tischler gelernt. Wie unser Vater. Aber dann bin ich zu VW gegangen. Im *Gartenparadies* gibt es aber auch ganz gute Bausätze für Gartenbrücken. Hillrich hat so eine. Ich gehe eben mit Ihnen rüber. Der zeigt Ihnen das gern.«

66

Roolfs setzte Habbo Janssen in Norden ab und fuhr in die Westermarsch. Hier, in der Landschaft zwischen dem Norder Stadtrand und dem Deich, hatte sich Johannes Fabricius vor ein paar Jahren ein Haus gekauft. Mit dem Auto konnte er in weniger als zehn Minuten auf seinem Tiefgaragenplatz in der Norder Innenstadt sein, und gleichzeitig lebte er unbehelligt von Nachbarn auf dem Land.

Gerrit Roolfs und seine Freundin Ilona hatten sich damals für eine Doppelhaushälfte in einer Neubausiedlung entschieden. Schon bald hatten sie es bereut. Wand an Wand mit einem Ehepaar zu wohnen, das am liebsten Schlagermusik in voller Lautstärke hörte und zu jeder Tages- und Nachtzeit zwischen Februar und November Freunde zum Grillen auf die Terrasse einlud, während der Nachbar gegenüber dreimal in der Woche seinen etwa zwei Meter breiten Rasenstreifen um das Haus herum nach Feierabend sorgfältig mit Aufsitzmäher und Rasentrimmer bearbeitete ... Mindestens einmal im Monat wurde in der Nachbarschaft Geld für ein Geschenk gesammelt und eine Einladung zu einer Feier mit Kartoffelsalat, Würstchen und reichlich Bier und Schnaps ausgesprochen, weil ein Paar seine Petersilienhochzeit feierte, weil ein Nachbar seit fünfzehn Jahren in seiner Autofirma beschäftigt war oder weil irgendwo ein neuer Wintergarten zur Einweihungsparty bereitstand.

Inzwischen hatte sich Gerrit Roolfs eingestanden, dass ihm eine wichtige Eigenschaft fehlte, die einen Musterostfriesen auszeichnete: Er war nicht gesellig. Er und Ilona hielten Ausschau nach einem Haus am Stadtrand oder auf dem Land, so weit entfernt von Nachbarn, dass man sich eine gewisse Nähe zu ihnen wieder vorstellen konnte.

Roolfs parkte in der Einfahrt seines Freundes.

Johannes Fabricius schreckte hoch. Hatte es geklingelt? Oder hatte er sich das nur eingebildet?

Er war kurz eingeschlafen auf seinem Sofa zu Hause. Arme und Beine hatte er verkrampft an den Körper herangezogen. In seinem Bauch saß die Angst wie ein dicker, harter, eisiger Stein.

Die vergangenen Tage hatten etwas mit ihm gemacht, worüber er nicht nachdenken wollte. Er wusste, dass er es nicht verdrängen konnte, aber er wusste auch, dass er sich dem jetzt nicht stellen konnte.

Was hatte man mit ihm vorgehabt? Sollte er wirklich nur so lange in seinem Versteck bleiben, bis alle Geschäfte abgewickelt und alle Spuren beseitigt waren? Wie lange hätte das gedauert? Oder hatte Gerrit das nur gesagt, um ihn zu beruhigen und in Wirklichkeit hatte man auf einen gute Gelegenheit warten wollen, um ihn aus dem Weg zu räumen? Aber warum hatte man das nicht gleich gemacht?

Wollte er überhaupt eine Antwort auf diese Fragen?

Morgen würde das Literaturseminar beginnen, bei dem er als zweiter Seminarleiter mitarbeiten sollte. Vielleicht würde ihm die banale Alltäglichkeit guttun wie eine alte Jacke, die man wieder anzog und in der man sich geborgen fühlte.

Es klingelte. Johannes Fabricius sprang auf.

»Willst du mitessen, Gerrit?«, fragte Fabricius, als er Roolfs ins Haus ließ. »Frau de Boer hat mir heute Vormittag die

Wäsche und zwei Portionen Kohlrouladen gebracht. Sie meint, was im Winter schmeckt, schmeckt auch im Sommer.«

»Meinetwegen. Ich wollte mit dir noch mal über die letzten Tage sprechen und gucken, wie es dir geht.«

»Ich weiß, ehrlich gesagt, gar nicht, wie es mir geht. Und ich will es auch gar nicht wissen. Von wem habt ihr eigentlich die Mail bekommen? Wisst ihr das schon?«

»Theda hat sich darum gekümmert. Ein Student, der im Antiquitätenhof so eine Art Praktikum macht, hat die Mail geschickt. Er hatte etwas von der Angelegenheit mitbekommen und mit Neeland geredet, als der aus der U-Haft wieder zurück war. Neeland hat ihm erklärt, wo die Lagerhalle ist. Der Student hat die Mail von einem Server geschickt, bei dem wir nicht zurückverfolgen konnten, woher sie kam.«

»Dann habe ich also so eine Art Lebensretter? Wie heißt er?«

»Keine Ahnung. Er hat irgendwo in Hillersum ein Zimmer. Am besten rufst du Theda an. Die hat ihn gefunden.«

67

Johannes Fabricius stellte den Koffer mit der frischen Wäsche in seinem Apartment in der Akademie ab. Er wollte gleich weiter, um den Studenten aufzusuchen, der dafür gesorgt hatte, dass man ihn aus seinem Gefängnis herausgeholt hatte.

Es klopfte, und eine kleine Frau um die sechzig, mit kurzen grauen Haaren, trat in sein Büro. »Sie sind also mein Partner, Herr Fabricius?«. Sie lächelte ihn müde an und reichte ihm die Hand. Sie trug ein handgewebtes Kleid aus dunkelroter Wolle und einen sorgfältig um Hals und Schulter drapierten Seidenschal.

Johannes Fabricius erwiderte den festen Händedruck. »Kann wohl sein«, antwortete er.

»Ich bin Charlotte Schierenberg-Sassen. Ich habe in den vergangenen Tagen ein paarmal versucht, Sie zu erreichen, aber Sie waren wohl unterwegs. Der Einfachheit duzen wir uns. Du heißt Johannes«, stellte die Referentin fest.

»Ja«, sagte Johannes Fabricius.

»Unser Thema lautet ›Lyrik als Atmen der Seele‹«, erklärte Charlotte Schierenberg-Sassen. »Ich habe dir hier mein Programm mitgebracht. So mache ich das schon seit ein paar Jahren. Es hat sich bewährt. Nicht zu viel Theorie. Die Teilnehmerinnen wollen nicht so viel zuhören oder dicke Bücher lesen. Meine Frauen wollen schreiben, kreativ sein. Ich habe hier mit dem Textmarker angestrichen, was deine Parts sind. Wir haben ja noch bis morgen Zeit. Du bist hoffentlich einverstanden.«

Fabricius verstand den letzten Satz nicht so sehr als Frage, sondern als Abschluss des Gespräches, und so antwortete er: »Ja.«

68

»Danke, dass Sie mir geholfen haben«, sagte Johannes Fabricius.

Der Student blinzelte den Mann an, der mit einem verpackten Geschenk vor seiner Tür stand. »Wieso habe ich Ihnen geholfen?«

»Sie haben eine Mail an die Polizei geschickt, in der stand, wo man mich versteckt hielt. Darf ich einen Moment reinkommen?«

»Na klar.« Der Student ließ Fabricius eintreten.

Das Zimmer war einfach eingerichtet, aber auffallend sauber und aufgeräumt.

»Ich weiß es von der Polizei«, sagte Fabricius und sah sich die Bücherregale an, die den Raum beherrschten. »Wie schön, dass in diesem Ort auch jemand Bücher liest.«

»Ich wollte es nicht an die große Glocke hängen. Ich habe ein Telefonat angenommen, und der Anrufer hielt mich für Neeland und erzählte mir davon, dass man sie gefangen hielt. Neeland war sofort damit einverstanden, Sie da rauszuholen. Er wusste, was das für Konsequenzen haben würde. Aber er hätte Sie da nicht hängen lassen. Auch wenn das nicht so aussieht: Günther ist ein anständiger Kerl.«

»Herr …«

»Hier sagen alle Karsten zu mir. Wenn das für Sie in Ordnung ist.«

»In Ordnung. Ich danke Ihnen.« Er reichte Karsten die Hand.

»Es muss sich noch zeigen, ob Sie es verdient haben«, sagte Karsten lachend und griff Fabricius' Hand.

»Wer entscheidet das?«, fragte Fabricius amüsiert.

»Ich«, sagte Karsten.

»Was studieren Sie?«

»Ich habe Germanistik studiert und schreibe eine Doktorarbeit über Bücherdörfer. Ich möchte das Phänomen mit seinen ganz unterschiedlichen Seiten anhand einiger typischer Bücherdörfer in Europa untersuchen. Hillersum ist für mich als jüngstes so eine Art Musterfall.«

»Darüber möchte ich gern mehr wissen.«

»Ich habe einen Aufsatz zu diesem Thema geschrieben. Warten Sie, ich habe hier eine Kopie. Die können Sie gern behalten.« Karsten reichte Fabricius eine Mappe.

»Danke. Sie haben in allen Buchhandlungen schon mitgearbeitet?«, wollte Fabricius wissen.

»In den interessanten. Besonders viel Spaß hat es bei Jürn Renken gemacht. Sehr originell.«

»Und bei Hanna Siefkes waren Sie auch?«, fragte Fabricius so beiläufig wie möglich.

»Eine faszinierende Frau. Enorme Ausstrahlung. Sie war sogar mal mit Axel de Groot zusammen. Hat aber nicht lange gehalten. Sie hat ihn vermutlich schnell durchschaut.«

Fabricius hätte lieber noch etwas über Hanna Siefkes erfahren, aber vielleicht waren Informationen über Axel de Groot wichtiger. »Wie meinen Sie das?«

»Axel de Groot verstand eine Menge von Antiquitäten und Büchern«, erklärte Karsten. »Aber noch mehr verstand er davon, wie man Menschen benutzt. Und wie man sie dann hinterher wegschmeißt, wenn man sie nicht mehr braucht. Das haben seine Frau und seine Tochter erfahren, und auch manche seiner Mitarbeiter.«

»Was denken Sie über das Bücherdorf?«

»Finden Sie diese Frage nicht etwas zu allgemein? Was denken Sie über einen Film? Der Regisseur hofft auf seinen Durchbruch mit dieser Inszenierung. Der Produzent freut sich, dass Geld hereinkommt, wenn der Film gut läuft. Eine Zuschauerin langweilt sich zu Tode und geht nur ihrer Tochter zu Gefallen mit, und ihr Sitznachbar verfolgt alles atemlos, weil er schon das Buch gelesen hat. Die Schülerin, die jeden Abend den Kiosk macht, spart für ihren Urlaub auf Mallorca. So, was ist nun ein Film?«

»Gute Antwort. Bei Ulli de Groot haben Sie in der kurzen Zeit nicht gearbeitet?«

»Nein, da war ich auch nicht gerade wild drauf. Diese Art Buchhandlung muss es ja wohl auch geben. Ich kannte Ulli de Groot nicht weiter. Er schien nicht gerade sehr beliebt zu sein, aber er wurde als Favorit für den Geschäftsführerposten gehandelt. Waren Sie da nicht auch im Gespräch?«

»Nein«, sagte Fabricius. »Was denken Sie über die beiden Morde? Haben Sie eine Theorie?«

Karsten wiegte den Kopf. »Ich denke, dass Katja Ulli de Groot ermordet und sich dann das Leben genommen hat. Ich habe Katja Tiedgen zur Genüge kennengelernt, als ich bei Günther Neeland gearbeitet habe. Klingt vielleicht hart, was ich jetzt sage, aber Ulli und Katja haben einander verdient.«

69

Gerrit Roolfs trat einen Schritt zurück, als ihm die Tür des Pfarrhauses geöffnet wurde. Ein Mann mit bleichem Gesicht und zurückgekämmten schwarzen Haaren, in einer Kostümierung mit schwarzer Hose und schwarz-ockergelbem Pullover, stand vor ihm. An der linken Brust war auf dem Pullover eine runde Brosche mit pfeilspitzenförmigem Symbol angebracht.

Erst beim zweiten Hinsehen erkannte Roolfs den Pastor. »Wie siehst du denn aus, Uwe?!«

»Man merkt, dass du die falschen Fernsehserien siehst, Gerrit. Vor dir steht das Double von *Lieutenant Com-*

mander Data. Ich bin ein humanoider Android mit einem positronischen Gehirn«, belehrte ihn Pastor Uwe Osterloh. »Komm rein.«

Roolfs folgte Osterloh in das Wohnzimmer, das seit dem letzten Besuch nichts von seinem ungemütlichen Charme verloren hatte, und nahm auf einer der würfelförmigen Sitzgelegenheiten Platz.

»Ich habe Urlaub«, erklärte Osterloh. »In ein paar Tagen fahre ich mit Freunden zu einem Star-Trek-Treffen nach Bremerhaven. Ich wollte mal sehen, ob alles gut passt, Kostüm, Maske.«

»Schon klar«, entgegnete Roolfs.

»Data ist ein perfekter Computer, die sich nichts anderes wünscht, als ein Mensch zu werden, das macht schon nachdenklich. Die theologischen Implikationen lass ich jetzt mal weg. Aber für mich ist Data die interessanteste Persönlichkeit auf der *Enterprise*. Was kann ich dir anbieten?«

»Informationen über Katja Tiedgen. Ich bin leider dienstlich hier.«

»Katja Tiedgen. Ja, das ist eine traurige Geschichte. Sie hat mal für ein paar Wochen in unserem Büro gearbeitet.«

»Und dann hast du sie gefeuert.«

»Wir haben das Beschäftigungsverhältnis in gegenseitigem Einverständnis vor Ablauf der Probezeit beendet. Sie ist eingestellt worden, als ich ein Kontaktsemester gemacht habe. Unsere Sekretärin hatte auf eine halbe Stelle reduziert, und nun suchten wir für die andere Hälfte jemanden. Normalerweise bin ich bei den Einstellungsgesprächen immer dabei, weil ich so unsensibel und politisch unkorrekt bin. Im Gegensatz zu meinen lieben Kollegen frage ich nicht, wem wir mit einer Arbeitsstelle die größte Freude machen, sondern wer den Job am besten erledigt.«

»Das hört sich aber nicht sehr nett an, Uwe«, spottete Roolfs.

»Nee, ist auch nicht so gemeint. Wir haben für unsere

Riesengemeinde nur diese eine Büro-Stelle. Und da fällt viel Schreibkram und Organisatorisches an. Die meisten Pastoren lieben diese Tätigkeiten nicht besonders, ich auch nicht. Alles, was Katja nicht geschafft hat oder nicht schaffen wollte, mussten wir machen. Entweder in unserer Freizeit oder auf Kosten von Arbeit, die viel wichtiger ist.«

»Katja Tiedgen hat ihren Job nicht gut gemacht?«

»Sie kam fast immer unpünktlich und ging oft eine halbe Stunde vor Dienstschluss. In ihrer Dienstzeit hat sie privat telefoniert und bekam manchmal die einfachsten Sachen nicht geregelt. Ich habe nur vier Wochen mit ihr zusammengearbeitet. Das hat mir gelangt. Wir sind ein paarmal aneinander geraten, und dann habe ich darauf hingewirkt, dass wir die Sache beenden. Hat mich eine Menge Sympathiepunkte gekostet.«

»Hattest du danach noch mal mit ihr zu tun?«

»Ja. Ist das nicht seltsam? Ich hatte mich ja nun nicht besonders verständnisvoll ihr gegenüber gezeigt. Und trotzdem ist sie später ein paarmal zu mir gekommen, wenn sie ein Problem hatte. Katja brauchte Hilfe. Professionelle Hilfe, die ihr niemand aus unserem Team geben konnte. Aber sie wollte da nicht ran. Es war ihre Entscheidung.«

»Ich weiß, dass du darüber nicht reden darfst, aber ...«

»Das tu ich auch nicht. Aber ich glaube nicht, dass sie Probleme hatte, die in eure Zuständigkeit fallen. Es war alles mehr oder weniger im Normalbereich.«

»Und was ist *normal*?«, fragte Roolfs.

»Ich bin normal. So, jetzt musst du mein *Thalianisches Mousse au Chocolat* probieren. Für das Originalrezept müssen die Kakaobohnen vom Planeten Thalos VII vierhundert Jahre abgelagert werden. Leider stehen mir solche Zutaten nicht zur Verfügung, aber ich habe ein ganz gutes Rezept hinbekommen. Ich will es auf unserem Treffen vorführen. Du musst es testen.«

Osterloh holte zwei Schälchen mit Schokoladenmousse.

Roolfs probierte zögernd. Es schmeckte köstlich nach kräftiger Schokolade, ohne bitter zu sein.

»Uwe, kannst du dir vorstellen, dass Katja Tiedgen sich das Leben genommen hat? Ich weiß, dass die Frage sehr unprofessionell gestellt ist.«

»Sie hatte ihre Probleme, aber ich hatte das Gefühl, dass sie sich ganz gut in ihren Problemen eingerichtet hatte und dass ein gewisses Maß an Leiden zu ihrem Wohlbefinden dazugehörte. Weißt du, was komisch ist?«

»Komisch?«, fragte Roolfs und hielt Osterloh auffordernd seine leere Dessertschüssel hin.

Osterloh füllte die Schüssel noch einmal mit Schokoladenmousse und erzählte weiter. »Katja Tiedgen wäre vor einigen Jahren beinahe ertrunken. Bei einem Unfall im Hafen. In letzter Minute wurde sie gerettet. Und nun endet sie in einem Schwimmbad. Ich weiß, dass sie nach diesem Unfall nie mehr schwimmen gegangen ist. Sie sollte sogar einen Schwimmkurs für die Kleinsten leiten, aber sie hatte panische Angst vor dem Wasser, und dann hat sie eine Turngruppe übernommen. Das hat sie mir oft erzählt. Es könnte natürlich auch sein, dass sie jetzt extra ins Wasser gegangen ist, um Schluss zu machen. Aber ich kann mir das nicht vorstellen.«

Gerrit Roolfs erhob sich. »Danke für deine Hilfe.«

»Qapla'!«, erwiderte Osterloh und reichte dem Kommissar die Hand.

»Lass mich raten. Das ist Hebräisch.«

»Das ist Klingonisch. Ich wünsche dir Erfolg!«

70

Charlotte Schierenberg-Sassen stand mit fünfzehn Personen im Kreis. Darunter waren auch die vier Damen des Streichquartetts, die beim Eröffnungsabend in Ulli de Groots Buchhandlung musiziert hatten.

In der Mitte des Kreises war auf dem Boden ein dunkelblaues Seidentuch ausgebreitet. Ein paar Bogen handgeschöpftes Papier waren dort ausgelegt, ein Tintenfass und zwei klobige Füller lagen darauf. In einem Krug stand ein bunter Strauß Feldblumen, ein anderer Krug lag so am Rand, dass das blaue Tuch wie eine Wasserlache aussah, die aus dem Krug geflossen war.

»Ich begrüße uns alle herzlich zu diesem Seminar«, begann Charlotte Schierenberg-Sassen. Ihre Kleidung und die gestaltete Kreismitte waren gut aufeinander abgestimmt. Ihre dunkelblaue Hose hatte den gleichen Farbton wie ihr Pullover und ihr Leinensakko. Ihr Seidenschal war in Grün- und Blautönen gestaltet, ihr reichlich großer Ohranhänger eine Kreation aus Silber mit blauen und grünen Kunststeinen. Johannes Fabricius stand etwas unbeholfen neben ihr und trug einen angeknitterten hellen Leinenanzug und eine aus der Mode gekommene Blumenkrawatte.

»Wir wollen als Gruppe zusammen sein und gemeinsam arbeiten. In Sprache wollen wir bringen, was in uns schwingt. Einatmen, ausatmen, Worte erspüren, Worte erschaffen.«

Für Fabricius hörte sich das eher an, als wäre Charlotte eine Meditationslehrerin. Nun forderte sie die Teilnehmenden auf, der Reihe nach zweimal den eigenen Vornamen in betont unterschiedlicher Nuancierung auszusprechen. Die Gruppe sollte den Namen im gleichen Tonfall wiederholen.

Unter den Anwesenden waren außer Fabricius nur zwei Männer. Der eine, ein großer Mann mit dunkelrot gefasster

Brille, blinzelte die Kursleiterin skeptisch an und stieß, als er an der Reihe war, nur zweimal ohne gefühlvolle Betonung seinen Vornamen »Helmut« aus.

Der andere war ganz in Weiß gekleidet. Sogar die Schuhe waren weiß. Er sah Charlotte mit großen Augen bewundernd an. »Sebastian«, flüsterte er bedeutungsvoll, als er an der Reihe war. Beim zweiten Mal schloss er die Augen und schrie seinen Namen in einer solchen Lautstärke, dass die anderen einen Moment betreten zu Boden schauten, und die Lautstärke bei der Wiederholung seines Namens nur verhalten andeuteten.

Die anderen hauchten, flüsterten, schimpften, flirteten, dozierten, jubelten, murmelten, sangen, lachten, seufzten und atmeten ihre Namen aus.

Als in einer zweiten Runde die Teilnehmer noch einmal den Namen mit einer für sie typischen Bewegung in der Kreismitte aussprechen sollten, legte Helmut die Arme hinter den Rücken und sagte: »Da möchte ich nicht mitmachen.«

»Es ist deine Entscheidung, Helmut«, stellte Charlotte fest, ohne die Miene zu verziehen.

Erst in der Pause des Seminarnachmittags las Johannes Fabricius die Zeitungsberichte über den Tod von Katja Tiedgen. Sein Blick fiel auf ein Foto der Toten. Er hatte das Gefühl, sich an etwas erinnern zu müssen, wusste aber nicht, an was. Er ließ die Zeitung aufgeschlagen auf seinem Schreibtisch liegen.

Schnell packte er noch Gedichtbände von Ringelnatz, Kästner und Gernhardt in seine Tasche. Man konnte ja nie wissen.

71

Die Teilnehmenden des Lyrik-Seminares waren dabei, aus den Buchstaben ihrer Vornamen Eigenschaftsworte zu bilden. Sie hockten im Kreis und beschrieben mit Füllern Papierbogen. Mit mütterlich strengem Blick spazierte Charlotte Schierenberg-Sassen um den Kreis und gab dann das Zeichen, dass es nun losging.

»Ich bin die heitere, energievolle, dominante, warmherzige, intelligente, großzügige Hedwig«, begann eine der Streichquartettdamen.

Die anderen drei Streichquartettdamen setzten die Reihe fort. Sogar Helmut machte mit. Sebastian beschrieb sich unter anderem als sinnlich, erotisch und bedürftig, was die Gruppe etwas zu verunsichern schien. Die Streichquartettdamen warfen einander bedeutungsvolle Blicke zu, und Johannes Fabricius erwies sich als Stimmungskiller, weil er seinen Beitrag mit dem Geständnis eröffnete, dass ihm kein passendes Eigenschaftswort mit dem Buchstaben J eingefallen war.

Die Kursleiterin beschloss den Abend mit einem Bewegungsritual im Kreis. Fabricius wies darauf hin, dass er unten in der Bibliothek einen kleinen Seminarapparat mit Gedichtbänden und Anthologien aufgebaut hatte, der allen zur Verfügung stehe.

Charlotte Schierenberg-Sassen sah ihn einen Moment schweigend an. »Sie können ja auch noch einen Ratgeber dazu legen: ›Wie schreibe ich ein Gedicht?‹«, sagte sie mit wenig dezentem Spott.

Fabricius zuckte die Achseln und ging in sein Apartment. Auf dem Schreibtisch lag noch die Tageszeitung, aufgeschlagen auf der Seite, auf der vom Tod Katja Tiedgens berichtet wurde. Fabricius sah sich noch einmal das Bild an, und dann wusste er, wo er diese Frau das letzte Mal gesehen hatte.

72

Als Gerrit Roolfs, Habbo Janssen und Theda van Immen abends mit den anderen im Besprechungsraum zusammensaßen, hatten sie alle einen langen Tag mit vielen ergebnislosen Gesprächen hinter sich. Sie verspürten eine Leere, hatten das Gefühl, immer noch am Anfang zu stehen.

Ein auf Wirtschaftskriminalität spezialisiertes Zweierteam sollte den Niedergang des Projektes ›Familienhotel Hillersum‹ analysieren und zu diesem Zweck Unmengen von Unterlagen durcharbeiten. Auf diese Weise sollten die Ermittlungen im Mordfall entlastet werden. Man würde ein Auge auf mögliche Querverbindungen zwischen beiden Fällen haben.

»Wir haben kein Alibi für Katja Tiedgen«, stellte Theda van Immen fest, als sie mit Gerrit Roolfs und Habbo Janssen zum Parkplatz ging. »Das heißt aber noch lange nicht, dass sie die Mörderin von Ulli de Groot war.«

»Sie als Mörderin und Selbstmörderin hinzustellen, wäre politisch die korrekte Lösung«, sagte Gerrit Roolfs. »Es würde kein Schatten auf Hillersum fallen, und der Fürst könnte ungestört seinen Geburtstagsempfang im Bücherdorf feiern. Allein deshalb wünsche ich mir schon, dass sie es nicht war. Aber wohin wir auch ermitteln, wir greifen überall ins Leere. Ich will unbedingt noch mal an diese Familie Jakobsen ran. Da wissen wir zu wenig. Vielleicht hat in diesem Zusammenhang jemand eine offene Rechnung mit Ulli de Groot.«

»Was ist denn mit Ulli de Groots Frau?«, fragte Habbo Janssen.

»Sie wohnt auf Rügen. Ihr Papi ist dort Inhaber einiger Hotels. Eine Kollegin ist gleich am nächsten Tag zu ihr hingefahren, um sie zu befragen. Aber dabei kam überhaupt nichts heraus. Die Ehe mit Ulli de Groot war für beide wohl keine tiefschürfende Erfahrung. Sie hat ihren Mädchennamen auch nicht abgelegt. Sie kommt morgen zur Beerdigung. Dann können wir noch mal mit ihr reden. Aber davon verspreche ich mir nichts.«

Roolfs Handy klingelte. Er meldete sich und hörte zu. Dann reichte er Theda van Immen das Handy. »Hier hast du dein Alibi für Katja Tiedgen.«

73

Heribert Schoppmann verließ gerade seine Ratgeber-Buchhandlung, als Gerrit Roolfs und Theda van Immen vor seinem Geschäft parkten.

»Kann ich noch wat für euch tun?«, fragte er die beiden.

»Oh ja, eine Menge«, antwortete van Immen. »Schließen Sie die Tür wieder auf. Wir müssen uns noch einmal über Katja Tiedgen unterhalten.«

»Ich weiß nicht, was es da für Gesprächsstoff gibt«, sagte Schoppmann abweisend.

»Wir können unser Gespräch gern hier draußen auf der Straße führen, wenn Sie das möchten.«

Schoppmann schloss die Tür auf. »Na gut. Kommt rein.«

»Wir wissen, dass Katja Tiedgen in der fraglichen Nacht mit Ihnen zusammen war, Herr Schoppmann«, eröffnete Theda van Immen das Gespräch in der Buchhandlung.

Schoppmann setzte gerade an, um zu widersprechen, als van Immen ihn anfuhr: »Wir ermitteln in einem Mordfall. Ein Doppelmord. Wenn Sie uns so wichtige Fakten unterschlagen, machen Sie sich strafbar. Bitte bedenken Sie, dass das sehr unangenehme Konsequenzen für Sie haben wird.«

Schoppmann verzog den Mund. Er schwieg.

»Gut. Wir laden Sie für morgen früh um neun Uhr vor. Richten Sie sich auf einen schönen, gemütlichen Vormittag bei uns ein.«

»Ja, ich gebe es zu. Wir waren an dem Abend zusammen«, sagte Schoppmann schließlich.

»In der Nacht?«, fragte van Immen provokativ.

»Es war ein langer Abend«, antwortete Schoppmann ausweichend. »Ich habe Katja auf einer Party im Antiquitätenhof kennengelernt. Wir waren uns nicht gerade unsympathisch, wenn Sie verstehen, was ich meine. Bei der Eröffnung von Ulli de Groots Buchhandlung sahen wir uns wieder. Irgendwie hat es da sofort gefunkt.«

»Und ihre Frau ist zurzeit verreist«, fragte van Immen spitz.

»Ja, die ist bei ihren Eltern in Wermelskirchen. Kommt übermorgen wieder. Ich sage Ihnen alles, was Sie wissen wollen, aber dat muss unter uns bleiben. Meine Frau darf nichts davon wissen, sonst ...«

»Sagen Sie uns einfach die Wahrheit, damit ist uns schon sehr geholfen.«

»Also, an dem fraglichen Abend kam Katja zu mir. Sie wusste, dass meine Frau weg war. Katja war bei ihrem Lebensgefährten ausgezogen, und Ulli de Groot hat sie irgendwie abserviert«, erklärte Schoppmann.

»Und dann kamen Sie.«

»Ja, wir sind beide keine Kinder von Traurigkeit, wenn Sie wissen, wat ich meine. Aber wir wollten beide nix Festes.«

»Ich brauche genaue Zeiten«, unterbrach ihn van Immen.

Schoppmann schluckte. »Sie kam so gegen zehn. Wir waren in der Nacht zusammen, in der Ulli erschossen wurde. Dafür kann ich meine Hand ins Feuer legen. Hundertprozentig.«

»Frau Tiedgen kann nicht in der Nacht ihr Haus verlassen haben, ohne dass Sie das bemerkt haben?«

»Also nä, ganz bestimmt nicht. Sie müssen wissen, dass wir sehr beschäftigt waren, wenn Sie wissen, was ich meine. Da kann ich meine ...«

»Legen Sie dafür lieber nichts ins Feuer, Herr Schoppmann. Kommen Sie bitte mit. Wir nehmen Ihre Aussage auf.«

74

Charlotte Schierenberg-Sassen schloss die Augen, während sie an diesem Morgen mit Fabricius sprach. Ihre Stimme hatte etwas Singendes. »Johannes, wir sind nicht hier, um Bücher zu lesen. Wir schreiben. Die Frauen möchten sich in meiner Schreibwerkstatt selber als Autorinnen betätigen. Gedichte, Biografiearbeit, vielleicht ein paar Kurzgeschichten. Und dies hier ist der Anfang. Du hast heute Morgen sehr ausführlich über zwei Gedichte referiert. Das war zu lang. Viel zu buchorientiert. Viel zu belehrend, zu kognitiv. Du blockierst die Kreativität der Teilnehmerinnen. So kann ich nicht arbeiten.«

»In Ordnung«, sagte Fabricius. »Wir beenden die Zusammenarbeit. Ich steige aus dem Seminar aus.« Er nahm seine Tasche und ging in sein Zimmer.

In seinem Büro in der Akademie sah er die Liste der Buchhandlungen in Hillersum durch. Er war noch nicht im *Bücher-Bummert* gewesen, der sich auf Kriminalromane spezialisiert hatte. Dann fehlten noch Onningas Buchhandlung mit plattdeutscher Literatur, Ostfriesica und anderen norddeutschen Schwerpunkten sowie *Anni's Bücherscheune* und der christliche Buchladen *Lebens-Worte*.

Er spielte mit dem Gedanken, noch einmal in Hanna Siefkes' Buchhandlung vorbeischauen. Vielleicht könnte man einmal mit ihr gemeinsam ein Seminar über Jane Austen halten. Dabei käme man sich sicherlich näher. Ganz nebenbei. Wie von selbst.

Würde er hier eine Spur zum Mord an Ulli de Groot und Katja Tiedgen finden? Hatte er überhaupt noch Lust, weiterzusuchen? Gestern Abend hatte Fürst Carl-Edzard ihn angerufen, in großer Sorge wegen des bevorstehenden Geburtstagsempfanges, den er als Auftaktveranstaltung für die Bücherwoche nutzen wollte. Der Fürst bekam langsam kalte Füße. Er befürchtete, dass der Mord einen Schatten auf die Bücherwoche und das ganz Vorhaben des Bücherdorfes werfen würde.

Es klopfte, und mit dem Klopfen betrat Charlotte Schierenberg -Sassen sein Zimmer. »Also, so geht das nicht, Johannes. Du kannst dich nicht einfach einem Konflikt entziehen. Ich möchte schon, dass du dich mit mir auseinandersetzt und nicht einfach weggehst.«

»Ich habe nicht ›herein‹ gesagt«, brummte Fabricius.

75

Wie kann ein Lippenstift so auffallend dezent sein, dachte Theda van Immen, als Ulli de Groots Witwe sie und Roolfs am Morgen im Hotel *Reichshof* in Norden empfing. Die Fingernägel waren Ton in Ton zum Lippenstift und zur Rose lackiert, die sie an ihrem breitkrempigen schwarzen Hut trug. Unter dem Hut leuchteten blonde Haare hervor.

Nachdem van Immen und Roolfs ihr Beileid ausgesprochen hatten, fragte die Kommissarin, wann die Witwe ihren Mann das letzte Mal gesehen habe.

»Das war ein paar Tage vor der Eröffnung der Buchhandlung. Ulli und ich waren noch ein paar Tage an der Müritz zusammen. Dort haben wir ein gemeinsames Haus. Und bevor Sie danach fragen: Ulli und ich haben im Ehevertrag Gütertrennung vereinbart und genaue Regelungen getroffen, was die geschäftliche Seite unserer Verbindung angeht.«

»Wie dürfen wir das verstehen?«, fragte van Immen.

»Sein Unternehmen war ein Familienunternehmen und das meiner Eltern auch. Die Firmen bleiben in ihren Familien. Im Todesfall bekommt jeder eine gewisse Summe ausgezahlt und erbt ein paar Prozente der jeweils anderen Firma. Mehr symbolisch, aber auch nicht ganz ohne Gewinn. Im Scheidungsfall stand nur das gemeinsame Haus zur Debatte. Meine Eltern haben es uns zur Hochzeit geschenkt.«

»Das ist alles sehr klar geregelt.«

»Meine Mutter ist Juristin, auch wenn sie ihren Beruf zurzeit nur im Rahmen unseres Familienunternehmens ausübt.«

»Was genau ist das für ein Familienunternehmen?«, wollte Roolfs wissen.

»Hotels und Ferienwohnungen. Im großen Stil natürlich«, bemerkte die Witwe, als ob jemand dies in Zweifel gezogen hätte.

»Unser Kollege Gronewold hat sich schon erkundigt, ob Ihr Mann Feinde hatte?«, fragte Roolfs.

»Feinde nein, Gegner ja. Aber es bewegte sich alles im Normalbereich. Leben und leben lassen. Ulli war ein Profi.«

»Habe ich das vorhin richtig verstanden?«, hakte Theda van Immen. »Sie sprachen von Scheidung?«

»Korrekt. Unsere Hochzeit war nicht sehr gut überlegt. Wir haben einen schönen Sommer verbracht, und dabei hätten wir es belassen sollen.«

»Und die Scheidung war bereits ...«

»Noch nicht, aber wir hatten bei unserem letzten Treffen alles besprochen. Meine Mutter hatte alle Papiere fertig gemacht, und nach Ullis Wiedereinstieg in Ostfriesland wollten wir die Sache beenden.«

»Wollten Sie die Scheidung? Oder Ihr Mann?«, fragte Theda van Immen.

»Wir beide. Ich habe es zuerst angesprochen, aber Ulli war sofort *d'accord*.«

Sie hat also Abitur, dachte van Immen und stellte die Nächste Frage: »Und warum?«

»Fragen Sie lieber, warum wir überhaupt geheiratet haben«, antwortete die Witwe. »Jeder von uns ist eine starke Persönlichkeit. Keiner wollte sich dem anderen unterordnen. Und so wollten wir auseinandergehen.«

»Wie gute Freunde?«, fragte van Immen.

Ulli de Groots Frau hörte den spöttischen Unterton nicht. Sie antwortete: »Eher wie gute Bekannte.«

»Das bedeutet: Sie erben fast nichts und haben nur wenige Vorteile vom Tod Ihres Mannes.«

»So ist es. Ich habe schon jetzt Vorteile genug in meinem Leben. Trotzdem bin ich sehr traurig über Ullis Tod. Wir verstanden uns gut, vielleicht hätten wir ja noch einmal einen schönen Sommer verbracht, wer weiß.« Sie lächelte. »Der einzige Vorteil, den ich jetzt habe, ist unser Haus an der Müritz. Ich erbe seine Hälfte. Aber Sie glauben nicht im Ernst, dass ich deshalb zur Mörderin geworden bin. Immerhin muss es nun ja nicht mehr verkauft werden.«

»Sie wollten es verkaufen?«, fragte Roolfs, ohne wirklich Interesse an der Antwort zu haben. Er merkte, dass dieses Gespräch nichts abwarf und sie an anderer Stelle nach Spuren suchen mussten.

»Ja, Ulli mochte es von Anfang an nicht. Es liegt direkt am Wasser, mit Bootssteg und Badestelle. Aber seit dem Unglück hatte Ulli nicht mehr so viel für das Wasser übrig.«

»Unglück?« Roolfs horchte auf.

»Viel weiß ich nicht darüber, das war noch vor unserer gemeinsamen Zeit. Ulli hat darüber nicht gern gesprochen. Vor ein paar Jahren ist er auf einem Boot mit ein paar Freunden in Not geraten. Ein Unfall. Beinahe wären sie ertrunken. Dann wurden sie gerade noch rechtzeitig gerettet. Einer der Retter ist kurz danach verstorben. Tragisch. Ein Leben für das andere. Vielleicht war Ulli deshalb so ein Vollblutmensch, weil er wusste, dass man das Leben ausnutzen muss und dass die Lebenszeit kurz ist.«

»Das war sie in der Tat«, bemerkte Theda van Immen trocken.

76

Bücherwoche in Hillersum – Wir lesen Bücher!

Johannes Fabricius sah das Spruchband, das über der Hillersumer Hauptstraße angebracht war. Vier Buchhandlungen hatte er noch auf seiner Liste. Bis zum Mittagessen wollte er wenigstens *Anni's Bücherscheune* besuchen. Über ein falsch gesetztes Apostroph konnte er sich ebenso wenig aufregen wie über Charlotte Schierenberg-Sassen, die ihm erklärt hatte, dass sein Interesse an Literaturwissenschaft nur ein Versuch sei, der Spur eigener Lebendigkeit auszuweichen. Dabei hatte sie milde gelächelt, die Augen fast geschlossen. Fabricius hatte sich einverstanden erklärt, zur Nachmittagssitzung wieder dazuzukommen.

Anni's Bücherscheune war in einem großen Bauernhof nahe am Ortskern eingerichtet, ein paar Schritte von der Fußgängerzone entfernt. Im Wohngebäude lebte die Ladeninhaberin Anni Wittkamp mit ihrer Lebensgefährtin. Die beiden waren das erste Paar, das auf dem Hillersumer Standesamt als gleichgeschlechtliche Lebensgemeinschaft eingetragen worden war. Um den Hof herum hatten sie einen prachtvollen bunten Bauerngarten angelegt, der inzwischen ebenfalls zu einem Besichtigungsziel avanciert war.

Mit der Anlage dieses Gartens hatten die beiden ihrer Hillersumer Nachbarschaft bewiesen, dass sie trotz der ungewöhnlichen Form ihrer Partnerschaft als »normal« eingestuft werden konnten. Wer einen Garten so ordentlich pflegte, konnte nicht völlig aus der Spur sein, empfanden die Nachbarn. Hier galt wie im ganzen Fürstentum Ostfriesland ein gut gepflegter Garten als Ausweis rechtschaffener Bürgerlichkeit. Inzwischen waren die beiden Frauen akzeptierte Mitbürgerinnen, und jedem, der ihre Lebensgemeinschaft thematisieren wollte, antworteten die Hillersumer mit dem Hinweis auf den wunderbar angelegten Garten, der als »heel mooi Tuun« harmonisch in das Ortsbild passte.

Fabricius betrat die *Bücherscheune*. In der Eingangstür hing ein Plakat. Der Shantychor der *Itzumersieler Dwarsloopers* kündigte ein Konzert an: »Amadeus goes Shanty – die schönsten Melodien von Mozart zum Mitschunkeln«.

Der große Scheunenraum war schlicht aber gut renoviert. Ikea-Regale waren an den Wänden und als Raumteiler aufgestellt. Tausende gebrauchter Bücher waren nach Themenbereichen einsortiert. Kunden stöberten, saßen auf Stühlen, in Sofas, auf dem Fußboden mit Bücherstapeln neben sich und lasen.

Den Heuboden hatte man zu einer zweiten Etage mit einer Balustrade umgebaut. Oben konnte man Tee trinken und sich die dort ausgestellten Bilder und Keramiken ansehen.

Vorn am Tresen stand, im Gespräch mit der Ladeninhaberin, Hanna Siefkes. Die Frauen lachten. Fabricius erstarrte.

»Herr Fabricius«, rief Anni Wittkamp durch die Scheune. »Schön, dass Sie mal bei uns reingucken.«

Der Blick, den Hanna Siefkes ihm zuwandte, war alles andere als freundlich. »Sind Sie nicht mit dem Hauptkommissar befreundet, der hier auf Mörderjagd ist?«, fragte sie, und ihre glockenhelle Stimme hatte auf einmal etwas Schneidendes.

»Ja«, antwortete Johannes Fabricius. Er kam sich vor wie ein Trottel. Er spürte aber, dass jedes Wort jetzt auch ein Wort zu viel sein könnte.

»So, dann haben Sie ihm sicher gesteckt, dass Ulli de Groot und ich Streit hatten.« Angriffslustig sah Hanna Siefkes ihn an.

»Nicht, dass ich wüsste«, antwortete Fabricius kleinlaut. Er wusste genau, dass er Gerrit nichts von dieser Auseinandersetzung erzählt und darum sogar ein schlechtes Gewissen gehabt hatte.

»Aber ich weiß, dass außer Ihnen sonst niemand während Ullis Auftritt in meinem Laden war.« Mit eiligen Schritten verließ sie die *Bücherscheune*. Sogar ihr Zorn hat etwas Feenhaftes, dachte Fabricius und sah ihr hinterher.

»Machen Sie sich nichts daraus, Herr Fabricius. Wer einschnappt, schnappt auch wieder aus. Herzlich willkommen, ich bin Anni Wittkamp.« Ihr Händedruck war fest, ihr Blick auch. Anni Wittkamp mochte um die fünfzig sein. Sie trug eine weiße Jeans und ein weißes T-Shirt. Ihre glatten, blonden Haare waren zu einem Pferdeschwanz zusammengebunden. Ihre dunkelbraunen Augen sahen ihn belustigt an. Sie hatte Sommersprossen auf der Nase.

»Ich war es wirklich nicht. Aber bei ihr bin ich jetzt ganz unten durch«, sagte Fabricius.

»Mag sein«, antwortete Anni Wittkamp. »Obwohl Sie eigentlich ihr Typ sein müssten. Warten Sie, ich rufe Klara. Ich will Sie miteinander bekannt machen.«

Sie ging durch eine Seitentür in den Garten und kam nach wenigen Augenblicken zurück. Ihre Freundin war eine kleine Frau, unter deren Strohhut lockiges, schwarzgraues Haar hervorquoll. In der linken Hand trug sie ein Buch, den Zeigefinger als Lesezeichen eingeklemmt.

»Klara Schmidt. Moin, Herr Fabricius. Mit Ihrem Besuch sind wir dann ja wohl gesellschaftlich etabliert, oder?«

»Ja also, ich weiß nicht«, stammelte Fabricius, der das Gefühl hatte, wieder einmal zwischen enggestellten Fettnäpfchen zu balancieren.

»Keine Sorge, ich wollte Sie nur ein bisschen auf die Schippe nehmen.« Klara Schmidt lächelte ihn an. »Na, wie gefällt Ihnen unsere Bücherscheune?«

Fabricius betrachtete das Regal mit exklusiv aussehenden Tassen, Gläsern und Kunstgewerbeartikeln. Daneben war eine Ecke mit Schulbedarf, Spielzeug und anderen Merchandising-Artikeln im Design aktueller Kinofilme für Kinder eingerichtet.

»Ohne diesen Tüdelkram kann eine Buchhandlung heute kaum noch überleben, Herr Fabricius. Nur mit Büchern können wir nicht existieren. Der Schnickschnack beschert uns Einnahmen, die wir brauchen. Aber Bücher haben wir auch.« Sie nahm ein Buch von einem Schreibtisch, der am Fenster stand. »Hier hat jemand in den fünfziger Jahren Fritz Reuters *Ut mine Stromtid* in ostfriesisches Platt übersetzt. Nur fünfhundert Exemplare sind davon gedruckt worden. So etwas können Sie hier finden.«

»Suchen können Sie hier nichts, nur finden«, ergänzte Anni Wittkamp. »Ich mache uns dreien eben eine Tasse Tee, und dann unterhalten wir uns ein bisschen. Darum sind Sie doch hier, oder?«

»Ja«, antwortete Fabricius.

77

»Auch Katja Tiedgen wäre beinahe ertrunken«, stellte Gerrit Roolfs fest, als er und Theda van Immen von ihrem Gespräch mit Ulli de Groots Witwe berichteten. »Uwe Osterloh hat mir davon erzählt. Habbo, kannst du herausfinden, ob es sich in beiden Fällen um denselben Unfall handelt? Du kannst ja mit den Eltern reden.«

Habbo Janssen nickte und notierte sich etwas in mikroskopisch kleinen Buchstaben auf einen winzigen Zettel.

»Ansonsten können wir das Gespräch mit unserer trauernden Witwe wohl auch unter *ferner liefen* verbuchen«, bemerkte Theda van Immen. »Die war mir ein bisschen zu cool. Aber insgesamt schien sie mir glaubwürdig. Ich denke nicht, dass wir da irgendwie weiterkommen.«

Lothar Uphoff holte einen Schnellhefter aus seiner Tasche. »Das hier ist der Abschlussbericht aus der Gerichtsmedizin. Es gibt keine Spuren von Gewaltanwendung bei Katja Tiedgen. Sie ist genau dort im Schwimmbad ertrunken. In der Lunge war das Wasser aus dem Becken. Ihr Blut wies einen Alkoholgehalt auf, der jenseits von gut und böse war. Außerdem war ein starkes Schlafmittel in hoher Konzentration im Alkohol enthalten, K.-o.-Tropfen. Im Bericht steht, dass man das Mittel in einigen Ländern noch in hoher Dosierung bekommen kann. Das leere Fläschchen hat man in der Frauendusche gefunden. Keine Fingerabdrücke. Das heißt nicht unbedingt, dass sie jemand weggewischt hat. Wenn Katja Tiedgen die Tropfen in der Dusche eingenommen und dann anschließend geduscht hat, wird von ihren Fingerabdrücken auch nicht mehr viel übriggeblieben sein. Es gibt nach wie vor keinen Beweis für einen Mord.«

»So wie bei Axel de Groot«, stellte Theda van Immen fest. »Ein Zufall?«

Gerrit Roolfs schüttelte mit dem Kopf. »Ulli de Groot wurde erschossen. Da wurde nichts auf Selbstmord gemacht.«

»Ich werde mir den Fall Axel de Groot noch einmal ansehen. Einverstanden, Lothar?«, fragte Theda van Immen.

»Ich weiß nicht«, zögerte der Kriminaldirektor. »Im Moment haben wir alle möglichen Puzzleteile. Im Moment bin ich mir nicht einmal sicher, ob alle Puzzleteile überhaupt zum gleichen Spiel gehören.«

78

Anni Wittkamp goss goldbraunen Tee in die kleinen ostfriesischen Teetassen mit der typischen rot-rosa-grünen Teerose. Dem feinen Knacken des Kluntje hörte sie einen Moment mit andächtiger Stille zu und legte dann behutsam den Inhalt des winzigen Sahnelöffels auf die Oberfläche des Tees, wo er sich wie eine kleine Wolke verteilte.

Fabricius warf einen Blick auf das Buch, das Klara Schmidt mitgebracht hatte. Leona Rostenberg und Madeleine Stern: *Zwei Freundinnen, eine Leidenschaft. Unser Leben für seltene Bücher.*

»Nicht nur ein Buch über Bücher«, belehrte ihn Klara Schmidt. »Es ist ein Buch über die Freundschaft.«

»Herr Fabricius, wir sind alle betroffen, dass Ulli de Groot einem solchen Verbrechen zum Opfer fiel«, begann Anni Wittkamp. »So unsympathisch mir Ulli auch war, und so viel dummes Zeug er auch mit unserem Bücherdorf vorhatte: Das hat er nicht verdient.«

»De Groot wollte dem Bücherdorf eine Art Struktur geben, wenn ich das richtig verstanden habe«, antwortete Fabricius mit gespielter Unwissenheit.

»Das ist nett gesagt. Es wurde gemunkelt, dass aus dem ganzen Bücherdorf ein einziges großes Unternehmen werden sollte.«

»Aber so etwas ist doch immer eine freiwillige Übereinkunft«, wandte Fabricius ein. »Niemand muss doch einer Vereinigung von Geschäftsleuten beitreten.«

»So einfach ist das nicht«, erwiderte Anni Wittkamp. »Die historischen Häuser, in denen wir unsere Buchhandlungen haben, gehören dem Landkreis, dem Fürstentum, der Kommune. Sie wurden mit enormen Summen von öffentlichen Geldern restauriert und wurden dem Kuratorium des Bücherdorfes zur Verfügung gestellt. Und vom

Kuratorium pachten wir die Läden. Oder, wie bei uns, das ganze Gebäude, denn im Wohnteil leben wir ja auch. Die Pachten sind sehr niedrig. Aber so viele Gäste und Kunden kommen auch noch nicht, dass sich die Buchhandlungen rentieren. Das ist alles erst im Aufbau.«

»Das Kuratorium sieht die Buchhandlungen auch als Kulturträger und Werbemittel«, erklärte Klara Schmidt, bevor sie ihre Tasse in einem Zug leer trank. »Darum werden sie großzügig gefördert. Allein aus den Gewinnen könnte in Hillersum vielleicht gerade mal eine Buchhandlung bestehen.«

»Aber damit hat das Bücherdorf-Kuratorium uns auch ein bisschen in der Hand«, fuhr Anni Wittkamp fort. »Bisher wurde das alles eher locker gesehen. Wir Geschäftsleute stimmen uns natürlich untereinander ab. Wir Buchhandlungen dürfen uns gegenseitig keine Konkurrenz machen, sonst haben wir zehnmal dieselbe Buchhandlung mit demselben Bestseller-Sortiment. Und ein paar Jahre später gibt es dann nur noch die Filiale einer Buch-Supermarktkette, in der maximal hundert verschiedene Bestseller-Titel in Riesenstapeln angeboten werden, aber dafür gibt es dort den besten Capuccino und das tollste Fitnessstudio im Keller.«

»Sie kennen meine Alpträume«, erwiderte Fabricius.

»Nicht nur Ihre. Ulli de Groot ist angetreten, um ein einheitliches Konzept zu erarbeiten. Buchhandlungen, übrige Gewerbe, Tourismus, Gastronomie, Sport, Kultur – alle sollen an einem Strang ziehen. Hört sich eigentlich nicht so ganz verkehrt an.«

»Und uneigentlich?«

»Der Vorstand gibt uns vor, mit welchen Schwerpunkten wir unser Sortiment zusammenstellen müssen, wann wir öffnen und schließen, welche Veranstaltungen wir in unseren Buchhandlungen machen dürfen. Auch die Themen für Bücherwochen und gemeinsame Veranstaltungen werden vorgegeben. Im Klartext heißt das: Wenn ich in meiner Buchhandlung einen Abend mit einer Lesung durchführen will, muss ich mir das genehmigen lassen, obwohl ich die Arbeit damit habe und den Spaß am Ende auch bezahlen darf. Sogar bei der Einrichtung wollen sie ein Wörtchen mitzureden haben. *Mit Profil und Harmonie* heißt das Konzept, das so eine Beratungsfirma ausgeknobelt hat.«

»Und das soll den erhofften Erfolg bringen?«, fragte Fabricius.

Anni Wittkamp lachte. »Herr Fabricius, ich habe Politikwissenschaften studiert. Zentralistische Konzepte sind nicht erfolgsorientiert, sondern bedienen immer Interessen einer einzelnen Gruppe. Diese Gruppe wiederum legitimiert sich mit dem Hinweis auf den angeblichen Nutzen für das Ganze.«

»Und wer ist diese Gruppe? Gehört Ulli de Groot mit dazu?«, fragte Fabricius.

»So naiv sind Sie doch nicht wirklich, oder?«, provozierte Klara Schmidt.

»Die beiden de Groots saßen hier in allen entscheidenden Gremien«, erläuterte Anni Wittkamp. »Andere haben ihnen den Raum dazu gegeben. Sie dürfen sich Axel de Groot nicht als weltfremden Bücherwurm und Antiquitätennarren vorstellen. Axel war in erster Linie ein Geschäftsmann, auch wenn er ein kultivierter Mann war. Ihm gehörten mehrere Geschäftshäuser in Norddeutschland. Er war reich. Und im Antiquitätengeschäft war er eine große Nummer. Ulli de Groot war natürlich nicht so belesen wie sein Vetter, aber dafür gerissener. Der war nach ein paar Wochen wieder in allem drin und mit allen im Gespräch. Wie kriegen solche Leute das bloß hin?«

»So naiv sind Sie doch nicht wirklich, oder?«, konterte Fabricius.

79

»Es war ein Machtkampf«, fasste Klara Schmidt zusammen. »Die beiden de Groots gehörten zu einer Clique, die aus dem Bücherdorf eine Einheitsfirma machen wollten. Sie waren dabei, ein Netzwerk aus Beziehungen aufzubauen. Ich weiß, das hört sich an wie eine Verschwörungstheorie.«

»Womit wir bei deinem Lieblingsthema wären«, unterbrach Anni Wittkamp ihre Freundin und erläuterte Fabricius: »Sie hat ihre Magisterarbeit über die gesellschaftliche Funktion von Verschwörungstheorien geschrieben. Lassen Sie sich auf keine Diskussion mit ihr ein. Klara ist auch davon überzeugt, dass 1969 kein Amerikaner auf dem Mond war und alles nur in einem Fernsehstudio gestellt wurde. Klara denkt sogar, dass Fürst Carl Edzard I. anno 1744 nicht von seiner schweren Krankheit geheilt wurde, sondern in Wirklichkeit verstarb und sein Weiterleben nur mit Hilfe eines Doppelgängers fingiert wurde, um die Übernahme des Landes durch Preußen zu verhindern.«

»Ach, hör doch auf.« Klara Schmidts Ton wurde zornig. »Die Bücherdorfmafia ist sehr viel banaler. Es geht nur ums Geld. Und unser lieber Fürst wirft mit all den Bildungs- und Kulturworthülsen um sich, die das Papier nicht wert sind, auf dem sie gedruckt werden.«

»Sie glauben also nicht an die Kultur?«, fragte Fabricius und ihm fiel auf, dass er nicht nur in Gegenwart von Hanna Siefkes dumme Fragen stellte.

»Das ist nicht der Punkt, Herr Fabricius«, stellte Klara Schmidt richtig. »Der Inhalt von Worten ist eine Sache. Ihre Funktion eine andere. Nach jeder schönen Rede über Werte oder Bildung kommt eine Rechnung. Und auf der steht, wer etwas bekommt und wer etwas zu sagen hat. Darum geht es letztlich.«

»Ach Klarachen, du hast ja nicht unrecht. Aber du sagst

das immer so hart«, seufzte Anni Wittkamp. »Tatsache ist, dass der Fürst beide Augen zumacht. Er will sein Vorzeige-Bücherdorf, um Ostfriesland als großartige Kulturregion zu präsentieren. Und alles andere interessiert ihn nicht. Karsten, lass die Pakete hier stehen, wir packen sie gleich aus.«

Sie drehte sich zu einem jungen Mann um, der mit einem Karton in die *Bücherscheune* gekommen war. »Unser Praktikant«, erklärte sie.

Fabricius nickte. »Ich weiß. Wir kennen uns flüchtig. Er hat mir das Leben gerettet.«

Karsten stellte den Karton auf den Verkaufstresen. Er lächelte. »Ich weiß ja immer noch nicht, ob Sie das nun verdient haben oder nicht.«

80

Gerrit Roolfs hatte gerade mit den Kollegen von der Wirtschaftskriminalität telefoniert und dabei erfahren, dass sie auf erste mögliche Ergebnisse gestoßen waren. Sie hatten sich noch etwas bedeckt gehalten und mit der Herausgabe von Informationen gezögert, wollten sich aber im Laufe des morgigen Tages melden.

Habbo betrat ihr gemeinsames Büro und brachte einen Mann im Trainingsanzug mit. »Hier, Gerrit, das musst du dir mal anhören. Katja Tiedgens Eltern haben mir einiges von dem Unfall erzählt, bei dem ihre Tochter fast ertrunken wäre. Sie wussten sogar noch, wer damals an der Rettungsaktion beteiligt war: der damalige Hausmeister der Inselschule. Ich habe ihn gleich mitgebracht. Nehmen Sie Platz. Tasse Tee oder Kaffee?« Habbo Janssen dirigierte den Mann auf den Stuhl.

»Tee«, sagte der Hausmeister und kratzte seinen Dreitagebart.

Habbo Janssen verließ kurz den Raum und stellte dann einen Becher vor den Zeugen auf den Tisch. »So, nun schießen Sie man los.«

»Jo. Das ist ja nun schon ein paar Jahre her. Ich war damals für ein Jahr auf der Insel, weil der Hausmeister dort auf Rente ging. Man fand auf der Insel keinen Nachfolger für ihn. Und da hat man mich gefragt, ob ich für ein Jahr die Vertretung machen würde. Ich bin beim Landkreis als Hausmeister tätig und betreue zwei Grundschulen in Norden. Hier fand man für die Zwischenzeit einen Ersatzmann für mich, und so wurde ich für ein Jahr Hausmeister in der *Insel-School*. Das war eine schöne Zeit. Kurz vor den Sommerferien habe ich mir den linken Arm gebrochen. Der musste eingegipst werden. Ich habe meinen Dienst, so gut ich konnte, mit einem Arm weitergemacht. Es waren ja nur noch ein paar Tage, und einen Ersatzmann gab es nicht. Ein Nachfolger stand schon bereit und war noch im Urlaub. In Tirol.«

Habbo Janssen merkte, dass Gerrit Roolfs unruhig wurde, weil die Erzählung ihm viel zu langatmig war. Er gab ihm ein Handzeichen, dass er sich etwas gedulden solle.

»So, was ist denn nun genau passiert bei dem Unfall?«, fragte Janssen.

»Wenn ich da heute dran denke, packt mich noch die Wut. Da war eine Tagung auf der Insel gewesen. Irgendetwas mit diesem Bücherdorf. Und ein paar von diesen Leuten meinten, dass sie sich abends mit ihrem besoffenen Arsch in ein Boot setzen müssten. Ich war zufällig beim Jachthafen. Ein kleiner Abendspaziergang.«

»Und dann?«, fragte Roolfs, um die Sache etwas zu beschleunigen.

»Dann bekam ich mit, wie die da in einem Boot saßen und um die Wette grölten. Da wurde ordentlich gefeiert.

Ich wollte ihnen noch zurufen, dass man im besoffenen Zustand nicht mit dem Boot fahren darf, aber das hätten die ja sowieso nicht gehört. Und dann schmiss einer den Motor an und versuchte rauszufahren. Oha, da wären fast ein paar schöne Boote zu Bruch gegangen. Aber irgendwie klappte das dann doch.«

Der Mann trank einen Schluck Tee und erzählte weiter: »Auf einmal heulte der Motor auf. Irgendjemand hat ihn voll aufgedreht. Haben Sie 'ne Ahnung, wie viel PS so ein Boot haben kann? Das Teil von de Groot war nicht von Pappe. Ich konnte gerade noch sehen, wie das in einem Affenzahn eine Kurve aus dem Hafenbecken herausgedreht hat. Und auf einmal kam es in einem Wahnsinnstempo wieder zurück und schlingerte hin und her. Was dann genau passiert ist, konnte ich nicht sehen, weil ich da gerade hinter dem Hafengebäude stand. Auf jeden Fall gab es einen Riesenknall. Sie sind volle Kanne in die Fähre gejagt. Dabei wurde das Boot schwer beschädigt und ist gekentert.«

Der Hausmeister schüttelte den Kopf und trank noch einen Schluck aus dem Teebecher.

»Dann war auf einmal ein Mann neben mir, Gerhard Rademacher. Den Namen habe ich natürlich erst hinterher erfahren. ›Wir müssen die da rausholen‹, sagte er. Ich sagte, dass ich mit meinem frisch gebrochenen Arm niemanden aus dem Wasser holen kann und mit dem Handy Hilfe hole. ›So lange können die da nicht warten‹, sagte er. Und da hatte er völlig recht. Er ist sofort rein ins Wasser und hat da alle herausgeholt. Einen nach dem anderen. Die waren ja so blau, bei denen ging nichts mehr. Die konnten sich dann mit Mühe gerade noch an dem gekenterten Boot festhalten. Irgendwie gelang es mir, mit meinem Arm einen Rettungsring loszumachen und ins Hafenbecken zu werfen. Ich glaube nicht, dass einer von denen es allein bis zur Stiege an der Hafenmauer geschafft hätte. Da hat Rademacher sie hingebracht. Und da mussten sie sich irgendwie festhalten, während er den Nächsten holte. Rademacher brachte gerade den Letzten an, als endlich zwei Leute aus dem Dorf zu Hilfe kamen. Und der Arzt war dann auch sofort da. Sie haben es geschafft, die Leute von da unten hochzuholen.«

»Und Rademacher?«, frage Gerrit Roolfs.

»Der kletterte als Letzter hoch, mit einer Frau im Schlepptau. Die konnte gar nichts mehr. Oben hat Rademacher noch mitbekommen, dass man sich um alle kümmerte. Und dann ist er umgekippt. Einfach so. Herz. Man hat ihn mit dem Hubschrauber nach Oldenburg geflogen, aber unterwegs ist er gestorben. Der Arzt konnte nichts mehr für ihn tun.«

»Kennen Sie Rademachers Familie?«

»Ja. Ich habe sie bei der Beerdigung kennengelernt. Seitdem schaue ich da ab und zu mal rein. Er hat drei Kinder, zwei Mädchen und einen Jungen. Aber die sind inzwischen auch erwachsen. Die Jüngste hat in diesem Jahr Abi gemacht.«

»Können Sie uns die Adresse aufschreiben?«

»Na klar.« Der Mann kritzelte etwas auf ein Papier. Eine Adresse in Aurich. Er sah die beiden Kriminalbeamten an. »Heute denke ich, wenn ich beim Fußball nicht so unglücklich gefallen wäre, hätte ich mir nicht den Arm gebrochen, und Rademacher würde heute noch leben, weil wir das dann zusammen gemacht hätten. Aber wer weiß es? Auf jeden Fall hätte es nichts gebracht, wenn ich mit meinem Gipsarm auch noch ins Wasser gesprungen wäre.«

»Fragen Sie sich manchmal, ob Sie das vielleicht doch hätten tun sollen?«, wollte Habbo Janssen wissen.

»Jeden Tag frage ich mich das. Auch wenn ich weiß, dass es Blödsinn ist. Rademacher hätte dann noch einen mehr aus dem Wasser holen müssen. Und trotzdem vergeht fast kein Tag, wo ich nicht darüber nachdenke.«

81

Gerrit Roolfs setzte den Blinker und bog in die Ligariusstraße ein. Im Westteil der Stadt Aurich waren die Ortschaften Extum, Haxtum und Rahe durch Einfamilienhaussiedlungen mit den Jahren zum Auricher Stadtrand zusammengewachsen.

Hier lebten die Witwe und die Kinder von Gerhard Rademacher, der damals bei dem Unfall im Inselhafen die Verunglückten gerettet und dabei sein eigenes Leben verloren hatte. Gerrit Roolfs hatte gleich nach dem Gespräch mit dem Hausmeister bei ihr angerufen und seinen Besuch angekündigt.

Silja Rademacher öffnete, bevor sie klingeln konnten. »Meine Herren, gut, dass Sie vorhin angerufen haben. Donnerstagnachmittags fahre ich immer zu meiner Mutter nach Esens. Kommen Sie bitte.« Ihre Stimme klang laut und angestrengt fröhlich.

Sie führte Gerrit Roolfs und Habbo Janssen in ein großes, helles Wohnzimmer. Auf dem Tisch standen eine hohe Glaskaraffe und drei Gläser auf silbernen Untersetztellern. Auf jedem der Untersetzteller befand sich ein winziges, weißgesticktes Platzdeckchen.

Roolfs nahm gerade Platz, als es an der Tür klingelte und Silja Rademacher sich für einen Moment entschuldigte.

Das Wohnzimmer wurde von einer Schrankwand aus hellem Holz beherrscht. In der Mitte des Raumes war eine Sitzgruppe aus beigefarbenem Leder aufgestellt. Auf den Sitzflächen lagen Kissen mit leuchtend roten Blumenmustern. In den Fächern der Schrankwand standen Figuren, Gläser und Tassen mit Katzenmotiven von Rosina Wachtmeister. In anderen Fächern befanden sich Vasen, Skulpturen und Dekorationsobjekte, die Roolfs aus den Wohnzeitschriften seiner Freundin kannte. Edelkitsch, dachte er.

Silja Rademacher kam zurück.

»Es war nur meine Nachbarin, heute Mittag ist ein Paket für mich bei ihr abgegeben worden. Ich komme immer erst am frühen Nachmittag vom Dienst. Ich habe eine Halbtagsstelle als Medizinisch-Technische Angestellte angenommen. Meine Kinder wollten das«, erklärte sie und schenkte die Gläser halb voll.

Roolfs nickte und trank einen Schluck. Es schmeckte herb fruchtig mit einem Hauch Waldmeister.

»Eine selbst kreierte Limonade. Ich hoffe, sie schmeckt Ihnen. Was kann ich für Sie tun?«

»Sehr lecker«, antwortete Habbo Janssen und trank das Glas leer. »Kann ich wohl noch etwas haben?«

Während Silja Rademacher Janssen nachschenkte, gab Gerrit Roolfs ihm einen leichten Tritt mit dem Fuß und sagte »Ich muss leider traurige Erinnerungen aufrühren, Frau Rademacher. Es geht um Ihren Mann.«

»Sie müssen sich nicht entschuldigen, Herr Hauptkommissar. Ich habe damit keine Probleme. Mein Mann ist nicht tot. Mein Mann lebt«

Verwundert stellte Roolfs das Glas wieder ab. »Entschuldigen Sie bitte. Ich verstehe das nicht so ganz.«

Silja Rademacher lehnte sich mit einem harten Lachen zurück und breitete die Arme aus. »Mein Mann ist nicht tot. Er ist hier. Er ist immer bei mir. Sehen Sie da.«

Sie wies zum Fenster, wo sich ein Vorhang im Wind bewegte. »Das ist Gerhard. Er gibt mir jeden Tag Zeichen, dass er hier ist. Bei jeder Mahlzeit decke ich für ihn mit auf. Da im Sessel am Fenster hat er immer am liebsten gesessen und gelesen. Seine Zeitschrift bestelle ich immer noch und lege sie dorthin. Und ab und zu lege ich auch eines von seinen Lieblingsbüchern auf die Fensterbank. Er mag so gern Romane, die etwas mit der Seefahrt zu tun haben. Manchmal sind wir beide den ganzen Abend hier und reden. Und manchmal sitzen wir nur hier und schweigen.«

»Mama, hör doch auf mit dem Scheiß!« Eine junge Frau stand in der Tür. Ihre Haare waren schwarz gefärbt, Lippen und Augenlider schwarz geschminkt und die Fingernägel in der gleichen Farbe lackiert. Ihr grauer Trainingsanzug schlotterte um ihre dürre Gestalt, als sie das Wohnzimmer betrat.

»Papa ist tot.« Ihre Stimme hörte sich genervt an. »Die beiden Polizisten denken ja, dass du eine Klatsche hast.«

Silja Rademacher sprang aus dem Sessel auf. Ihr Ton war bemüht ruhig: »Wie kannst du in so einem Ton von Papa reden? Du bist immer sein Liebling, sein Nesthäkchen.«

»Meine Mama ist schon ganz in Ordnung«, erklärte die Tochter Roolfs und Janssen. »Aber sie kriegt das mit Papa einfach nicht auf die Reihe. Meine beiden Geschwister sind schon ausgezogen, weil sie diese abgefahrene Sache nicht mehr aushalten. Ist ja nicht so einfach, mit einem Gespenst in einem Haus zusammenzuleben, auch wenn es der eigene Vater ist.«

Ein junger Mann stand auf einmal neben ihr und legte den Arm um ihre Schulter. »Lass gut sein, Schwesterchen.«

»Das ist unser Sohn«, erklärte Silja Rademacher. »Er macht gerade …«

»Mama, wenn ich mein Schwesterherz pünktlich zum Zahnarzt bringen soll, müssen wir jetzt los. Sind Sie die Herren von der Polizei? Ist es okay, wenn wir jetzt fahren, oder brauchen Sie uns noch?«

Roolfs winkte ab. »Wir melden uns bei Ihnen, wenn wir noch Fragen haben.«

82

»Mein Mann hatte zwei Leben«, erzählte Silja Rademacher, nachdem sie ihre Tochter verabschiedet und die Glaskaraffe neu gefüllt hatte. »Im Auricher Krankenhaus haben wir uns kennengelernt. Er hat dort eine Verwaltungslehre gemacht und ich meine Ausbildung zur MTA. Gerhard wechselte dann in die Stadtverwaltung und wurde später Leiter des Standesamtes. 1978 haben wir geheiratet. Wir haben drei Kinder. Unseren Sohn und unsere jüngste Tochter haben Sie bereits kennengelernt. Ist mit ihr nicht gerade einfach im Moment.«

»Wann hat dieser Moment begonnen?«, wollte Roolfs wissen.

»Gut zwei Jahre nach dem Unglück. Als ich bei ihrer Konfirmation auch für ihren Vater eindeckte, nahm sie den Teller von seinem Platz und zerschmiss ihn auf dem Fußboden. Dann schloss sie sich in ihrem Zimmer ein. So war das.« Silja Rademacher war anzumerken, wie sehr sie sich beherrschte. »Erst ihre beiden Geschwister konnten sie da herausholen. Mit ihrem Lieblingsnachtisch. Rote Grütze mit warmem Schokoladenpudding und Vanilleeis. Komisch, dass man so etwas nicht vergisst.« Sie war wieder die Fröhliche.

»Was war das andere Leben Ihres Mannes?«, fragte Habbo Janssen.

»Sport«, antwortete Silja Rademacher. »Gerhard war seit seiner Jugend aktiver Schwimmer, hat mehrere Medaillen gewonnen. Mit Mitte zwanzig, da waren wir schon verlobt, ist er schwer erkrankt. Eine Herzschwäche ist zurückgeblieben. Von da an war Schluss mit dem Leistungssport. Das war ein harter Schlag für ihn. Im Verein organisierte er dann mehr, als dass er selber Sport machte. Der Arzt hat ihm genau erklärt, was er darf und wie weit er gehen kann. Gerhard organisierte zum Beispiel die Badeaufsicht auf der Insel. An vielen Wochenenden war er selbst dabei, obwohl er ja keine Aufsicht mehr übernehmen konnte. Manchmal kamen die Kinder und ich mit.«

»Wissen Sie, wer damals alles von ihm gerettet wurde?«, erkundigte sich Habbo Janssen.

»Natürlich. Alle waren bei der Beerdigung und haben sich in der Zeit danach noch lange bei uns gemeldet. Mit zweien haben wir heute noch Kontakt. Einige hatten sogar ein schlechtes Gewissen, weil der Unfall durch ihren Leichtsinn verschuldet war. Aber wie oft ist man leichtsinnig? Die Leute wollten ja nicht, dass etwas Schlimmes passiert«, erklärte Silja Rademacher entschuldigend.

»Können Sie uns die Namen nennen?«, fragte Habbo Janssen und holte sein Notizbüchlein hervor, das etwa das Format DIN A7 oder 8 haben musste.

»Natürlich«, antwortete Rademacher. »Damals war eine Klausurtagung auf der Insel. Es war so eine Art Auftakt für das Bücherdorf. Ideenkonferenz oder so ähnlich hieß das. Damals fing alles an mit dem Hillersumer Bücherdorf. Mit im Boot waren damals die Vettern Axel und Ulrich de Groot. Ulli nennen ihn ja die meisten. Seine damalige Lebensgefährtin Katja Tiedgen war auch dabei. Günther Neeland, Buchhändler Helmut Onninga, Wiard Heiken, der damals als Verwaltungsfachmann anwesend war, und Hanna Siefkes, die damalige Projektleiterin für das Bücherdorf. Sie ist nachher von ihrem Posten zurückgetreten und hat eine Buchhandlung aufgemacht«

»Sieben Personen also?«, wollte sich Habbo Janssen vergewissern.

»Acht. Anni Wittkamp gehörte auch dazu. Vorhin haben wir noch telefoniert. Wir sind inzwischen gute Freundinnen. Ich habe schon fast vergessen, dass sie damals mit dabei war und ihr Leben ja auch Gerhard zu verdanken hat. Wissen Sie, das habe ich meinen Kindern immer eingeschärft. Sie sollen nicht böse auf diese Menschen sein. Die haben Papas Unfall nicht gewollt. Alles, was die jetzt machen und erleben, das haben die ihrem Vater zu verdanken. In ihnen lebt Gerhard weiter.«

»Dann haben Sie also noch Kontakt zu den Geretteten?«, schaltete sich Gerrit Roolfs ein.

»Zum Teil. Katja Tiedgen kam häufig zu uns«, antwortete Silja Rademacher. »Sie hatte immer Schuldgefühle. Sie war immer der Meinung, dass sie es nicht wert sei, dass jemand anders sich für sie geopfert hat. Axel de Groot hat mir damals sogar einen Job angeboten. Helmut Onninga kommt immer an Gerhards Tag vorbei. Zu Ulrich de Groot und Hanna Siefkes habe ich keinen Kontakt mehr. Tut ja auch nicht not. Der Kontakt zu Wiard ist auch eingeschlafen, seit er wieder zu trinken angefangen hat. Seine Frau war mal hier. Ob ich ihm nicht ins Gewissen reden könnte. Er hätte ja schließlich eine Verpflichtung, etwas Anständiges aus seinem geschenkten Leben zu machen. Mein Sohn schrieb ihm damals sogar einen Brief. Hat aber nie eine Antwort bekommen.«

»Und Anni Wittkamp«, ergänzte Janssen.

»Ja, und Anni Wittkamp, die hatte nach dem Unfall ihr sogenanntes Coming-out. So nennt man das ja heute. Ich muss sagen, dass ich ihren Mut bewundere. In einem Dorf ist das gar nicht so einfach, mit einer Frau zusammenzuleben. Die beiden mussten viel einstecken, aber sie haben die Sache durchgezogen.«

Sie sah auf die Uhr. »Ich glaube, es wird Zeit. Meine Mutter wird sicher warten. Haben Sie sonst noch Fragen, meine Herren?«

»Ja«, antwortete Habbo Janssen. »Können Sie mir auch noch das Rezept für die Waldmeisterlimonade aufschreiben?«

83

»Sehnsucht summt mir die Sonne zu.
Freiheit flattert der Falke.
Reife, raunt der rote Apfel.
Lebe bewusst, blinzelt mir der Morgentau.
Und ich lache.«

Alle schwiegen, nachdem eine Teilnehmerin des Lyrik-Seminares mit bedeutungsschwerer Stimme ihr Gedicht vorgetragen hatte. Charlotte Schierenberg-Sassen nickte. Johannes Fabricius suchte sich einen Punkt oberhalb der Tür, den er mit nachdenklicher Miene anstarrte.

»Mein Gott, war das schlecht«, brummte Helmut. »Ich habe gar keine Worte dafür. Außerdem war das in Zeile drei gar keine richtige Alliteration. Apfel fängt nicht mit ›R‹ an. Richtig müsste es heißen: ›Reife, raunt die rote Rübe‹ oder so ähnlich.«

Johannes Fabricius musste vor Lachen losprusten. Dass er das Lachen in letzter Sekunde in einen schnarchenden Grunzlaut umwandelte, machte es nur noch schlimmer. Charlotte Schierenberg-Sassen warf ihm einen strengen Blick zu.

Die Autorin des Gedichtes fauchte Helmut an: »Ich wollte von Anfang an nicht teilnehmen, wenn hier Männer mitmachen. Helmut, du bist für mich das letzte Arschloch.« Sie verließ den Raum und knallte die Tür zu.

Sebastian stand auf. Er trug eine Feder im Haar. »Das kann ich so nicht stehen lassen«, sagte er entschlossen und verließ ebenfalls den Raum.

Die vier Quartettdamen sahen ihm bewundernd hinterher.

»Das Gedicht, das wir eben gehört haben, erschließt sich nur dem, der die Verschlossenheit des Textes respektiert«, begann Fabricius auf einmal. »Die Bilder sind bei sich, leben aus sich, sprechen für sich. Dieses Gedicht ist wie ein Haus, dessen Tür mir verschlossen bleibt. Ich kann nur einen Moment durch das Fenster hineinsehen, mich von seinem Licht bescheinen lassen und dann weitergehen. Gerade in seiner Verschlossenheit öffnet sich das Gedicht. Das ist Lyrik.«

Die Quartettdamen sahen ihn mit offenem Mund an und nickten einander dann mit verhaltenem Lächeln zu.

»Danke, Johannes«, sagte Charlotte und nickte ihm weise lächelnd und mit fast geschlossenen Augen zu. »Ich denke, ich rede gleich noch einmal mit ihr, und morgen früh geht es dann weiter. Ich wünsche uns allen einen guten Abend und eine gute Nacht.« Die Teilnehmerinnen erhoben sich. Als Charlotte an Johannes vorbeiging, streichelte sie für einen Moment seine Schulter.

84

Johannes Fabricius beschloss, noch einen kleinen Rundgang durch den Ort zu machen. Es war ein sonnig warmer Sommerabend.

In ihm war ein klares Bild von der Rolle der Vettern de Groot im Bücherdorf entstanden. Dennoch hatte er bisher keinen Punkt gefunden, an dem seiner Meinung nach der Wunsch, Ulli de Groot loszuwerden, in ein Mordmotiv umgeschlagen war. Aber dieser Umschlag vollzog sich schließlich in der Person des Täters und war von außen nicht immer ersichtlich.

Auf einer Bank vor der Kirche saß Helmut.

»Darf ich?«, fragte Fabricius, und als Helmut nickte, setzte er sich. »Das Gedicht war wirklich schlecht«, sagte er. »Aber du darfst ihnen den Spaß nicht verderben.«

»Ich weiß«, stimmte Helmut zu. »Aber dieses selbstzufriedene Getue geht mir einfach auf die Nerven. Für so ein Seminar würde es ausreichen, ein paar gute Gedichte abzuschreiben und zu bedenken. Von Interpretieren will ich gar nicht reden. Aber was wir da selbst zusammenbrutzeln, das ist doch einfach lächerlich. Wir müssen erst wieder lesen lernen, Herr Fabricius. Darf ich Ihnen das ›Sie‹ anbieten? Ich mag diese Duzerei nicht. Mein Name ist Helmut Onninga. Ich habe hier eine kleine Buchhandlung.«

»Wie schön. Dann stehen Sie sowieso auf meiner Liste. Ich besuche gerade alle Buchhandlungen.«

»Wenn Sie wollen, können wir hingehen. Es sind nur ein paar Schritte.«

»Volksmusikfreie Zone« stand auf dem Aufkleber an der Eingangstür, als die beiden Männer die Buchhandlung betraten.

»Warten Sie, ich mache Licht«, sagte Helmut Onninga, und einen Moment später sah Johannes Fabricius seine dritte Traumbuchhandlung in diesen Tagen. Es wirkte ein wenig wie auf einer kitschigen Ansichtskarte, als die letzten Sonnenstrahlen durch die Butzenscheiben fielen und den Laden in ein goldenes Licht tauchten.

»Bei schlechtem Licht sieht es eigentlich am schönsten aus«, erklärte Helmut Onninga. »Darum habe ich auch nur gedämpfte Beleuchtung angemacht. Das war früher das Kantorenhaus. Ich vertrete hier die Sparte Norddeutschland.«

Die Buchhandlung bestand aus vier zusammenhängenden und ineinander verschachtelten Räumen. Die meisten Bücherregale waren Unikate, nur hin und wieder standen zwei Regale in gleicher Ausfertigung nebeneinander.

»Können Sie davon leben?«, fragte Fabricius seinen Gastgeber.

»Zum Teil. Meine Frau und ich sind das einzige Personal.

Unser anderes berufliches Standbein ist Steuerberatung. Meine Frau und ich sind beide Steuerberater. Wir haben uns auf kleine Geschäftsleute in unserer Kragenweite spezialisiert, und das läuft ganz gut. Darum haben wir hier aber nur nachmittags geöffnet. Vormittags der Kommerz und am Nachmittag die Kultur. Gefällt es Ihnen?«

»Sehr«, antwortete Fabricius.

»Wir bezahlen hier nur wenig Miete«, erklärte Helmut Onninga weiter. »Die Bücherdorfmafia ist daran interessiert, gute Buchhandlungen zu haben, damit viele kultivierte Urlauber mit kultivierten Portemonnaies kommen. Darum sind die Ladenmieten zurzeit sehr günstig. Wir Buchhandlungen sind für so ein Bücherdorf nicht ganz unwichtig. Aber das große Geld verdienen andere. Ist ja auch in Ordnung.«

Mit einer präsentierenden Geste wies er auf die Regale und Bücherschränke um sich herum. »Bei mir finden Sie mit Sicherheit eine der bestsortierten Buchhandlungen mit norddeutschem Schwerpunkt. Das meiste geht per Bestellung über die Plattform für antiquarische Bücher. Aber langsam kommen auch die Leute nach Hillersum. – Nun lassen Sie uns von etwas Erfreulichem reden«, sagte Onninga. »Von Büchern. Ich hole uns eine Flasche Rotwein von zu Hause. Wir wohnen eine Straße weiter, in fünf Minuten bin ich wieder hier. Sie werden sich die Zeit vertreiben können.«

Fabricius besah sich die Regale und Bücherschränke. Er fand eine breite Palette aller Themen, die eng oder weit mit dem Thema Norddeutschland zu tun hatten. Mehrere Gesamtausgaben von Storm, Reuter, Raabe, Groth und anderen norddeutschen Schriftsteller, Biografien, eine faszinierende Zusammenstellung heimatgeschichtlicher Literatur, Bücher zum Thema Küste und Inseln, Fauna und Flora, norddeutsche Küche, Maritimes, Literatur über Wassersport und eine Flut anderer unterschiedlichster

Bücher. Auf Onningas Schreibtisch lag eine der gerade erschienenen dunkelblauen Fliesenbibeln.

Fabricius setzte sich an den Tisch, blätterte in dem Buch und betrachtete die quadratischen dunkelblauen und dunkelroten Bilder. Zwischen zwei Seiten lag ein Brief mit dem Absenderstempel des Bücherdorf-Kuratoriums. Er war geöffnet und wieder zugeklebt worden. Vorsichtig öffnete Fabricius den Umschlag.

Onninga wurde in dem Schreiben zum letzten Mal aufgefordert, der *Arbeitsgemeinschaft Bücherdorf Hillersum* beizutreten. Andernfalls sehe man sich genötigt, den Pachtvertrag für seine Buchhandlung zu beenden oder die Rahmenbedingungen zu verändern. Unterschrieben war der Brief vom zweiten Vorsitzenden und Geschäftsführer des Bücherdorf-Kuratoriums. Der Brief war eine Woche alt.

»Das muss Ihnen nicht peinlich sein, Herr Fabricius. Ich halte Neugierde für eine Tugend.«

Mit einem Schreck drehte sich Johannes Fabricius um. Helmut Onninga stand mit einer Weinflasche und zwei Gläsern hinter ihm.

85

»Wenn ich Ihnen erzähle, nach welchen Bedingungen ich die Buchhandlung führen soll, halten Sie das für einen Ostfriesenwitz.« Onninga goss einen Dornfelder in die Gläser, dessen Rot schon fast in Schwarz überging.

»Meine Buchhandlung soll in Zukunft *Moin-Moin* heißen. Das allein ist schon schlimm genug. Nichts ist unostfriesischer als dieses Doppel-Moin. Und dann soll alles Historische und literarisch Anspruchsvolle hier verschwinden. Dafür soll ich Geschenkartikel kaufen: rot-gelbe Leuchttürme aus Kunststoff, Kräuterlikör in Glasrobben, Schietwetter-Tee und solche Sachen. Im hinteren Gebäudeteil ist der alte Kantoreisaal. Der wird in ein paar Wochen zu einem Veranstaltungsraum umgebaut. Der Touristikverband will dort gesellige Abende durchführen, an denen unsere Eingeborenen in Fischerhemd und Holzklumpen mit dem Akkordeon auftreten und den Urlaubern Grog und Pharisäer servieren. Dabei kommt der Pharisäer noch nicht einmal von hier. Und ich soll mich für so ein Programm verantwortlich fühlen.« Onninga nahm einen kräftigen Schluck Rotwein. »Ich weiß, dass man damit Geld machen kann.«

»Wie standen Sie eigentlich zu Ulli de Groot?«, fragte Fabricius seinen Gastgeber direkt.

»Er verkörperte alles, was ich zutiefst verabscheue. Hinter dieser ganzen Bücherdorf-Mafia steckten sein Vetter und er. Der Geschäftsführer, der diesen Brief unterschrieben hat, ist ein phantasieloser Sesselfurzer, ein Werkzeug von denen, die hier die Strippen ziehen. Und bevor Sie mich fragen, ob ich Ulli umgebracht habe, gebe ich Ihnen schon die Antwort. Ulli de Groot war es nicht wert, sich an ihm die Finger schmutzig zu machen. Früher oder später hätte er sich selbst erledigt.«

»So ist es ja auch gekommen«, sagte Fabricius. »Wer gehört Ihrer Meinung nach zur Bücherdorf-Mafia?«

»Das weiß ich nicht, wer da hinter den Kulissen agiert. Die beiden de Groots gehörten auf jeden Fall dazu, der Geschäftsführer auch, dann der Bürgermeister, bestimmt auch Petra Lütjendörp, der die Hälfte aller Ferienhäuser hier gehört. Und der Fürst hat da wohl auch seine Pfoten mit im Spiel, wenn ich das so sagen darf. Nee, dann höre ich mir lieber Gedichte mit raunenden Rüben an.«

»Äpfel, Herr Onninga. Äpfel«, sagte Fabricius.

86

»Hallo, Karsten.« Johannes Fabricius traf am nächsten Morgen vor der Buchhandlung von Jürn Renken den Praktikanten, der durch seine verdeckte E-Mail entscheidend zu seiner Rettung aus der Lagerhalle beigetragen hatte.

»Moin, Herr Fabricius. Herr Renken ist heute nicht da, und nun hat er mir sein Allerheiligstes anvertraut. Ich darf heute seine Buchhandlung führen. Gleich öffne ich.«

»Ihr gesellschaftlicher Aufstieg ist nicht mehr aufzuhalten. Wollen Sie nicht Geschäftsführer des Bücherdorfes werden?«

»Dazu weiß ich inzwischen zu viel über die Abgründe. Ich bin leider nicht dumm genug und auch nicht gerissen genug für so einen Job. Sie sind es übrigens auch nicht, wenn ich das mal bemerken darf.«

»Ja«, sagte Johannes Fabricius.

Ein Auto hupte. Fabricius erkannte Roolfs hinter dem Steuer. Er hatte sich mit dem Kommissar verabredet, um ihm von den bisherigen Erträgen seiner unprofessionellen Erkundigungen zu berichten.

»Sie können auch gern mal bei mir ein Praktikum machen. Ich muss jetzt leider weiter. Tschüss.« Er gab Karsten die Hand und stieg bei Gerrit Roolfs ein.

»Moin, Gerrit.«

Roolfs erwiderte brummend seinen Gruß und fuhr los. Der frühe Morgen war nicht seine Zeit.

»Johannes, ich möchte …«, begann Roolfs und zögerte einen Moment. Dann fuhr er in eine Parkbucht und hielt an. »Johannes, mit wem hast du da gerade gesprochen?«

87

»Ja, das bin ich«, sagte der Praktikant, als Roolfs und Fabricius mit ihm in seinem Apartment saßen. »Ich bin Karsten Rademacher. Mein Vater hat vor ein paar Jahren die Pioniere des Bücherdorfes gerettet. Mehr oder weniger.«

Gerrit Roolfs wurde heftig. »Und warum erfahre ich erst jetzt davon?« Verärgert sah er abwechselnd Johannes Fabricius und Karsten Rademacher an.

Beide zuckten mit den Schultern.

»Ich wusste überhaupt nicht, was er außer mit dem Antiquitätenhof sonst noch mit euren Ermittlungen zu tun hat«, antwortete Fabricius.

»Sie haben mich doch gesehen, als Sie bei uns zu Hause waren«, sagte Karsten Rademacher. »Bin ich etwa verdächtig?« Belustigt sah der junge Mann den Kommissar an.

Griesgrämig antwortete Roolfs: »Im Prinzip ist jeder verdächtig, der ein Problem mit Ulli de Groot hatte.«

»Ich habe kein Problem mit ihm. Ich fand ihn genauso unsympathisch wie neunundneunzig Prozent aller Leute, die mit ihm zu tun hatten. Dann müssen Sie aber eine lange Liste von Verdächtigen haben.«

»Die habe ich auch. Ulli de Groot hat eine gewisse Mitschuld am Tod Ihres Vaters«, provozierte Roolfs.

Karsten Rademacher lehnte sich zurück. Er wirkte auf einmal erschöpft. »Mein Vater hat damals versucht, Menschen zu retten, die sich ziemlich dumm verhalten und sich selbst in Not gebracht haben. Dabei hat sein Herz nicht mehr mitgemacht. Das war seine Entscheidung. Das war seine Erkrankung. Ein Unglück. Es hätte auch bei einer anderen Gelegenheit passieren können.«

Roolfs setzte sich auf und sah Rademacher direkt an. »Ist es nicht so, dass diese Leute Ihnen den Vater weggenommen haben? Gewissermaßen natürlich?«

Rademacher seufzte. »Mein Vater ist nicht weggenommen worden, er ist weggegangen. Er wusste, was passieren konnte, als er in das Hafenbecken gesprungen ist. Und er hätte es bei einer anderen Notlage wieder getan. Mit diesem Thema bin ich durch. Seit Jahren. Das können Sie mir glauben.«

»Und da stehen Sie heute drüber? Das ist für sie ›durch‹? Soll ich Ihnen das wirklich glauben?«

»Glauben Sie, dass ich nach so vielen Jahren das Kriegsbeil ausgrabe? Wozu? Der Tod meines Vaters hat unser Leben verändert. Meine Schwestern waren zwölf und vierzehn, meine Mutter drehte am Rad, und ich hatte mit sechzehn Jahren auf einmal die Verantwortung für alles. Bisher war ich mehr oder weniger Kind gewesen. Und nun musste ich auf einmal ein Erwachsener sein. Die Verantwortung war eigentlich eine Nummer zu groß für mich, aber ich habe es gepackt. Durch den Unfall meines Vaters habe ich meine Jugendzeit überspringen müssen. Verloren. Das ist meine Trauer. Ich hätte meinen Vater gern noch länger gehabt, und ich wäre gern ein normaler Jugendlicher gewesen. Vielleicht kann ich das ja später noch einmal nachholen.« Rademacher lächelte gezwungen.

»Man kann nie etwas nachholen«, sagte Roolfs. »Wo waren Sie an dem Abend, an dem Ulli de Groot ermordet wurde? Und wo waren Sie an dem Abend, an dem Katja Tiedgen im Schwimmbad ertrunken ist?«

»Ach, die soll ich auch auf den Gewissen haben? Wissen Sie, wenn ich wirklich ein Doppelmörder wäre, hätte ich mir ein Superalibi organisiert. Ich war leider an dem Abend von de Groots Tod allein hier in meinem Apartment und habe ein Kapitel für mein Forschungsprojekt geschrieben. Ohne Zeugen. Ich habe zweimal mit meinem Doktorvater telefoniert, aber das Handy hätte ich ja überall benutzen können. Und als Katja Tiedgen ums Leben gekommen ist, war ich zu Hause bei meiner Mutter. Da hätte ich sicher auch unbemerkt verschwinden können. Ich kann Ihnen weder ein richtiges Alibi noch ein richtiges Motiv anbieten. Ich muss Sie also in beiden Fällen enttäuschen.

»Können Sie sich denn vorstellen, dass jemand anders Ihren Vater rächen wollte?«, fragte Roolfs weiter.

»Was heißt denn ›rächen‹? Denken Sie an meine kleine Schwester? Deren Zorn richtet sich eher gegen meine Mutter, die es uns allen unmöglich macht zu trauern. Wie soll man um jemanden trauern, der nach seinem Tod noch lebendiger ist als vorher? Meine andere Schwester hat so eine Art Therapie gemacht. Sie kommt klar. Ich komme auch klar. Ohne Therapie.«

Gerrit Roolfs erhob sich. »Vielleicht melden wir uns noch mal«, brummte er.

88

Theda van Immen war um elf Uhr in Münster mit dem Professor von Stefanie Jakobsen im Schloss verabredetet. Bei ihm hatte Stefanie ihre Examensarbeit geschrieben und bis zu ihrem Tod als Assistentin gearbeitet.

Theda van Immen hatte gestern Nachbarn, ehemalige Mitschüler und Lehrer von Stefanie Jakobsen befragt. Niemand hatte sie näher gekannt. Alle sprachen nur von einer zurückhaltenden jungen Frau, die in der Schule sehr gut gewesen war und anscheinend ihre gesamte Freizeit damit verbracht hatte, die Büroarbeit im Betrieb der Eltern zu erledigen.

Van Immen sah die jungen Leute, die mit Rucksäcken und Taschen aus Vorlesungsräumen kamen. Sie wusste, warum sie sich damals gegen ein Studium entschieden hatte. In ein solches Leben hätte sie nicht hineingepasst.

»Frau van Immen?« Ein junger Mann in Jeans, weißem T-Shirt und Sakko stand plötzlich vor ihr.

»Ja, das bin ich. Ich warte hier auf Professor …«

»Ja, das bin ich. Kommen Sie mit in mein Büro. Falls die Zeit nicht reicht, können wir dann ja zusammen in der Mensa essen.«

»›Juniorprofessor‹ nennt man solche Leute wie mich«, sagte der Professor, als sie sein Büro im Anglistischen Seminar erreicht hatten, einen eher unpersönlichen Raum mit einigen Büchern und Aktenordnern im Regal. »Ich war mit vierundzwanzig Jahren mit allem fertig: Examen, Promotion. Dann konnte ich an einem internationalen Forschungsprojekt teilnehmen und mich habilitieren. So jung, wie mein Titel klingt und wie ich vielleicht aussehe, bin ich aber doch nicht. Ich habe meinen Lehrstuhl jetzt seit fünf Jahren.« Er holte eine Thermoskanne und zwei Becher aus seinem Rucksack. »Kaffee?«

Theda van Immen antwortete. »Gern. Ich möchte mit Ihnen über Stefanie Jakobsen sprechen«

Der Professor nickte. »Eine meiner begabtesten Studentinnen. Ich habe Stefanies Examensarbeit betreut. Es war schon sehr beeindruckend, was Stefanie da erarbeitet hat. Es ging weit über das hinaus, was normalerweise als Magisterarbeit abgeliefert wird. Stefanie wollte ihre Dissertation über die Textdichter von Händels Opern schreiben. Die beiden ersten Kapitel standen schon.«

»Was für ein Fach unterrichten Sie?«, fragte Theda van Immen.

»Anglistik. Englische Literatur des 17. und 18. Jahrhunderts ist mein Fachgebiet. Stefanie hat ihre Magisterarbeit über Ambrose Philips geschrieben. Den würde heute vermutlich kein Mensch mehr kennen, wenn Händel sein Gedicht nicht als Grundlage für eine Komposition für Queen Anne benutzt hätte.«

»Haben Sie ein Exemplar der Abschlussarbeit hier? Ich würde gern einmal hineinsehen«, sagte Theda van Immen.

»Ich lasse eine Kopie für Sie machen. Einen Moment.« Er verließ das Büro und kehrte nur wenige Augenblicke später zurück. »Darf ich fragen, wo Ihr Interesse an Stefanie herrührt? Die Sache ist doch schon lange her.«

»Wir sind an einem Fall dran, der vielleicht mit der Familie Jakobsen zu tun hat. Wissen Sie etwas über Stefanies Privatleben? Hatte sie einen Freund?«

»Das kann ich Ihnen nicht sagen. Leider. Stefanie hat wenig von sich erzählt. Fast nichts. Ihre ganze Leidenschaft steckte sie in die Arbeit. Ich muss mich fast schämen, dass sie ein Jahr lang meine wissenschaftliche Mitarbeiterin gewesen ist und ich fast nicht Privates von ihr weiß. Man hatte leicht das Gefühl, ihr zu nahe zu treten.«

»Gibt es Freundinnen? Hatte sie gleichaltrige Kollegen oder Kolleginnen an Ihrem Lehrstuhl?«

»In Stefanies Zeit war Marika Berndkötter noch hier«,

antwortete der Professor. »Marika wollte promovieren und hat es sich dann anders überlegt. Sie und Stefanie waren sehr unterschiedlich, aber auf irgendeine Weise verstanden sie einander ganz gut. Marika ist jetzt im Schuldienst in Tecklenburg. Sie hat sich neulich gemeldet und will mit ihrer Diss wieder weitermachen. Ich muss die Adresse irgendwo haben.« Er holte ein Notizbuch aus der Schreibtischschublade und schrieb die Adresse auf ein Blatt Papier. »Hier.«

»Wie standen Sie zu Stefanie?«, fragte Theda van Immen.

Der Professor suchte nach Worten. »Stefanie war ein verschlossener Mensch. Ich mochte sie sehr. So gut Stefanie und ich uns auch verstanden und zusammenarbeiteten: Da war nie etwas zwischen uns. Das hat unsere gemeinsame Arbeit und unser Verhältnis sehr erleichtert. Es ist jammerschade, dass alles so gekommen ist. Ich denke oft an sie.«

89

»Zwischen Stefanie und unserem Prof lief wirklich nichts.« Marika Berndkötter stellte einen Espresso vor Theda van Immen hin. Ihre kleine Wohnung in der Tecklenburger Innenstadt erinnerte eher an ein Zimmer in einer Studenten-WG. Marika hatte sich die Haare zu zwei seitlich abstehenden Zöpfen geflochten. Sie trug einen kurzen roten Rock, eine braune Strumpfhose und eine Bluse mit einem orange-braunen Muster im Retro-Look, die Theda van Immen an eine Vorhanggardine im Wohnzimmer ihrer Großeltern erinnerte.

»Stefanie und ich waren etwa ein Jahr Kolleginnen. Ich habe meine Doktorarbeit dann kurz vor Stefanies Tod abgebrochen. Ich hatte keine Lust mehr. Ich wollte endlich arbeiten. Stefanie konnte das nicht verstehen. Ihr grauste vor dem Gedanken, eine Klasse unterrichten zu müssen. Die hätte am liebsten nur Oberseminare mit maximal fünf Teilnehmern gegeben. Aber ich glaube, sie hätte es trotzdem gut gepackt. Sie machte alles auf ihre Art und ging immer geradeaus.«

Auf dem Fernseher in der Ecke lief VIVA. Den Ton hatte Marika Berndkötter leise gedreht, nachdem die Kriminalbeamtin sich vorgestellt und ihr Anliegen vorgebracht hatte.

»Können Sie sich vorstellen, dass jemand Stefanies Tod gerächt hat? Ihr Freund vielleicht? Oder sonst jemand? Hatte sie überhaupt einen Freund?«

»Das weiß ich nicht. Ich weiß kaum etwas über ihre Familie und ihren Freundeskreis. Da war jemand, der hat sie ein paarmal abgeholt. Auch ein stiller Typ. Ich glaube, der nahm sie ab und zu mit, wenn er am Wochenende nach Hause fuhr. Er könnte mir hier gegenübersitzen, und ich würde ihn nicht wiedererkennen.«

»Wissen Sie sonst irgendetwas über Stefanie? Freundinnen? Hobbys?«

»Also, da weiß ich überhaupt nichts. Jetzt halten Sie mich bestimmt für oberflächlich. Aber Stefanie war nicht der Typ, der anderen Privates erzählte. Im Gegenteil. Wir haben immer über unsere Projekte geredet, über andere Studenten, über die Uni. Manchmal hat sie von ihren Eltern und dem Betrieb erzählt. Sie hat da im Büro viel mitgearbeitet. Stefanie war hochintelligent und hatte einen skurrilen Humor. Und sie sagte immer klar ihre Meinung. Ihre Meinungen waren manchmal auch skurril.«

Theda van Immen seufzte.

»Tut mir leid, dass ich so wenig helfen kann«, entschuldigte sich Marika Berndkötter.

»Schon in Ordnung«, sagte van Immen. »Es war einen

Versuch wert. Hier ist meine Karte. Wenn Ihnen noch etwas einfällt …«

»Ja, ich weiß, diesen Satz kenne ich aus dem Fernsehen. Einen guten Draht hatte Steffi ja zu ihrer Oma. Da hatte sie ja auch ihr Zimmer. Vielleicht kann die Ihnen ja weiterhelfen.«

»Ihre Oma?«

»Ja. Bei Steffi zu Hause war ja immer so viel Stress wegen des Betriebes. Da gab es keine ruhige Minute, in der sie arbeiten konnte. Zum Abschalten und Arbeiten ging sie immer zu ihrer Oma. Dort hatte sie ein Zimmer.«

90

Charlotte Schierenberg-Sassen gab im Kreis der Seminarteilnehmerinnen Anweisungen für das Abschlussritual. Wie eine Schamanin stand sie in der Mitte und deklamierte mit sinnlicher Stimme aus Gedichten, die während des Seminars geschrieben worden waren. Die Teilnehmer mussten einander an den Händen fassen und die Sätze oder Worte wiederholen.

Auch die Teilnehmerin, die am gestrigen Abend vorgetragen hatte, war mit dabei. Sie warf Fabricius vielsagende Blicke zu. Offenbar hatte Charlotte ihr von seiner Interpretation ihres Gedichtes erzählt. Vermutlich würde sie ihm in den nächsten Tagen eine Mappe mit mehreren hundert selbstverfassten Gedichten vorbeibringen, damit er sie lesen und an einen Verlag weiterempfehlen würde. Auch Sebastian war wieder im Kreis. Er hatte sich zwei Streifen in blauer und grüner Farbe auf die rechte Wange gemalt – passend zu der Seidentunika, die Charlotte heute trug.

Als Charlotte die Teilnehmer aufforderte, sich im Takt der Verse hin- und herzuwiegen, löste sich Helmut Onninga aus dem Kreis. »Da mach ich nicht mit. Das ist ja Psychoterror.«

Fabricius raunte Charlotte zu: »Ich kümmere mich um ihn. Bring du das hier gut zu Ende.«

Charlotte nahm für einen Augenblick seine Hand. »Danke, Johannes. So viel Gespür hätte ich dir gar nicht zugetraut.«

»Helmut? Herr Onninga?«

Der Buchhändler drehte sich um. »Herr Fabricius. Was wollen Sie? Ich habe einfach keine Lust mehr. Ich will nach Hause.«

»Sollen Sie, sollen Sie. Ich möchte, dass Sie mir den Brief geben, den ich gestern bei Ihnen in der Fliesenbibel gefunden habe.«

»Gern. Darf ich fragen, was Sie damit vorhaben?«

»Nein«, sagte Fabricius.

91

Leif Rickmann, der Geschäftsführer des Bücherdorfprojektes, hatte sein Büro im alten Hillersumer Rathaus, das vorbildlich restauriert worden war und in seinen wiederhergestellten alten Mauern mit modernster Technologie ausgestattete Büros für die Gemeindeverwaltung beherbergte.

Noch bevor Fabricius die Sekretärin ansprach, verzog sie beleidigt den Mund. Fabricius hatte schon jetzt ein schlechtes Gewissen. Er setzte sein wärmstes Lächeln auf. »Entschuldigen Sie, dass ich hier so hereinpoltere. Ich möchte gern zum Geschäftsführer.«

»Ich weiß nicht, ob der Chef jetzt überhaupt Zeit hat«, sagte die Sekretärin in einem Ton, als fühlte sie sich persönlich angegriffen, weil jemand ihren Chef sprechen wollte.

»Doch. Sie wissen alles«, sagte Fabricius gut gelaunt.

Die Sekretärin verzog keine Miene. »Ich tippe das hier noch eben zu Ende, und dann gehe ich rüber und frage den Chef, wann Sie kommen können.«

»Müssen Sie nicht«, sagte Fabricius. »Das erledige ich schon selbst.«

Die Sekretärin machte ein Gesicht, als würde sie gerade in diesem Moment ein heftiger Zahnschmerz ereilen, aber Fabricius wartete ihre Antwort nicht ab. Er klopfte an die Tür und trat im gleichen Moment ein.

»Was …? Herr Fabricius! Das ist ja eine Überraschung, dass Sie hier einmal vorbeischauen.« Leif Rickmann schnellte hoch und streckte Fabricius die Hand entgegen. »Leider war ich in der letzten Woche unterwegs, so dass ich Sie noch nicht persönlich begrüßen konnte. Gespräche in Berlin, in Hannover. Sie kennen das.«

Fabricius schüttelte ihm flüchtig die Hand. »Ich muss mir erst einen Überblick verschaffen. Darum bin ich hier. Da gibt es so einige Unklarheiten. Darf ich einen Moment stören?«

Rickmann lächelte jovial. »Kein Problem. Meine Sekretärin bringt uns eine Tasse Tee. Ich muss in einer halben Stunde zu einer Sitzung. Bis dahin bin ich gern für Sie da. Entschuldigen Sie mich einen Moment?«

Der Geschäftsführer verließ den Raum. Hinter dem Schreibtisch hing ein Druck der Ostfrieslandkarte von Coldewey. Daneben ein Holzschnitt von Alf Depser, der die Hillersumer Kirche zeigte, und ein Druck von Bicker-Riepe, auf dem Engel um einen Kirchturm flogen. Ansonsten war dies ein normales Büro, das keinerlei Hinweise auf die kulturelle Bedeutsamkeit dieses Arbeitsplatzes aufwies.

»Eigentlich bin ich ja nur ein Provisorium, Herr Fabricius.« Leif Rickmann trat wieder ein und schloss die Tür hinter sich. »Ich bin ja nur der kommissarische Geschäftsführer, bis die Stelle wieder besetzt ist. Aber wie heißt es doch so schön: Nichts hält so lange wie ein Provisorium.«

»Wie lange machen Sie den Job schon?«, fragte Fabricius.

»Seit Axel de Groots Unfall im Herbst letzten Jahres. Aber ich war vorher schon als Vertreter der Verwaltung im Kuratorium und habe viele geschäftsführenden Aufgaben übernommen.«

»Eine Menge Verantwortung.«

Leif Rickmann konnte ein selbstgefälliges Grinsen nicht ganz unterdrücken. »Man gewöhnt sich dran. Ist mir sogar ein bisschen fremd, der Gedanke, dass ich den Platz hier frei machen soll. Na ja, ein bisschen komisch ist das schon. Man fühlt sich ein bisschen wie der Häuptling im Bücherdorf. Das Witzige ist: Eigentlich lese ich gar keine Bücher.« Er kicherte.

»Ulli de Groot war der auserkorene neue Geschäftsführer?«, fragte Fabricius.

»Jein«, antwortete Rickmann bedeutungsvoll. »Ulli de Groot hätte sicher das Zeug gehabt. Bestimmt hätte er hier vieles bewegt. Aber er hat polarisiert. Er wäre vielleicht nicht ganz mehrheitsfähig gewesen. Ich persönlich glaube, dass er ein guter Mann auf diesem Posten gewesen wäre.«

Die Sekretärin kam mit einem Tablett und stellte Fabricius mit eisiger Miene eine Tasse Tee hin.

Fabricius holte Onningas Brief heraus. »Haben Sie das aufgesetzt?«

Leif Rickmann warf einen Blick darauf. »Warum fragen Sie? Sie sehen doch meine Unterschrift.« Sein Ton hatte auf einmal Schärfe.

»Welcher Beschluss steht hinter dieser Aufforderung? Ich habe mir den Ordner mit den Protokollen einmal durchgesehen und so einen Beschluss nicht gefunden.«

»Herr Fabricius.« Es gelang Rickmann gerade, noch seine

Herablassung im Zaum zu halten. »Das Kuratorium ist nur für die großen inhaltlichen Leitlinien da. Den Kleinkram macht ein geschäftsführender Ausschuss. Das ist auch so beschlossen worden. Im Kuratorium wurde die Bücherwoche geplant. Da geht es um kulturelle Schwerpunkte. Und der Ausschuss macht das Alltagsgeschäft.«

»Wird darüber auch Protokoll geführt?«

»Herr Fabricius, unsere Aufgabe ist es, dieses Projekt durchzuziehen. Wir haben nicht die Zeit, uns für die Nachwelt zu verewigen. Das Kuratorium erhält jeweils einen Bericht oder die Beschlussvorlagen. Und dann machen wir hier den Job.«

»Diese Berichte würde ich mir gern einmal anschauen. Und die Beschlussvorlagen auch.«

»Ich weiß nicht, ob ich …«

»Ich bin Mitglied des Kuratoriums und Fachberater.«

»Dann kümmern Sie sich bitte um Ihre Aufgaben, und nicht um meine.«

92

Kriminaldirektor Lothar Uphoff war frustriert. Gerade hatte er einen Anruf von Staatsanwalt Iderhoff erhalten. Man sei an höherer Stelle verwundert, dass die Ermittlungen immer noch fortgeführt würden, obwohl der Fall geklärt sei. Der Mord an Ulli de Groot und der Selbstmord von Katja Tiedgen seien eine tragische Beziehungsgeschichte, und das sei auch so der Öffentlichkeit erklärt worden, hatte Iderhoff erläutert. Es gäbe keine Indizien, die eine Fortsetzung von Ermittlungen legitimierten, zumal diese überflüssigen Ermittlungen ein politisch und wirtschaftlich so wichtiges Projekt wie das Bücherdorf in ein negatives Licht setzten.

Uphoff hatte das alles zur Kenntnis genommen. Vor seinem Schlaganfall hätte der Staatsanwalt niemals gewagt, ihn auf diese Art zurechtzuweisen. Und falls doch, hätte er es in dem Moment bereut, in dem Uphoff einen seiner Zornesanfälle bekommen hätte.

Dazu fehlte Uphoff nun die Kraft. Er lehnte sich zurück. Sein Herz klopfte. War es ein Fehler gewesen, wieder in den Dienst zurückzukehren? Brauchte wirklich das Team ihn, oder war es nicht eher so, dass er sein Team brauchte? Wäre er auch wieder zurückgekehrt, wenn Gerrit Roolfs sein kommissarischer Nachfolger geworden wäre?

Uphoff sah noch einmal seine Notizen von der Team-Besprechung durch. Einzig das Scheitern des Hotelprojektes schien Anhalt für weitere Untersuchungen zu geben. Und Theda hatte sich in der Idee festgebissen, mehr über Jakobsens Tochter Stefanie in Erfahrung zu bringen, um dort eine Spur zu finden.

Uphoff war skeptisch, ob sich Jahre nach diesem Selbstmord überhaupt noch etwas finden ließ. Und warum sollte jemand mehrere Jahre später Rache nehmen sollen? Und wie passte der Mord an Katja Tiedgen in diese Erklärung, wenn es überhaupt ein Mord war?

Sollte ein Familienmitglied oder ein Freund von Gerhard Rademacher die Menschen, die er damals aus dem Hafenbecken gerettet hatte, für dessen Tod verantwortlich machen und Rache nehmen? Aber warum waren die Morde an Ulli de Groot und Katha Tiedgen so lange nach dem unglücklichen Tod von Rademacher erfolgt? Hatte der Mörder so lange gewartet? Oder hatte sich nun etwas ereignet, das ihn gerade jetzt zum Mörder werden ließ?

Alle anderen Spuren, die sich an der Person von Ulli de Groot festmachten, waren Sackgassen gewesen. Günther Neeland, der Mann, der Katja Tiedgen liebte und Grund hätte, Ulli de Groot zu hassen, hatte das beste Alibi, das sich jemand wünschen konnte, weil er sich zur Zeit des Todes von Katja Tiedgen in U-Haft befunden hatte.

Vielleicht hatte Staatsanwalt Iderhoff nicht unrecht mit seiner Vermutung, dass Katja Tiedgen aus Enttäuschung und verletzten Gefühlen Ulli de Groot ermordet und dann sich selbst das Leben genommen hatte. Und die Tatwaffe hatte sie platziert, damit das auch allen deutlich wurde.

Uphoff stand auf. Die Stellwände, die Chris Gronewold hier hatte aufstellen lassen und denen Uphoff inzwischen durchaus etwas abgewinnen konnte, waren mit Fotos, Zeitungsausschnitten, Anschriften und Hinweisen bepflastert, ohne dass es einen wirklichen Anhaltspunkt gab.

Uphoff trat ans Fenster. Seltsam, dachte er. Kurz vor seinem Schlaganfall war die Situation ähnlich gewesen. Die Ermittlungen im Fall Axel de Groot stagnierten. Und plötzlich kam die Anweisung von oben, die Sache nicht weiter zu verfolgen, um den Erfolg des Bücherdorf-Projektes nicht leichtfertig aus Spiel zu setzen. Hatte sich nicht auch damals Staatsanwalt Iderhoff persönlich eingeschaltet?

Uphoff fasste einen Entschluss. Wenn sie bis zum kommenden Montag nicht einen konkreten Verdacht oder Hinweis hatten, würde er die Entscheidung von oben akzeptieren und den Fall abschließen. Vorerst. Wie bei Axel de Groot.

Und er fasste noch einen weiteren Entschluss. Er notierte den Namen des Staatsanwaltes auf einen Zettel und suchte in seinem Notizbuch eine Handynummer, die er nur in besonderen Notfällen anrief. Vielleicht war jetzt so ein Notfall.

93

Fürst Carl Edzard las den Brief, den der Geschäftsführer des Bücherdorfes an Helmut Onninga geschrieben hatte, ein zweites Mal.

»Das ist formal und inhaltlich nicht angemessen, da gebe ich dir recht, Johannes«, sagte er. »Aber ich denke, für unser Bücherdorf-Projekt braucht man schon ein einheitliches Konzept.«

»Zentralistische Konzepte bedienen immer nur Einzelinteressen«, belehrte ihn Fabricius.

»Dieses Wort verwendetest du schon bei unserem letzten Gespräch. Meiner Meinung nach ist das eine sehr einseitige Sicht«, antwortete der Fürst.

Fabricius antwortete nicht.

»Natürlich geht es im Bücherdorf nicht nur um Kultur«, erläuterte Carl Edzard. »Wir müssen die Fördergelder nutzen, um unser Bücherdorf auf eigene Füße zu stellen. Irgendwann versiegen die Zuschussquellen. Bücher bringen keine Zinsen. Da muss alles aus eigenen Einnahmen finanziert werden. Da brauchen wir Übernachtungsgäste, Leute mit Interesse an Sport und Spaß, Kegelcluburlauber. Natürlich auch Bücherfreunde und Kulturtouristen, aber von denen allein können wir nicht existieren. Unser Bücherdorf wird sich mit den Jahren zu einem Kulturzentrum in der Nordwestregion entwickeln. Mit Sicherheit.«

»Ihr habt das Bücherdorf aus der Hand gegeben. Ihr habt es Geschäftemachern, Bürokraten und korrupten Beamten überlassen. Darum geht es. Wie wäre es, wenn eine unabhängige Wirtschaftsprüfung einmal durchcheckt, was aus den Fördergeldern geworden ist, und wen sie reich gemacht haben? Die beiden de Groots? Krino van Westen? Petra Lütjendörp? Wer weiß, auf welche Namen wir da noch so stoßen.«

»Johannes, das hört sich ja an wie eine Verschwörungstheorie. Natürlich versickert bei solchen Maßnahmen immer etwas. Aber insgesamt funktioniert es doch. In ein paar Tagen beginnt unsere Bücherwoche. Der Fremdenverkehr verzeichnet einen deutlichen Zuwachs. Inzwischen gibt es sogar Interessenten, die das Familienhotel weiterbauen wollen.«

»Wer denn? Petra Lütjendörp von ihrer Karibikinsel aus? Oder Krino van Westen auf Spiekeroog?«

»Johannes, hör doch auf.«

»Die Morde an Ulli de Groot und Katja Tiedgen werden aufgeklärt werden. Und dabei werden auch Dinge ans Tageslicht kommen, die dir nicht gefallen werden und die vielleicht negative Schlagzeilen für das Bücherdorf bringen. Wenn du das abblockst, wird dir dein schönes Bücherdorf eines Tages um die Ohren fliegen.«

»Johannes, das Bücherdorf ist sauber. Ich gebe zu, dass ich mich zu wenig um die organisatorischen Dinge kümmere. Für so etwas habe ich einfach keine Zeit. Dafür gibt es einen Ausschuss, aber die müssen bei allen großen Entscheidungen Rücksprache halten. Vielleicht habe ich das in der Vergangenheit nicht so eng gesehen.«

»Ich habe eine Frage. Hast du Staatsanwalt Iderhoff oder sonst wem einen Wink gegeben, die Ermittlungen im Mordfall vorzeitig abzuschließen?«

94

Sabine de Groot erkannte die Kommissarin nicht sofort, als Theda van Immen vor ihrer Tür stand. »Bitte entschuldigen Sie. Das ist ja nun auch schon ein paar Monate her. Kommen Sie bitte herein.«

»Ich muss mich entschuldigen, dass ich Sie noch einmal störe«, sagte Theda van Immen und nahm auf einem Teakholz-Stuhl im Esszimmer Platz.

»Keine Ursache.« Sabine de Groot lächelte gequält. Sie war ganz in Dunkelbraun gekleidet. Um den Hals trug sie eine Kette mit einem Ring. »Ich habe in diesen Tagen öfter Besuch von der Polizei. Wegen der Antiquitätengeschichte. Aber deshalb sind Sie sicherlich nicht hier?«

»Nein. Frau de Groot, der Mord an Ulli de Groot wirft neue Fragen auf, auch im Hinblick auf den Tod Ihres Mannes«, erklärte die Kommissarin. »Gibt es irgendeine Verbindung zwischen Ihrem Mann und Katja Tiedgen? Beide waren doch bei dem Unfall im Inselhafen dabei. Sie lebte mit Günther Neeland zusammen …«

»Und sie war für eine Zeit lang die Geliebte von Ulli. Lebensabschnittsgefährtin oder so ähnlich heißt das doch heute. Eigentlich passte sie ja gar nicht zu Ulli, und zu Günther auch nicht. Aber komischerweise gab es nicht wenig Männer, die auf sie flogen. Das kann ich vielleicht als Frau nicht so ganz nachvollziehen.« Sabine de Groot lächelte bemüht.

»Und Ihr Mann?«

Sabine de Groots Lächeln wurde noch angestrengter. »Mein Mann hatte hin und wieder eine Freundin. Das war in Ordnung. Das haben wir einander zugestanden. Mit Hanna Siefkes hatte er seine letzte … Ich weiß nicht, wie ich das sagen soll. Aber sie haben ein paar Wochen vor seinem Tod Schluss gemacht. Das war für beide Seiten in Ordnung.«

»Und Katja Tiedgen?«

»Katja war für ihn kein Thema. Schon allein, weil sie mit Ulli und dann mit Günther zusammen war. Katja war nicht die Art Frau, die Axel interessierte. Er hatte keine gute Meinung von ihr, aber er hat Günther gegenüber nie etwas gesagt. Zwischen Katja und meinem Mann Axel ist nichts gelaufen. Das hätte ich gemerkt. Und ich würde Ihnen das auch sagen.«

Theda van Immen spürte, dass Sabine de Groot die Wahrheit sagte. Sie fragte: »Ist Ihnen bei irgendeiner Gelegenheit der Verdacht gekommen, dass Ihr Mann einem Verbrechen zum Opfer gefallen ist?«

Sabine de Groot zündete sich einen Zigarillo an. Sie überlegte. »Nein«, sagte sie schließlich. »Ich habe selber oft darüber nachgedacht. Ich weiß von niemandem, der ihn so gehasst haben kann, dass er Axel umgebracht hat. Das ist meine Einschätzung. Ich habe es als Unfall akzeptiert.«

»Sie trauern um ihn«, stellte Theda van Immen fest und sah auf den Ring an der Halskette.

»Komisch. In den letzten beiden Jahren haben wir unsere Ringe gar nicht mehr getragen. Er hatte seinen in der Nachttischschublade.« Sabine de Groot nahm den Ring zwischen Daumen und Zeigefinger und streichelte ihn einen Moment. »Ja, ich trauere um ihn. Es ist sicher nicht die Trauer um die Liebe meines Lebens. Vielleicht kommt die ja noch. Wer weiß. Aber meine Trauer ist aufrichtig. Ich trauere um einen guten Gefährten und um den Vater meiner Tochter. Axel fehlt mir.«

95

Arnold Jakobsen setzte mit seinem leuchtend roten Aufsitzmäher zurück. Habbo Janssen sah fasziniert, wie der Mäher selbständig den Rasenschnitt auf einen Komposthaufen entleerte. Jakobsen winkte den beiden Polizeibeamten.

»Habbo, wir sind nicht hier, um Gartentipps auszutauschen. Hast du mich verstanden?« Gerrit Roolfs war jetzt schon genervt.

»Moin, die Herren«, rief ihnen Arnold Jakobsen entgegen, als er über die frisch gemähte Rasenfläche auf sie zukam. »Sie kommen gerade richtig. Heute Morgen wurde der neue Aufsitzmäher geliefert. Na wie sieht's aus, Herr Janssen? Kleine Probefahrt gefällig?«

»Leider keine Zeit, Herr Jakobsen«, antwortete Gerrit Roolfs für seinen Kollegen. »Wir haben da noch ein paar Fragen.«

»Kommen Sie mit auf die Terrasse. Aber vielleicht wollen Sie ja doch mal eine kleine Fahrt …? Es ist ein ganz neues Modell mit allen Schikanen.«

»Eine kleine Runde kann ja nicht schaden«, erwiderte Habbo Janssen.

Gerrit Roolfs nickte genervt. Aber vielleicht war es einfacher, wenn Habbo Janssen beschäftigt war und das Gespräch nicht mit Fachsimpeleien über Gartengestaltung störte.

»Da hinten beim Gewächshaus muss noch gemäht werden«, rief Jakobsen Janssen hinterher und wandte sich an Roolfs. »Ja, so richtige Hobbygärtner verstehen sich blind. Meine Frau würde ich da nie rauflassen, aber Ihr Kollege, das merke ich sofort, der versteht etwas davon.«

»Herr Jakobsen«, begann Roolfs die Befragung, »Steffi hat hier gewohnt?«

»Sie hat nicht bei uns gewohnt, sondern nebenan, bei ihrer Oma. Bei meiner Mutter«, erwiderte Jakobsen.

»Wieso haben Sie uns das nicht gesagt?«

»Ich wusste nicht, ob das wichtig ist. Ja, sie hatte ein Zimmer bei ihrer Oma. Bei unserer Mutter. Sie haben Mutti ja bei Ihrem letzten Besuch kurz gesehen. Leider ist meine Mutter so durcheinander, dass sie Ihnen sowieso keine Fragen beantworten kann. Stefanie hat bei ihr für ihr Studium gearbeitet. Manchmal hat sie da auch geschlafen. Zu Hause war ja durch die Firma immer so eine Unruhe. Da konnte Stefanie sich nicht auf ihre Arbeit konzentrieren. Sie musste ja viel lesen und schreiben. Ich habe davon keine Ahnung. Meine Frau und ich sind immer im Garten. Wir lesen keine Bücher.«

»Was ist aus Stefanies Zimmer geworden?«

»Es ist noch so, wie es war. Ich glaube, Stefanies Bücher sind auch alle noch da. Sie können gern hingehen.«

Arnold Jakobsen zeigte auf das Nachbarhaus, zu dem ein gepflasterter Weg direkt durch die Hecke führte.

»Mutti ist zu Hause. Mein Bruder wohnt seit seiner Scheidung jetzt auch bei ihr. Muss ja wohl so sein«, erklärte Arnold Jakobsen und sah zu Janssen hin, der elegant zwischen Büschen und Blumenrabatten über den Rasen fuhr, als wäre er nie mit einem anderen Fahrzeug unterwegs gewesen.

»Der hat den Bogen raus, Ihr Kollege.« Jakobsen nickte anerkennend.

96

Während Roolfs die Klingel an der Haustür von Stefanie Jakobsens Großmutter betätigte, blätterte Habbo Janssen neben ihm in einem Katalog, den Arnold Jakobsen ihm mitgegeben hatte.

In der Einfahrt stand ein blauer Polo, dessen Heckscheibe mit mehreren Aufklebern vom Freizeitpark Slagharen und vom Heidepark Soltau beklebt war.

»Also, Gerrit, hier stehen ja Sachen drin, von denen ich bisher gar keine Ahnung hatte. Wusstest du, was *Laubpicker* sind? Das sind zwei große, grüne Kunststoffschaufeln, in die man mit den Händen reinfassen kann. Und dann kann man wie mit Riesenhandschuhen Laub und Gartenabfälle einfach so aufgreifen. Oder hier …«

»Habbo, du machst mich ja verrückt mit diesem Kram.«

Stefanies Großmutter öffnete. »Ach, da seid ihr ja endlich«, begrüßte sie die beiden Männer. »Kommt rein, ich mach uns erst einmal eine Tasse Tee.«

Habbo Janssen wollte gleich ins Haus, aber Gerrit Roolfs hielt ihn zurück. »Ich glaube, da liegt ein Missverständnis vor.« Er zeigte seinen Dienstausweis. »Hauptkommissar Gerrit Roolfs. Wir kommen zu Ihnen, weil wir ein paar Fragen zu Ihrer Großnichte Stefanie haben.«

»Ja, die Steffi.« Die alte Frau lächelte. »Die ist im Moment nicht da. Aber mein Junge, der ist da.«

»Mutti«, dröhnte eine Stimme aus dem Inneren des Hauses. »Mutti, wer ist da?«

»Ist schon gut, mein Junge. Mutti kommt.« Sie drehte sich um und ging wieder ins Haus. Die beiden Beamten warteten vor der Tür. Die Frau kam nicht zurück. Nichts geschah.

»Los, komm. Wir gehen rein«, sagte Roolfs.

»Ach ja«, erwiderte Janssen beleidigt. »Aber gerade sollte ich nicht.«

Sie gingen durch den dunklen Flur und klopften an die angelehnte Küchentür.

Ein großer, schlanker Mann im dunkelgrünen Jogginganzug erschien im Türrahmen. Sein Haar war vorn kurz abgeschnitten und hing lang in den Nacken. Er trug im rechten Ohr einen Stecker. »Wer sind Sie, was wollen Sie hier?«, sagte er in aggressivem Ton.

Roolfs hielt ihm seinen Dienstausweis vor. »Moin, Herr Jakobsen, Hauptkommissar Roolfs, und das ist mein Kollege Janssen.«

»Da seid ihr ja wieder«, sagte die ältere Frau und zog ihren Sohn sanft zurück auf seinen Küchenstuhl. »Setzt euch hin, ich mach uns erst einmal eine Tasse Tee.« Sie machte sich am Küchenschrank zu schaffen.

»Sie sehen ja, dass meine Mutter nicht mehr alle Tassen im Schrank hat«, brummte ihr Sohn. »Also, was wollen Sie?«

»Wohnen Sie hier bei Ihrer Mutter?«, fragte Habbo Janssen.

»Ja. Seit meiner Scheidung. Mutti kann nicht mehr alleine wohnen. Aber deswegen sind Sie ja sicher nicht hier, oder?« Er begann, sich eine Zigarette zu drehen.

»Es geht um Ihre Nichte, Stefanie Jakobsen.«

»Die Steffi, die ist heute an der Uni.« Die alte Frau deckte Teetassen auf. »Aber donnerstags kommt sie meistens. Hier kann sie am besten arbeiten.«

»Arbeiten? Dass ich nicht lache.« Der Sohn leckte mit der Zungenspitze über das Papier und drehte seine Zigarette fertig. »Sie denkt, Steffi besucht sie ab und zu oder ruft manchmal an. Sie schickt Steffi hin und wieder sogar Pakete. Keine Ahnung, wo die dann landen. Meine Mutter hat vergessen, dass Stefanie nicht wiederkommt. Vielleicht ist das ja auch ganz gut so.«

»Und Stefanie hatte hier ihr Zimmer?«, fragte Janssen.

»Hatte? Sie *hat*. Für meine Mutti ist sie immer nur gerade in Münster. Ihr Zimmer ist noch so, wie sie es damals verlassen hat.« Schwerfällig erhob sich der Mann »Das ist doch nun schon so lange her. Gibt es da immer noch Fragen? Das ist doch alles ganz klar, dass mein Bruder diese Sache durchgezogen hat.«

»Nur noch ein paar Kleinigkeiten, um den Fall endgültig abzuschließen. Kann man das Zimmer mal sehen?«, fragte Roolfs.

»Brauchen Sie dazu nicht einen Durchsuchungsbefehl?«, fragte der Sohn angriffslustig.

»Ich freue mich, dass Sie gern Fernsehkrimis sehen. Es heißt übrigens Durchsuchungsbeschluss. So ein Ding kann ich Ihnen in einer halben Stunde besorgen.«

»Ist was mit Steffi?«, fragte die Frau.

»Alles in Ordnung, Mutti. Die Männer wollen nur mal ihr Zimmer angucken.«

Sie folgten dem Sohn, der sie über eine schmale Treppe nach oben führte. Mehrere der Teppichstangen auf den Stufen hatten sich gelöst.

»Das kann aber gefährlich werden«, sagte Habbo Janssen und schob eine Stange zurück in die Halterung.

»Alles Schicksal. Kummt as kummt. Nützt alles sowieso nix«, knurrte der Sohn. »Hier isses.«

Der Raum erinnerte Gerrit Roolfs an ein Jugendzimmer aus den siebziger Jahren. Eine Kombination von Bett, Nachttisch und Kleiderschrank auf der rechten Seite war in grünen und braunen Farben gehalten. Vor dem großen Fenster stand ein Schreibtisch. Die linke Wand wurde von Bücherregalen eingenommen.

Der Sohn stand breitbeinig in der Tür und sah Janssen und Roolfs misstrauisch an.

»Wir sehen uns hier mal gründlich um. Ist das in Ordnung?«, fragte Janssen betont freundlich und wandte sich dann an seinen Kollegen. »Lass mich das man machen, Gerrit. Du weißt ja, das ist meine Spezialität. Du musst mir nur meine Flasche Wasser aus dem Auto bringen. Wenn ich hier durch bin, rufe ich an und lass mich abholen.«

Roolfs nickte. Habbo Janssen würde den Raum akribisch untersuchen, er würde alle Bücher und Aktenordner durchblättern, alle Papiere überfliegen und auch noch nach Stunden nicht den kleinsten Hinweis übersehen.

97

Theda van Immen ging die Unterlagen noch einmal durch.

»Na, Theda«, brummte Kriminaldirektor Uphoff. »Lässt Axel de Groot dich immer noch nicht los?«

»Wir müssen damals irgendetwas übersehen haben«, antwortete sie. »Chris Gronewold hat damals unheimlich viel Druck gemacht. Damals stand irgendeine Eröffnungsfeier in Hillersum an. Alles musste schnell gehen, weil der Fürst Ruhe im Karton haben wollte. Staatsanwalt Iderhoff hat alle Nase lang angerufen.«

Theda van Immen breitete noch einmal die Fotos aus, die damals am Tatort gemacht worden waren.

»Theda, ich weiß, dass du einen Instinkt hast. Aber wir haben verdammt wenig Zeit. Der Staatsanwalt steht morgen früh schon wieder auf der Matte. Er will die Mord-Selbstmord-Kiste durchziehen. In ein paar Tagen fängt die Bücherwoche an. Alle Hotels und Hundehütten sind ausgebucht. Der Fürst hat sogar sein Geburtstagskonzert in die Hillersumer Kirche verlegt ... Theda? Ist alles in Ordnung?«

Uphoff bemerkte, dass Theda van Immen auf eines der Fotos starrte. Sie flüsterte: »Ein Ring. Er trägt einen Ring.«

»Ja, natürlich«, antwortete Uphoff. »Axel de Groot war verheiratet.«

»Aber seinen Ehering hat er nicht getragen. Der hängt jetzt bei seiner Frau an einer Halskette.«

»Sie wird ihn bekommen haben, bevor er beerdigt wurde.«

»Das werden wir sehen«, sagte Theda van Immen.

98

Habbo Janssen hatte über zwei Stunden lang akribisch das Zimmer von Stefanie Jakobsen durchsucht. Er wusste nicht, wie Stefanies Zimmer in ihrem Elternhaus ausgesehen hatte, aber alles, was sie für ihr Studium brauchte, schien sich hier zu befinden.

Habbo Janssen schaltete den Computer ein. Das Verzeichnis wies nur Ordner auf, die mit ihren Studienthemen benannt waren. Im Ordner mit dem Titel »Privat« befanden sich eine Liste mit Geschenkideen zu Weihnachten und ein paar nichtssagende Briefe an ehemalige Schulfreundinnen. Sicher müsste jemand den Computer anschauen und die Mails abfragen, der mehr von diesen Dingen verstand als er, dachte Janssen und schaltete ihn wieder aus.

Er hatte alle Bücher durchgeblättert und außer Lesezeichen, Quittungen und Einkaufszetteln nichts darin gefunden. Einige der Quittungen hatte er auf den Schreibtisch gelegt, um sie nachher mitzunehmen. Es handelte sich um einen Beleg für eine Hotelübernachtung und einen für ein Essen in einem recht teuren Restaurant.

In den Bücherreihen waren Lücken. Auch wenn Janssen Stefanies Bibliothek fachlich nicht beurteilen konnte, sah er doch, dass aus einigen mehrbändigen Reihen einzelne Bücher fehlten und andere Lücken darauf hinwiesen, dass hier jemand bestimmte Bücher herausgenommen hatte.

Die Durchsicht von Kleiderschrank und Schreibtisch hatte ebenfalls nichts ergeben. Habbo Janssen hatte den Eindruck, dass Stefanie Jakobsen unauffällige Kleidung in gedeckten Farben bevorzugte. Aber sicher hatte sie in ihrem Elternhaus noch einen Kleiderschrank gehabt.

Der Terminkalender wies nur wenige Eintragungen auf. Offensichtlich hatte Stefanie ihre Semestertermine und die regelmäßigen Arbeitszeiten bei ihrem Professor nicht eingetragen. Janssen legte den Kalender auf den Schreibtisch. Er sah auf das Foto, das er sich vorhin von Stefanies Tante hatte geben lassen. Es zeigte eine große, kräftige, fast schon etwas korpulente junge Frau, die Haare kurz geschnitten, kein Schmuck, eine auffallend unmodische Brille.

Bei der Durchsicht ihrer Aktenordner gewann Janssen den Eindruck, dass Stefanie eine überaus diszipliniert arbeitende Studentin gewesen sein musste. Alle Ordner hatten Inhaltsverzeichnisse und waren sehr sauber geführt. In viele Bücher waren am Rand mit sauberer Hand Bleistifteintragungen vorgenommen worden, in keinem der Bücher war etwas mit Textmarker angestrichen.

In einem Ordner waren Stefanies Seminararbeiten und Referate abgeheftet. Die schlechteste Note war eine Zwei. Fast alle Arbeiten waren mit *sehr gut* bewertet worden, und die Beurteilungen lobten die präzise und textgenaue Arbeit der Studentin, ihr umfangreiches Fachwissen, ihre Fähigkeit, Zusammenhänge zu erkennen und unterschiedliche Themen in Beziehung zueinander zu setzen. Fast alle Beurteilungen bescheinigten ihr ein außergewöhnliches Maß an sprachlichem Ausdrucksvermögen.

Janssen legte die Ordner einen Moment zur Seite. Von den Themen, mit denen sich Stefanie beschäftigt hatte, verstand er nichts. Er hatte auch nicht den Eindruck, dass sich hier ein Hinweis auf ein mögliches Motiv für die beiden Morde fand.

Die einzige Verbindung zwischen Stefanie Jakobsen und

Ulli de Groot war de Groots Beteiligung am Bau einer Hotelanlage, deren Scheitern Stefanies Vater dazu getrieben hatte, sich und seiner Familie das Leben zu nehmen. Nichts von dem, was sich in diesem Raum befand, stellte eine Verbindung zu diesen Ereignissen dar. Oder doch? Vielleicht würde man diese Verbindung nur sehen, wenn man sie kannte.

Habbo Janssen lehnte sich zurück. Stefanie Jakobsen war für ihn ein Rätsel. Wie konnte eine so begabte junge Frau ein so unauffälliges Leben im Schatten ihrer Eltern führen? Wo war überhaupt ihr Privatleben? Aber wenn es stimmte, dass sie so in den Betrieb ihres Vaters eingespannt gewesen war, dann war ihr neben dem Studium auch nicht viel Freiraum für ein Privatleben geblieben. Die wenigen Kontakte, die man zu Freundinnen und Freunden recherchiert hatten, waren eher oberflächlich. Die Befragten wussten wenig von ihr. War das ihr Leben? Oder gab es noch ein anderes Leben, das sich hinter diesem Leben verbarg?

Habbo Janssen ließ seinen Blick noch einmal durch das Zimmer schweifen. Er stutzte einen Moment. Erst jetzt sah er hinter den Bücherregalen eine kleine Tür, die zur Abseite führte. *Unner't Öken* wurde dieser kleine Verschlag im Plattdeutschen genannt. Bei sich zu Hause hatte er diese Abseiten zwischen Zimmerwand und Dach ebenfalls ausbauen lassen, um Koffer, Kartons mit Weihnachtsschmuck und andere Dinge zu verstauen.

Habbo Janssen begann, das Bücherregal auszuräumen. Die Regalflächen vor der Tür waren nur mit Ordnern vollgestellt, und die Böden ließen sich leicht herausnehmen.

99

Der Bestatter holte weit mit dem Golfschläger aus und schlug ab. Auf der Projektionsfläche wurde der Flug des Golfballs simuliert, der zielsicher auf das Fähnchen zuflog. Als der Ball kurz vor dem Loch landete und den Sand verspritzte, war aus den Lautsprechern respektvoll verhaltener Beifall zu hören.

»Tolles Spielzeug, nicht wahr?« Der Bestatter trug zu schwarzer Anzugshose und schwarzer Krawatte eine gelbe Strickjacke und hatte tatsächlich eine Golfmütze aufgesetzt. »Fragen Sie mich nicht, wie das funktioniert. Wenn ich mit dem Schläger über diesen Sensor gehe, misst er genau die Richtung und die Geschwindigkeit. Dann kombiniert er das mit den simulierten Wind- und Wetterverhältnissen und berechnet die Flugbahn. Man kann dem Ball hinterhersehen, man kann aber auch mit ihm fliegen. Das schmeißt der Beamer hier alles an die Wand. Genial, was?«

Theda van Immen nickte. Warum brauchten Männer immer Spielzeug, um bei Laune zu bleiben?

Der Bestatter speicherte den Spielstand ab. Dann erschien das Menü auf der Projektionswand. »Sehen Sie mal«, sagte er, wie ein kleiner Junge, der in der Schule seinen staunenden Klassenkameraden das neueste Rennauto mit Fernsteuerung vorführte. »Hier kann man zwischen zwanzig Golfplätzen wählen. Und zwischen acht Schwierigkeitslevels. Wind, Wetter, Gegner, Zufallsfaktoren, das kann man alles variieren. Sie sind wegen der Beisetzung von Axel de Groot hier, nicht wahr?«

Abrupter Themenwechsel. Umso besser, dachte van Immen. Wer weiß, was für Computerspiele er noch auf Lager hat. »Ja, wir beide haben vorhin telefoniert. Ich habe nur eine kurze Frage: Sie haben damals die Leiche zur Beisetzung hergerichtet?«

»Ja. Der Chef persönlich. Ich bin mit Axel zur Schule gegangen. Das ist Ehrensache. War das schon die Frage?«

»Das war nur das Vorgeplänkel. Die Frage kommt jetzt. Auf den Fotos vom Tatort trägt Axel de Groot einen Ehering. Wo ist der geblieben?«

»Six feet under«, stellte der Bestatter fest. »Den hat er behalten, und mit dem ist er beerdigt worden. Glauben Sie etwa die Geschichten, dass die Bestatter den Toten ihren Schmuck abnehmen, um damit teure Golfsimulationen zu kaufen?«

»Sind Sie sich sicher?«

»Absolut. Bei Axel weiß ich das wirklich ganz genau. Wenn Sie sich einen Moment gedulden, kann ich auch noch einmal nachschauen.«

Er kam nach wenigen Minuten mit einem Ordner zurück. »Hier ist es. Wir schreiben immer auf, was mit in den Sarg kommt. Und dann machen wir noch ein Foto.«

Er blätterte im Ordner und schlug dann die gesuchte Seite auf: »Sehen Sie hier. Der Ring ist eindeutig erkennbar.«

»Sie haben nicht zufällig ein größeres Bild von dem Ring gemacht oder die Inschrift irgendwo notiert?«

Der Bestatter schüttelte den Kopf. »Warum sollte ich?«

»Haben Sie Sabine de Groot gefragt, ob der Ring mit beerdigt werden soll?«

»Ja. Normalerweise bekommt der Ehepartner automatisch den Ring. Aber als die Polizei den Toten freigab, musste alles sehr flott gehen. Und Sabine, die sonst immer so cool wirkt, war ziemlich durch den Wind. Sie hat gesagt, ich sollte Axel so beerdigen, wie er war. Auch mit seinem Schmuck. Er trug immer einen Ohrstecker mit einem Rubin und eine Halskette mit seinem Sternzeichen. Damit ist er auch beerdigt worden. Natürlich hat er einen Anzug anbekommen. Ist klar. Ist etwas nicht in Ordnung?«

»Nein, im Gegenteil. Danke, Sie haben mir sehr geholfen. Können Sie mir von den Unterlagen eine Kopie machen?«

»Na klar, dauert nur einen Moment«, sagte der Bestatter. Er hielt Theda van Immen den Golfschläger hin. »Wollen Sie mal ausprobieren? Es gibt auch ein Anfängerprogramm.«

100

Kriminaldirektor Lothar Uphoff schrieb alles mit, was ihm sein Anrufer mitteilte. Der Name des Staatsanwaltes stand in der Mitte des Blattes und war eingekreist. Daneben standen die Namen von Axel und Ulli de Groot, Chris Gronewold, Petra Lütjendörp. Der Geschäftsführer des Bücherdorfes und ein paar andere waren auch noch dabei. Darunter standen Stichworte.

»Und das kann man alles nachprüfen?«, fragte er zurück.

»Das ist euer Job«, antwortete sein Gesprächspartner. »Ich kann dir nur mitteilen, was ich so mitbekommen habe. Aber mein Name bleibt auf jeden Fall aus dem Spiel. Und …«

»Ich weiß«, antwortete Lothar Uphoff. »Ich schulde dir einen Riesengefallen. Du bekommst alle Informationen früher und ausführlicher als deine Kollegen.«

»Du weißt, was sich gehört, Lothar. Darum kommen wir immer gut ins Geschäft. Bis bald.« Er legte auf.

Lothar Uphoff machte eine Liste. Er wusste, dass er nun sehr vorsichtig sein musste. Nur in besonderen Notfällen nahm er Kontakt zu seinem alten Bekannten auf, der über Informationsquellen verfügte, über die Uphoff nur staunen konnte. Seine Vermutungen konnte er nicht offiziell überprüfen lassen. Er konnte nur an einigen Stellen sehr behutsam nachfragen, wo er sich auf die Diskretion anderer verlassen konnte. Als er die Liste durchsah, fiel ihm ein Mann ein, der ihm einen Gefallen schuldete, und ein anderer kam ihm in den Sinn, der vielleicht gern etwas bei ihm guthaben würde.

Uphoff griff wieder zum Telefon.

101

Während Habbo Janssen bei der Team-Besprechung von seiner Suche in Stefanies Zimmer erzählte und seine wenigen mitgebrachten Schätze ausbreitete, merkte man Theda van Immen ihre Ungeduld an. Sie nahm sich zusammen. Erst als Habbo eine Teekiste aus Blech auf den Tisch stellte, wurde sie neugierig.

»Briefe«, sagte er. »In einem Verschlag *unner't Öken* hatte sie ein paar Sachen versteckt. Eine Art Tagebuch, in dem immer kurz notiert ist, was sie an dem Tag gemacht hat. Ein paar schicke Kleider. Die sind noch im Auto. Und diese Briefe. Eigenartig ist, dass sie nicht an Stefanie geschrieben wurden, sondern an eine ›Gesine‹. Unterschrieben sind sie von einem ›Erik‹. Briefumschläge sind nicht dabei, so dass wir außer den Vornamen nichts haben. Ob das Freunde von Stefanie waren? Aber warum hat sie dann nur die Briefe von Erik? Oder ist sie selber Gesine? Vielleicht muss sich das mal eine Frau durchlesen.« Er sah Theda van Immen erwartungsvoll an.

»Mach ich, Habbo, gib schon her. Kann ich jetzt weitermachen?«

Uphoff nickte. Van Immen berichtete von de Groots Ehering und von ihrem Besuch bei dem Bestatter. »Und bei Ulli de Groot ist es nicht anders«, fuhr sie fort. »Sein Ehering liegt zu Hause bei seiner Witwe. Das hat sie mir bestätigt, ich habe sie vorhin angerufen. Sie sagt, dass sie die Ringe nur auf dem Standesamt getragen haben. Und der Bestatter hat gesagt, dass auch Ulli mit Ring beerdigt wurde. Seine Witwe hat sich um nichts weiter gekümmert und alles Sabine überlassen. Und die ist davon ausgegangen, dass es Ullis eigener Ehering war, und dass seine Witwe keine gesteigerten Wert darauf legen würde, den Ring zu bekommen. Da Ulli de Groots Witwe ihren Mann nicht im offenen Sarg gesehen hatte, wusste sie nicht, dass er mit einem Ring beerdigt worden ist.«

Alle in der Runde sahen die Kommissarin an.

»Von uns glaubt ja wohl keiner, dass das Zufall ist«, sagte Theda van Immen. »Fragt sich nur, ob diese beiden Ringe zusammengehören und wer ihnen diese Ringe an den Finger gesteckt hat. Dann wissen wir auch, wer die beiden auf dem Gewissen hat.«

»Dazu müssen wir die Ringe erst einmal haben«, bemerkte Habbo Janssen trocken.

102

Am nächsten Morgen stürmte Staatsanwalt Iderhoff in das Polizeikommissariat. Er knallte die Tür hinter sich zu und ging mit vorgebeugtem Kopf und stampfenden Schritten wie ein kampfbereiter Stier auf Uphoffs Büro zu. Van Immen, Janssen und Roolfs folgten ihm auf dem Flur, um notfalls einzugreifen.

Ohne anzuklopfen ging der Staatsanwalt in Uphoffs Büro und knallte ihm ein Fax auf den Schreibtisch. »Haben Sie mir diesen Unsinn heute Morgen gefaxt?«, knurrte er Uphoff wütend an.

Als Uphoff aufsprang und sich mit seinen fast zwei Metern vor ihm aufbaute, wich sein Besucher zurück. Lothar Uphoff sagte mit ruhiger, fester Stimme: »Haben Sie Zweifel an der Gültigkeit meiner Unterschrift?«

Staatsanwalt Iderhoff konnte seinen Zorn kaum unterdrücken. »Sie wollen im Ernst, dass wir die Gräber von Ulli und Axel de Groot öffnen? Haben Sie sie noch alle beieinander? Das ist ein absoluter Skandal. Sie sind gar nicht mehr fähig, ihre Dienststelle zu leiten. Ich werde dafür sorgen ...«

»Jetzt ist aber Schluss«, sagte Uphoff eine Spur schärfer. »Ich habe die Exhumierung der Gräber beantragt, weil eine wichtige Spur aufgetaucht ist. Wir müssen jedem Hinweis nachgehen. Und solange ich hier noch der Häuptling bin, wird hier saubere Arbeit geleistet, egal, wie vielen Leuten ich damit auf die Füße trete.«

»Ja«, zischte Iderhoff zurück. »Aber so lange werden Sie hier nicht mehr der Häuptling sein. Ganz oben beobachtet man ihren Führungsstil und ihre Arbeitsmethoden mit Irritation. Wenn Sie diesen Antrag nicht zurücknehmen, dann werde ich persönlich dafür sorgen ...«

Wieder gelang es Uphoff, seine Wut zu unterdrücken. »Darf ich fragen, was in diesem Fall ›ganz oben‹ heißt? Ich meine diese Frage sehr konkret. Ich möchte gern die Namen derer hören, die an unserer Arbeitsweise etwas auszusetzen haben. Manches Missverständnis lässt sich ja in einem persönlichen Gespräch klären.«

Der Staatsanwalt explodierte. »Was bilden Sie sich denn ein, in welcher Liga Sie hier mitspielen? Wenn ich hier mit Ihnen rede, dann ist das so, als ob ...«

»... der Fürst persönlich mit mir redet?«, ergänzte Lothar Uphoff. »Wollten Sie das sagen? Nun, da rede ich lieber gleich mit dem Fürsten. Das habe ich heute Morgen übrigens auch schon getan. Wir haben uns ganz ausführlich über den Fall im Allgemeinen unterhalten und auch über Sie.«

»Was unterstehen Sie sich?«

»Ich belle nicht mehr. Ich beiße nur noch.«

Staatsanwalt Iderhoff war verunsichert. »Wie soll ich das verstehen?«

»Der Fürst hat mir gesagt, dass er natürlich ein Interesse hat, alle Mordgeschichten von seinem geliebten Bücherdorf fernzuhalten. Aber er hat mir auch in die Hand versprochen, dass er zu keiner Zeit Einfluss auf die Ermittlungen genommen hat und dass seines Wissens auch kein Mitglied der Regierung einen solchen Versuch unternommen hat. Deshalb möchte ich jetzt von Ihnen Namen hören. Wer ist ›ganz oben‹?«, fragte Uphoff scharf

Iderhoff wollte etwas erwidern, konnte Uphoff aber nur anstarren.

»Nehmen Sie doch Platz«, forderte Uphoff ihn auf, »im Sitzen spricht es sich besser. Im Grund freue ich mich über Ihren Besuch, Herr Iderhoff. Ich habe ohnehin einige Fragen an Sie, was gewisse Unregelmäßigkeiten in der Geschäftsführung des Bücherdorfes angeht.«

Der Staatsanwalt blieb stehen. »Ich war zu keinem Augenblick mit der Geschäftsführung des Bücherdorfes beauftragt.«

»Das ist richtig. Aber es gibt da so ein paar Dinge, die Sie mir erklären müssen. Ihre Frau ist Anwältin für Familienrecht. Sie hat von der Geschäftsführung des Bücherdorfes innerhalb von drei Jahren eine fünfstellige Summe für steuerrechtliche Beratungen erhalten. Worin diese Beratungen bestanden haben sollen, ist aber nirgendwo dokumentiert.«

Iderhoff hatte Mühe, sein Erschrecken zu verbergen. »Also, das sind ja wohl Angelegenheiten meiner Frau. Und das wurde alles sauber gebucht und verrechnet.«

»Sie haben in dieser Zeit einen Liegeplatz im Itzumersieler Jachthafen bekommen. Axel de Groot war damals zweiter Vorsitzender des Vereins, und er hat Ihnen eine Jacht für die Hälfte des Neupreises verkauft.«

»Das war ja wohl seine Sache. Die Jacht war gebraucht.«

»Stimmt. Sie war gerade sechs Wochen vorher nagelneu von de Groot gekauft worden«, konterte Uphoff. »Wir werden noch mehr Zufälle dieser Art finden, zum Beispiel ein Baugrundstück für ein Ferienhaus am Hillersumer Meer, das Ihnen ein Mitarbeiter von Petra Lütjendörp für einen Spottpreis überlassen hat. Komisch, nicht? Sie scheinen ja viele Sympathiepunkte zu besitzen.«

»Wollen Sie damit etwas andeuten?«, fragte der Staatsanwalt giftig.

»Im Stadium der Andeutung halte ich mich längst nicht mehr auf. Sie waren damals verantwortlich für eine äußerst schlampige Untersuchung, als das Projekt der Ferienanlage für Familien in Hillersum gescheitert war. Es gab in der Zeit danach mehrere Anfragen und Beschwerden über die Praktiken der Geschäftsführung im Bücherdorf, Verträge, Verkäufe, Vergabe von Aufträgen, Genehmigungsverfahren. Und komischerweise wurden all diese Anfragen und Beschwerden abgeblockt. Und da taucht immer Ihr Name auf. Eigenartig, nicht wahr?«

»Ich muss mir das nicht bieten lassen. Das sind ungeheuerliche Unterstellungen, für die Sie keinerlei Beweise haben. Alles Übrige regeln Sie bitte mit meinem Anwalt. Wenn ich mit Ihnen fertig bin, Uphoff, dann wünschen Sie sich in Ihre Reha zurück.« Staatsanwalt Iderhoff drehte sich um zur Tür.

»Sie haben jetzt zwei Möglichkeiten«, sagte Uphoff. »Wenn Sie diesen Raum verlassen, dann werde ich gegen Sie eine Breitseite loslassen, von der Sie sich nie wieder erholen werden. Auch wenn ich dann einen zweiten Schlaganfall bekomme. Das ist es mir wert. Ich möchte, dass Sie mir sofort diese Anträge auf Exhumierung unterschreiben, damit ich das dem Richter vorlegen kann. Und dann werden Sie sich aus dem Fall heraushalten. Absolut. Vielleicht überlege ich mir dann, mit einigen Informationen zurückhaltend zu verfahren.«

»Geben Sie her«, sagte der Staatsanwalt tonlos und machte sein Namenskürzel auf die Formulare, die Uphoff vor ihm auf dem Schreibtisch ausgebreitet hatte. Dann stand er auf und verließ den Raum.

Uphoff ließ sich in seinen Sessel fallen. Auf einmal fühlte er sich alt und erschöpft. In der Tür sah er Gerrit Roolfs und Theda van Immen, die diese Auseinandersetzung atemlos verfolgt hatten. »Einer von euch beiden muss mich jetzt nach Hause fahren. Das hat mir gelangt für heute, auch wenn es erst Vormittag ist.«

103

Schon am nächsten Vormittag lagen zwei Ringe auf einer Schale mitten auf dem Konferenztisch. Uphoff und sein Team saßen rund um den Tisch.

»Die Ringe sind ganz besonders gearbeitet«, erklärte Theda van Immen.

»Was für Namen stehen drin?«, unterbrach Habbo Janssen.

»In dem einen Ring ist der Name ›Erik‹ eingraviert, und in dem anderen steht der Name ›Gesine‹. Und in beiden Ringen steht ein Datum. Es ist der 2. August 2005.«

»Das sind die Namen aus den Liebesbriefen im Zimmer von Stefanie Jakobsen«, stellte Habbo Janssen fest.

»Dann müssen wir also nur noch alle Standesämter abfragen …«, begann Gerrit Roolfs.

»Nein, nein, so einfach ist das nicht«, unterbrach ihn Theda van Immen. »Vielleicht haben ja tatsächlich eine Gesine und ein Erik an diesem Tag geheiratet. Ich denke aber, dass sie sich nur verlobt haben.«

»Also hat beiden der Mörder die Ringe angesteckt«, stellte Janssen fest.

»Oder jemand anders, als sie tot waren. Aber Axel de Groot wurde ja schon wenige Minuten nach seinem Sturz gefunden. Es spricht doch eigentlich alles dafür, dass es der Mörder oder die Mörderin war. Somit können wir davon ausgehen, dass der Tod von Axel de Groot kein Unfall war, sondern Mord.« Van Immen sagte das abgeklärt, ohne eine Spur von Triumph. Sie wusste, dass sie das in diesem Team nicht nötig hatte.

»Ich werde mich bei allen ostfriesischen Zeitungen melden und nachfragen, ob es um das Datum herum eine Verlobungsanzeige mit diesen beiden Vornamen gibt«, erklärte Habbo Janssen.

Uphoff dachte laut: »Erik und Gesine sind verlobt oder verheiratet. Jemand bringt den Tod von Axel und Ulli de Groot mit diesen beiden in Verbindung, vielleicht waren das sogar Erik oder Gesine. Oder beide. Katja Tiedgen wiederum wird durch die Mordwaffe mit Ullis Tod in Verbindung gebracht.«

»Welche Verbindung besteht zwischen Gesine und Erik und den beiden de Groots?«, ergänzte Janssen. »Wenn Gesine identisch ist mit Stefanie Jakobsen, wer ist dann Erik?«

»Wir sind ganz dicht dran«, flüsterte Roolfs. »Wir brauchen noch ein, zwei Tage, dann haben wir ihn. Mit Sicherheit. Das spüre ich. Das weiß ich.«

104

Als Johannes Fabricius etwas verstohlen in das Schaufenster der Buchhandlung von Hanna Siefkes blickte, sah sie ihn im gleichen Augenblick an. Noch bevor er so unauffällig wie möglich in die Auslagen schauen konnte, winkte sie ihm zu. Hanna Siefkes öffnete die Tür.

»Herr Fabricius, schön, dass ich Sie sehe«, sagte sie mit ihrer wohlklingenden Stimme. »Kommen Sie doch einen Moment rein. Ich möchte Ihnen herzlich danken für die anerkennenden Worte, die Sie über das Gedicht meiner Schwester gesagt haben. Sie hat es ja selber gar nicht gehört, weil sie es in der Gruppe nicht mehr aushalten konnte. Aber die anderen haben ihr gleich erzählt, wie Sie ihr Gedicht interpretiert haben. Haben Sie das irgendwo aufgeschrieben?«

»Ja«, sagte Johannes Fabricius, der keine Ahnung gehabt hatte, dass es sich bei der Seminarteilnehmerin um Hannas Schwester handelte.

»Können Sie auch etwas anderes als ›Ja‹ und ›Nein‹ sagen?«

»Gewiss«, antwortete Fabricius. »Ich habe mir ein paar Stichworte notiert. Ich kann das gern noch einmal verschriftlichen. Ich bringe Ihnen das die Tage vorbei.«

»Sie sind ein Schatz, Herr Fabricius. Das hatte ich Ihnen, ehrlich gesagt, nicht zugetraut. Wegen neulich ... das tut mir leid, dass ich Sie da verdächtigt habe. Ulli hat selber überall herumposaunt, dass er mich hier raussetzen will. Ist ja auch egal. Morgen veranstaltet Charlotte hier bei mir einen Abend mit Texten von Greta Schoon. Vielleicht haben Sie auch Interesse?«

»Ja«, sagte Johannes Fabricus.

105

Am Nachmittag fuhr Fabricius nach Haus in die Westermarsch. Er war mit Gerrit Roolfs verabredet. Roolfs' Wagen parkte schon auf dem Einstellplatz neben Fabricius' Garage.

»Moin, Gerrit, was bringst du Schönes mit?«, begrüßte der Buchhändler den Hauptkommissar, der einen Karton aus dem Kofferraum nahm und ins Haus brachte.

»Das kriegen wir später«, sagte Roolfs und stellte den Karton auf dem Wohnzimmertisch ab. Er informierte Fabricius über den Stand der Ermittlungen und die Spur, die sich über Stefanie Jakobsen und die beiden Ringe ergab, die jemand Axel und Ulli de Groot aufgesteckt hatte.

»So, dann gibt es doch eine Bücherdorf-Mafia. Und ich habe mitgeholfen, sie zu enttarnen«, bemerkte Fabricius. »Und was wird nun aus eurem Staatsanwalt?«

»Lothar sagt, dass entweder ein Verfahren gegen ihn gestartet wird, in dem viele Köpfe rollen werden, oder ...«

»Oder?«, fragte Fabricius.

»Lothar meint, dass es vielleicht auch nicht schlecht ist, jemanden in einer Leitungsposition zu haben, von dem man ein paar Dinge weiß, die niemand wissen sollte«, sagte Roolfs. »Das ist ein taktischer Vorteil, der nicht schaden kann. Er verändert das Machtgefüge.«

»Und Chris Gronewold?«, wollte Fabricius wissen. »Wenn ich dich richtig verstanden habe, hat er als euer kommissarischer Chef auch dafür gesorgt, dass in mehreren Fällen Ermittlungen nicht richtig geführt wurden.«

»Gronewold sitzt schon in der Karriere-Rakete nach Hannover. Ich weiß nicht, ob noch jemand den Countdown aufhalten kann. Dazu haben wir zu wenig Konkretes in der Hand. Man wird sehen.« Gerrit klang resigniert.

Er deutete auf den Karton, den er mitgebracht hatte. »Ich habe eine Bitte an dich. Das sind Stefanie Jakobsens letzte

Arbeiten, ihre Examensarbeit, die ersten Vorarbeiten für ihre Dissertation, ein paar Bücher, in die sie viel mit Bleistift eingetragen hat. Außerdem ist da eine Blechdose mit Briefen drin. Kannst du dir das mal anschauen? Vielleicht kannst du dir auch mal ihr Arbeitszimmer ansehen.«

Johannes sah seinen Freund etwas ratlos an. »Wonach soll ich suchen, Gerrit?«

»Ich weiß es nicht. Nach irgendeiner Spur, die uns zu Erik und Gesine führt. Vielleicht können die uns weiterhelfen. Gibt es irgendeinen Hinweis, wer die beiden sind? Handelt es sich um Stefanie Jakobsen und ihren Freund? Wer ist dieser Freund? Versuche ganz einfach, möglichst viel über Erik und Gesine herauszufinden. Sie diskutieren über Bücher. Das ist deine Welt.«

Fabricius breitete die Unterlagen aus dem Karton auf seinem leergeräumten Schreibtisch aus. Dann begann er zu lesen und sich Notizen zu machen. Er vergaß die Zeit, aß zwischendurch Brote und trank den im Becher erkalteten Kaffee. Selten hatte ihn die Lektüre einer wissenschaftlichen Arbeit derart fasziniert.

In ihrer Magisterarbeit beschäftigte sich Stefanie Jakobsen mit einem englischen Autor, dessen Text Händel für seine Ode zum Geburtstag von Queen Anne verwendet hatte. Mit diesem Werk und anderen Kompositionen zu Staatsfesten hatte Händel sich innerhalb kurzer Zeit am englischen Hof und in der Londoner Gesellschaft als Komponist etabliert.

Stefanie analysierte die Geburtstagsode für Queen Anne, schlüsselte die Metaphern auf, sezierte den Aufbau des Werkes, beschrieb die kulturgeschichtlichen Hintergründe. Am Ende gelang es ihr, aus all diesen Einzelteilen ein farbiges, lebendiges und eindrückliches Bild dieses Textes und seiner Entstehungszeit zusammenzusetzen. Fabricius war beeindruckt.

Fabricius suchte die CD aus seinem Regal heraus, auf der James Bowman die Eingangsarie dieser Ode sang: Musik, die für eine alternde Königin komponiert war und die ihr Leben noch einmal in warmem Glanz erscheinen ließ. Man wusste noch nicht einmal, ob Queen Anne dieses innige Zwiegespräch zwischen menschlicher Stimme und Trompete überhaupt an ihrem Geburtstag gehört hatte. Vielleicht hatte sie diese Musik wegen ihrer Krankheit erst am nächsten Geburtstag gehört, am letzten Geburtstag ihres Lebens.

Fürst Carl Edzard hatte sich diese Musik für den sechzigsten Geburtstag seiner Frau im kommenden Jahr gewünscht. Als Sängerin sollte niemand Geringeres als die englische Sopranistin Emma Kirkby für dieses Konzert gewonnen werden. Würde Fabricius tatsächlich einmal im Leben als Orchestermitglied ein gemeinsames Konzert mit der von ihm so verehrten Künstlerin erleben?

Das Telefon klingelte und riss ihn aus seinen Fantasien. »Hallo, Johannes, hier ist Gerrit. Ich habe bei der Oma von Stefanie Jakobsen angerufen. Ich habe mit dem Sohn gesprochen, der bei ihr wohnt. Du kannst jederzeit vorbeikommen und dir ihr Arbeitszimmer ansehen. Falls niemand da ist, gehst du in das Nachbarhaus. Da wohnt der andere Sohn. Denen habe ich Bescheid gegeben. Die geben dir den Schlüssel. Die Adresse hast du ja. Meistens sind sie im Garten. Wie weit bist du?«

»Ich habe den Mörder«, antwortete Fabricius.

»Du hast … ?!«

Fabricius lachte. »Nein, keine Angst, Gerrit, das überlasse ich euch. Es ist eben so, dass Stefanies Arbeiten nur von Gedichten handeln. Ich weiß überhaupt nicht, ob da irgendetwas zu finden ist, was Licht in Stefanies Leben wirft. Dass sie wirklich eine großartige Wissenschaftlerin ist und fabelhaft schreiben kann, wisst ihr ja schon von ihrem Professor. Von dem brauche ich übrigens auch noch eine Adresse.«

Er legte auf. Fabricius beschloss, jetzt gleich das Zimmer von Stefanie Jakobsen anzusehen. Er hatte den ganzen Nachmittag über ihren Arbeiten verbracht und alle Briefe durchgelesen. Ein bisschen Abwechslung würde ihm guttun.

106

Der Sohn von Stefanie Jakobsens Großmutter ließ Fabricius mit abweisendem Blick hereinkommen und führte ihn in das Zimmer. Er blieb in der offenen Tür stehen, in der einen Hand eine Zigarette, in der anderen Hand einen Kunststoffaschenbecher. Er sah Fabricius misstrauisch an.

»Ist Ihre Mutter gar nicht da?«, fragte Fabricius.

»Die ist in der Kurzzeitpflege«, brummte er. »Ich fahre morgen für vierzehn Tage weg. Und mein Bruder und meine Schwägerin werden übermorgen für ein paar Tage ins Allgäu fahren. Die Nachbarn haben zwar einen Schlüssel, aber wir können Mutti nicht allein im Haus lassen.«

Was sollte Johannes Fabricius noch finden, wenn Habbo Janssen vorher alles gründlich durchgesehen hatte? Er wusste selbst nicht, was er in Stefanies Zimmer wollte. Vielleicht eine Art Kontaktaufnahme zu der jungen Frau, die sich hier so oft aufgehalten hatte.

Fabricius sah sich noch einmal das Bücherregal an, besonders die Lücken interessierten ihn. »Ich habe eine Buchhandlung in Norden. Wenn Sie wollen, kann ich die Bücher in Kommission nehmen und verkaufen.«

»Und was springt dabei so heraus? Ich lese keine Bücher, aber das sind doch bestimmt Werte?« Mit seinem Daumen rieb er Zeige- und Mittelfinger.

107

Der Ausflug zu Stefanies Großmutter hatte ihm keine neue Erkenntnis gebracht. Fabricius saß an seinem Schreibtisch und blickte in die weite Westermarscher Landschaft, die er auf einmal sah wie die Gemälde in der Akademie: weite grüne Flächen, vereinzelte dunkelgrüne Striche und rote Flecken und darüber eine himmelblaue Unendlichkeit.

Fabricius dachte über die fehlenden Bücher im Regal nach. Vielleicht hatte Stefanie diese Bücher nach Münster mitgenommen, wo sie dann in ihrem Zimmer oder an ihrem Arbeitsplatz an der Uni gestanden hatten. Aber wo waren sie jetzt?

Fabricius nahm sich Stefanie Jakobsens Examensarbeit noch einmal vor.

Für Erik stand im kurzen Vorwort der Magisterarbeit, in dem sich Stefanie bei allen bedankte, die ihr bei der Arbeit geholfen hatte. Bei der ersten Lektüre hatte Fabricius das Vorwort gar nicht gelesen. Ausdrücklich erwähnt wurden ihre Oma und ihr Professor.

Stefanie Jakobsen hatte also Erik und damit sicher auch Gesine gekannt. Warum bewahrte sie so persönliche Briefe der beiden auf? Warum war es nicht gelungen, die beiden ausfindig zu machen? Wenn Stefanie in Wirklichkeit Gesine war, wer war dann Erik? Fabricius nahm sich die Briefe vor.

Als er seine Lektüre der Briefe beendet hatte, hatte Fabricius keine Zweifel mehr. Gesine konnte niemand anders sein als Stefanie Jakobsen selbst. Schrieb sie ihre Briefe an Erik so wie eine Abhandlung über Literatur? Auch hier war ihre Ausdrucksweise präzise, klar, durchdacht. Die Bilder stimmten, jeder Ausdruck saß. Oder schrieb sie ihre literaturwissenschaftlichen Texte wie Liebesbriefe? Hinter der zurückhaltend formulierten Sprache war hinter jeder Zeile die Liebe zur Literatur zu spüren.

Schon während Johannes Fabricius in dem Papierstapel auf dem zweiten Schreibtisch suchte, wusste er, dass er die Antwort gefunden hatte. Vor sich hatte er den Aufsatz, den er vor ein paar Tagen zur Lektüre bekommen hatte. Und nun legte er das Vorwort von Stefanies Magisterarbeit daneben.

Wieder klingelte das Telefon. Roolfs gab die Adresse von Stefanies Professor durch.

»Und? Hast du jetzt den Mörder?«, fragte er.

»Ja«, sagte Fabricius.

»Na, denn ist es ja gut«, antwortete Roolfs.

108

»Moin, Herr Fabricius. Was verschafft mir die Ehre?«

»Hallo, Karsten. Ich bringe Ihnen Ihre Briefe.«

Karsten Rademacher trat einen Schritt zurück. »Meine was?«

»Ihre Briefe. Sie sind doch Erik?«

Karsten stand da und starrte Johannes Fabricius an. Langsam ließ er sich auf einem Sessel nieder.

»Sie hatten mir Ihren Aufsatz über Bücherdörfer gegeben«, sagte Fabricius. »Und als Autorennamen haben Sie Ihren vollen Namen angegeben. Karsten Erik Rademacher. So wie Stefanie auch ihren vollen Namen in ihrer Abschlussarbeit angegeben hat: Stefanie Gesine Jakobsen.«

Zuerst sah es aus, als würde Karsten nach Worten suchen. Aber er schwieg.

»Darf ich …?« Fabricius nahm den Bücherstapel vom anderen Sessel und setzte sich. »Sie haben es nicht wegen Ihres Vaters getan«, sagte er. »Sie haben es wegen Stefanie getan. Die beiden de Groots mussten sterben, weil Sie ihnen die Schuld am Tod von Stefanie Jakobsen geben.«

Johannes Fabricius und Karsten Rademacher schwiegen.

»Sie waren es nicht wert«, erklärte Karsten nach einer Weile. »Mein Vater hat sein Leben für sie geopfert. Und sie, sie waren es einfach nicht wert. Sie haben ein Leben geschenkt bekommen. Meine Mutter sagt immer, dass mein Vater in diesen Leuten weiterlebt. Und was haben sie mit ihrem Leben gemacht? Miese Gaunereien. Diese Idioten mit all ihren Ferienhäusern und teuren Autos und Jachten hatten immer noch nicht die Schnauze voll, und darum musste eine hochbegabte junge Frau sterben. Ihre Arbeiten hätten uns viele Texte des 18. Jahrhunderts ganz neu verstehen gelehrt.«

»Eine hochbegabte Frau, in der Tat«, stimmt Fabricius zu. »Und Ihre Freundin.«

»Sie war die Liebe meines Lebens. Ich liebe sie immer noch. Ich weiß, dass das klingt wie in einem Kitschroman. Ich kenne Stefanie schon aus der Schule. Sie ist ein Jahr älter als ich. Im Studium hatte sie Germanistik als Zweitfach belegt. Bücher waren das Einzige, was ich hatte in den Jahren nach dem Tod meines Vaters. Sonst bestand mein Leben nur in meiner Verantwortung für meine Mutter und meine beiden Schwestern. Und für Stefanie waren Bücher ihre einzige Chance, neben dem Betrieb ihrer Eltern zu überleben. Bücher waren das Einzige, was uns verband. Wir haben gemeinsam gelesen, gearbeitet. Wir haben dann bei einer wissenschaftlichen Tagung über Seumes *Spaziergang nach Syracus* mitgemacht. Daher kenne ich auch Ihren Namen, Herr Fabricius. Ich habe Ihren Aufsatz über Seume gelesen.«

»Warum haben Sie sich beide mit Ihren Mittelnamen genannt?«, fragte Fabricius.

»Unsere Mittelnamen bedeuten, dass es noch eine andere

Seite in unserem Leben gibt als die, die unsere Familien in uns sehen. Bei der Studienfahrt zu Seumes Wirkungsstätten wurden wir ein Paar. Sie wurde Gesine, und ich wurde Erik. Mittelnamen laufen so mit. Auf die achtet keiner. Und doch sollte jeder Name für eine Persönlichkeit stehen.«

»Und das ist bei Ihnen auch so?«, fragte Fabricius.

»Stefanie ist die Tochter eines Firmeninhabers und Karsten ist der älteste Sohn und Ersatzmann eines Vaters, der früh verstorben ist. Gesine und Erik hatten ein anderes Leben vor sich. Ein Leben, in dem wir nicht nur für die Arbeit und unsere Familien funktionieren müssen.«

»Wann haben Sie beschlossen, dass die beiden de Groots sterben müssen?«

»Lange nach dem, was Stefanies Vater seiner Frau und seiner Tochter angetan hat. Ich hasse diesen Mann genau so abgrundtief wie die Leute, die ihn in so eine verzweifelte Lage gebracht haben. Für mich war mein Leben mit Stefanies Tod zu Ende. Ich war wie in einem Loch. Nur die Arbeit hielt mich am Leben. Und dann wurde ein Verfahren gegen die beiden de Groots und einige andere eröffnet, die bei dem Niedergang des Familienhotels in Hillersum viel Geld verdient hatten. Das Verfahren wurde überraschend schnell wieder eingestellt.« Rademacher lachte hart. »Können Sie sich das vorstellen? Die Leute, die meinem Vater ihr Leben zu verdanken haben, sind indirekt für den Tod von Stefanie verantwortlich? Und damit bringen sie auch mich um. Ist schon komisch, was?«

»Durch Ihre Studien über das Bücherdorf konnten Sie überall ein und aus gehen.«

»So war es. Mein Professor war Feuer und Flamme für diese Idee. Er fährt jedes Jahr nach Hay-on-Wye in Wales. Das erste Bücherdorf. Dort gibt es etwa 40 Antiquariate. Können Sie sich so etwas vorstellen? Das Paradies für jeden Bücherdorf-Freak. Ich habe als Praktikant für ein paar Monate in den meisten Buchhandlungen in Hillersum gearbeitet. Dabei habe ich diese Leute, für die mein Vater sich geopfert hat, endlich kennengelernt. Richtig kennengelernt.«

»Sie haben so eine Art Inspektion gemacht?«, wollte Fabricius wissen.

»So in etwa. Ich wollte wissen, was sie alle aus ihrem geschenkten Leben gemacht haben. Ich habe versucht, mir ein Bild zu machen«, erklärte Karsten Rademacher.

»Sie haben überprüft, ob sie es wert waren.«

»Ich habe miterlebt, wie sie ihre Angestellten behandeln, ihre Familien, ihre Kunden. Für die meisten war ich nur der Praktikant. Keiner von ihnen hatte eine Ahnung, wie genau ich sie alle beobachtete. Ich habe ihre Computer angezapft, heimlich ihre Wohnungen durchsucht, Leute befragt. Ich habe über alle ein Dossier geschrieben. Wenn die Polizei an ein paar aufschlussreichen Dokumenten über diese Hotelsache interessiert ist: In dem gelben Ordner da sind die Kopien.«

»Und dann haben Sie entschieden.«

»Ich habe mich bemüht, fair zu urteilen. Hanna Siefkes und Helmut Onninga sind in Ordnung. Anni Wittkamp begann nach dem Unfall sogar ihr neues Leben als frauenliebende Frau. Das ist zwar nicht meine Tasse Tee, aber: Respekt. Günther Neeland ist wahrscheinlich der beste Freund, den sich jemand wünschen kann. Er hat alles für Katja getan. Aber sie ...«

»Sie war es nicht wert. Wollten Sie das sagen? Musste sie darum sterben?«

»Katja wollte an dem Abend zu Ulli. Sie sah mich zu Ullis Haus gehen. Ich wollte mit Ulli klar Schiff machen. Die Waffe mit der Munition hatte ich vorher aus Ullis Ferienwohnung genommen. Den Schlüssel zu bekommen, war nun wirklich kein Problem. Ich bin dann gar nicht zu ihm reingegangen, weil Neelands Auto vor der Tür stand. Erst kurz vor Mitternacht habe ich Ulli de Groot meinen

Besuch abgestattet. Aber Katja hat trotzdem zwei und zwei zusammengezählt.«

»Katja hat Sie erpresst.«

»Geld wollte sie nicht, aber sagen wir mal, sie hatte ein gewisses Interesse an mir. Mir zuliebe ist sie sogar ins Hallenbad gekommen, wo ich ihr eine kleine Überraschung versprochen hatte. Cointreau im Whirlpool. Cointreau war ihr Lieblingsstoff. Und ein paar Zutaten waren auch noch mit drin. Das wird die Gerichtsmedizin alles fein säuberlich aufgelistet haben. Katja war eine unglückliche Frau, die andere unglücklich machte. Für Günther Neeland ist es besser, dass sie nicht mehr da ist, und ihre Tochter ist sowieso bei ihren Großeltern besser aufgehoben. Vielleicht hätte das Vorbild der Mutter später auch mal negativ auf die Kleine abgefärbt. Wer weiß?«

Fabricius musste sich zwingen, nicht darauf einzugehen. Er wollte möglichst viel erfahren. »Und Axel de Groot ?«

»Das war nun wirklich fast ein Unfall. Ich war als Statist bei der Schlacht auf den Wilden Äckern dabei und musste dringend aufs Klo. Da unser Spielleiter schon wegen Axels Handy einen Tobsuchtsanfall bekommen hat, ging ich so unauffällig wie möglich zum Sportlerheim. Kurz danach kam Axel. Ich stellte ihn wegen der Hotelsache zur Rede. Hatte vorher ein paar interessante Papiere gefunden in seinem Haus in Norden. Ein Wort gab das andere, und dann stieß ich ihn die Treppe hinunter.«

»Und steckten ihm den Ring an.«

»Beide, Axel und Ulli, haben unsere Verlobungsringe bekommen. Ich hatte die Ringe immer bei mir. Wir trugen sie nur in Münster, nicht zu Hause. Ich habe sie immer bei mir aufbewahrt, wenn Stefanie ins Wochenende fuhr. Es war eine spontane Idee, Axel den Ring anzustecken. Ich bin davon ausgegangen, dass es niemand bemerkt.«

»Dabei haben Sie sogar fast recht behalten«, erwiderte Fabricius.

»Sagen Sie mal, Sie sitzen hier so ruhig und plaudern mit mir.« Karsten Rademachers Stimme bekam etwas Bedrohliches.

»Ich weiß, dass Sie mir nichts tun«, sagte Fabricius. »Ich war damals nicht dabei im Inselhafen.« Er sah Karsten Rademacher an. »Wer sind Sie, dass Sie den Wert anderer beurteilen?«

»Einer musste es tun. Als diese Leute den Unfall im Hafen hatten, musste einer eine Entscheidung treffen. Das war mein Vater. Er hat entschieden, dass sie es wert sein würden. Er hat ein Urteil gefällt über Leben und Tod. Und jetzt musste einer diese Leute stoppen. Mir steht dieses Urteil genauso so gut und genauso wenig zu wie meinem Vater. Ich habe mit der gleichen Anmaßung geurteilt wie mein Vater. Einer musste es tun. Durch meinen Vater war ich in der Pflicht, dieses Urteil zu fällen.«

»Wenn Ihr Vater Sie jetzt sehen könnte, was meinen Sie? Wären Sie sein Opfer wert gewesen?«, fragte Fabricius. »Wie würde er Sie beurteilen mit dem, was Sie getan haben?«

»Und wenn Sie damals dabei gewesen wären?«, fragte Karsten. »Was meinen Sie, Herr Fabricius, wären Sie so ein Opfer wert gewesen?«

»Vermutlich nicht«, antwortete Fabricius.

109

»Er hat alles gestanden. Alles.« Hauptkommissar Gerrit Roolfs war fassungslos.

»Es war vorbei«, sagte Fabricius. »Er hat seine Aufgabe erfüllt. Auf seiner Liste standen die Namen von Axel und Ulli de Groot. Katja Tiedgen war mit einem Fragezeichen versehen, sie hat es durch ihr Verhalten gewissermaßen selbst in ein Ausrufezeichen verwandelt. Karsten hat alle überprüft, ob sie nachträglich das Opfer wert gewesen waren.«

»Sein Vater war das Opfer?«

»Ja. Und in gewissem Sinne auch er selber. So hat er das verstanden«, erklärte Fabricius. »Als sein Vater starb, war Karsten siebzehn. Und er musste die volle Verantwortung für die ganze Familie übernehmen, für seine Mutter und seine beiden Schwestern. Diese Jahre sieht er als sein Opfer für die Geretteten. Erst mit Stefanie begann dann ein eigenes Leben für ihn. Übrigens: Einiges von dem, was da im Bücherdorf läuft, hat Karsten in seinen Ordnern dokumentiert. Er hat mir seine Sammlung gezeigt wie ein stolzer Briefmarkensammler. Da steckt eine Menge Sprengstoff drin.«

»Wer hat am Familienhotel verdient?«

»Vermutlich wird sich die Liste mit den Ergebnissen eurer Sonderkommission decken. Die beiden de Groots und noch zwei, drei andere. Die de Groots haben horrende Summen und völlig überhöhte Rechungen an beauftragte Firmen bezahlt, und daran ist das Familienhotel kaputtgegangen. «

»Lass mich raten«, sagte Roolfs. »In diesen Firmen hatten die de Groots ihre Aktien drin, und so haben sie mit ihren Verlusten beim Familienhotel gute Gewinne erzielt.«

»So ist es«, antwortete Fabricius. »Das entnehme ich den Unterlagen. Ulli de Groot wollte das Familienhotel eigentlich nicht gegen die Wand fahren. Er hat darauf gehofft, dass einige noch mit viel Geld in das Projekt einsteigen und dass die Anlage am Ende doch gebaut wird. Als er dann einige wichtige Aufträge mit seiner Firma nicht bekam und diejenigen, die er dabeihaben wollte, sich zurückzogen, war das Familienhotel pleite. Und Ulli de Groot fühlte sich als Verlierer, obwohl er eigentlich ganz gut dabei für sich gesorgt hatte. Aber mit einem fertigen Familienhotel hätte er natürlich noch viel mehr verdient. Und auch ein paar andere haben die Hand aufgehalten. Der Geschäftsführer des Bücherdorfes, die Tourismus-Managerin … Und die anderen Namen kennst du.«

»Krino van Westen?«, fragte Roolfs.

»Nein. Er gehört offiziell zu den Verlierern des Projektes Familienhotel. Er ist aber von seinen Partnern gut entschädigt worden. Bei ihm werdet ihr euch die Zähne ausbeißen und nichts erreichen.«

»Petra Lütjendörp?«

»Sie ist wohl die Hauptdrahtzieherin. Sie sitzt seit Jahren unerreichbar auf ihrer steuerfreien Insel und lässt alles durch ihren Mann und die beiden Neffen abwickeln. Karsten hat mir das alles nur im Schnelldurchgang erzählt. Es ist ihm gelungen, bei Axel und Ulli de Groot an gewisse Unterlagen zu kommen. Frage mich nicht, wie er das geschafft hat. Er hat über jeden, der bei dem Unglück gerettet wurde, eine Art Personalakte geführt.«

110

Johannes Fabricius hatte in Hillersum übernachtet, wo bis spät in die Nacht eine Krisensitzung des Bücherdorf-Kuratoriums in verkleinerter Besetzung stattfand. Erst am nächsten Vormittag fuhr er nach Haus in die Westermarsch.

Als Fabricius in sein Wohnzimmer kam, blinkte der Anrufbeantworter. Stefanies Professor hatte eine Nachricht hinterlassen. Fabricius hatte ihn gestern angerufen und gefragt, ob es an irgendeiner Uni jemanden gäbe, der über Stefanies Thema weiterforschen und ihre Aufzeichnungen und Bücher verwenden könnte. Er hörte die Nachricht zweimal ab und machte sich Notizen.

Fabricius schaltete seinen Computer an. Er suchte auf der Homepage einer kleinen Hochschule in Schottland, bis er den Namen von Insa Fuldner fand, die an einer Doktorarbeit über Nicola Franceso Haym schrieb.

Er surfte ein wenig im Internet und fand heraus, dass es sich um einen Musiker und Schriftsteller handelte, der zur Zeit Händels Sekretär der Londoner Operngesellschaft gewesen war und die Texte für Händels berühmteste Opern verfasst hatte.

Zwei kurze Beträge von Insa Fuldner über diesen Autor waren auf der Homepage ihrer Fakultät eingestellt. Konzentriert las Fabricius beide Texte. Die Mailadresse von Insa Fuldner war auf der Homepage mit angegeben.

Fabricius schrieb der Doktorandin eine Mail, in der er ihr mitteilte, dass er als Buchhändler im Zusammenhang mit einer Haushaltsauflösung auf Vorarbeiten und eine kleine Fachbibliothek zu ihrem Thema gestoßen sei. Falls sie Interesse habe, könne sie sich bei ihm melden.

Dann nahm er sich seine Noten und sein Cello vor. Morgen war die Generalprobe, und übermorgen sollte das Geburtstagskonzert für Fürst Carl-Edzard stattfinden.

Als Fabricius eine Stunde später wieder an seinen Computer ging, hatte Insa Fuldner eine Antwortmail geschickt. Sie sei sehr interessiert und bitte ihn, die Bücher noch nicht weiterzuverkaufen. Sie würde sich wieder melden. Fabricius mailte ihr, dass die Sache noch Zeit habe. Dann informierte er sich über Flüge und Fahrpläne.

111

Die Generalprobe war gut verlaufen. Fabricius hatte trotz der unruhigen letzten Tage diszipliniert geübt. Er musste als Solocellist im Menuetto der 7. Sinfonie, der Mittags-Sinfonie, spielen. Sein Partner war ein ewig schlecht gelaunter Augenarzt als Hornist, mit dem er dennoch fast perfekt harmonierte. Das musste morgen reichen.

Er parkte vor dem Haus von Stefanie Jakobsens Großtante. Der blaue Polo stand nicht mehr in der Einfahrt. Fabricius ging in den Garten des Nachbarhauses. Arnold Jakobsen war gerade dabei, einen Pavillon aus Metallstangen mit Kletterrosen zu bepflanzen.

Bereitwillig holte er den Schlüssel zum Haus seiner Mutter und gab ihn an Fabricius weiter, der ihn informierte, dass er sicher viel Zeit brauche und eventuell morgen noch einmal wiederkäme. Arnold Jakobsen bat ihn, den Schlüssel so lange zu behalten, und widmete sich wieder seinen Rosen.

Fabricius betrat das Haus, vergewisserte sich, dass wirklich niemand da war, und ging nach oben in Stefanies Zimmer. Er hatte keine Ahnung, wie lange er warten musste. Er hatte sich seinen Laptop in seiner Aktentasche mitgebracht, ein Buch, ein paar CDs, Mineralwasser und Brote.

Er setzte sich die Kopfhörer auf und hörte die CD mit den Tageszeiten-Sinfonien in der Einspielung mit dem Concentus musicus. Zur Not konnte er den ganzen Tag hier verbringen, auch wenn er sich sehr wünschte, heute Abend in der Buchhandlung von Hanna Siefkes zu sein. Wie oft in diesen Tagen hatte er ihr Bild vor Augen, wenn seine Gedanken abschweiften. Sie landeten automatisch bei ihr. Er konnte nichts dagegen tun. Er wollte auch nichts dagegen tun.

Auf einmal stand eine junge Frau in Stefanies Zimmer. Sie war groß und schlank, hatte lange, blonde Haare und war mit einem modischen Hosenanzug in dezentem Hellgrün gekleidet. Sie bekam einen Schreck, als sie Fabricius sah.

»Guten Tag, Stefanie«, sagte er und nahm die Kopfhörer ab.

»Herr Fabricius?«, fragte sie.

»So ist es. Sie haben von mir nichts zu befürchten. Außer Ihrer Oma weiß nur ich, dass Sie leben. Ich habe nicht vor, dieses Wissen weiterzugeben. Ihre Oma ist für ein paar Tage in der Kurzzeitpflege. Es geht ihr gut. Wir können nachher gern hinfahren. Aber vorher müssen Sie mir zuhören und ein paar Fragen beantworten.«

»In Ordnung«, antwortete Stefanie Jakobsen.

112

Sie brauchte eine ganze Weile, um zu verstehen, was Johannes Fabricius ihr erzählte. In ihrem neuen Leben als Insa Fuldner erreichten sie nur sehr wenige Nachrichten aus ihrem alten Leben als Stefanie Jakobsen. Als Fabricius ihr von Karsten Rademacher und den Morden erzählte, weinte sie. Fabricius ließ sie eine Weile in ihrem alten Zimmer allein und versprach, etwas zu essen zu besorgen.

Als er mit belegten Brötchen aus der nahegelegenen Bäckerei zurückkam, machte Stefanie Kaffee in der Küche. Sie aßen und tranken schweigend. Danach begann Stefanie, Fragen zu stellen. Jede Einzelheit wollte sie wissen.

Dann hielt sie inne. »Wie haben Sie herausgefunden, wo ich bin?«

»Ich habe die beiden Texte auf der Homepage Ihrer Hochschule gelesen. Vorher habe ich Ihre Examensarbeit studiert. Ich wusste, dass Sie es sind. Ich hatte es vorher schon geahnt, weil ich den Eindruck hatte, dass jemand Bücher aus Ihrem Regal herausgenommen hatte.«

»Meine Oma hat mir ein paar Bücher nachgeschickt, die mir besonders wichtig waren und in die ich viele Notizen und Randbemerkungen gemacht hatte. Eigentlich war das unklug.«

»Erzählen Sie mir Ihre Geschichte«, forderte Fabricius sie auf. »Wie soll ich Sie ansprechen, Stefanie oder Gesine?«

»Stefanie und Gesine leben beide nicht mehr. Sie sind damals mit dem Boot meiner Eltern in der Nordsee untergegangen. Aber ich denke, Stefanie ist in Ordnung. Wahrscheinlich geht es doch um sie, oder? Die Geschichte, die ich Ihnen erzähle, ist gleichzeitig sehr banal und abenteuerlich.«

»Ich höre gern Geschichten«, sagte Fabricius und schenkte noch einmal Kaffee ein. Er nahm Stefanies Abgeklärtheit wahr und hatte nicht das Gefühl, dass sie ihm etwas vormachte.

»Für meine Eltern war der Betrieb ihr Leben. Am liebsten wäre es ihnen sicher gewesen, wenn ich eine Lehre gemacht hätte, um den Betrieb eines Tages weiterzuführen. Mein Vater hat mir alles beigebracht, was man in einer Werkstatt können muss, von der Pike auf. Und von meiner Mutter habe ich perfekt Buchführung und alles andere im Büro gelernt. Ich kann mich nicht erinnern, dass wir jemals richtig im Urlaub waren, höchstens mal mit dem Boot für einen Tag aufs Meer oder mal für ein Wochenende in die Ferienwohnung auf Norderney.«

Stefanie Jakobsen erzählte, wie ihr Vater den Familienbetrieb immer weiter ausgebaut und modernisiert hatte. Kurz vor dem Auftrag in der Ferienanlage am Hillersumer Meer waren zwei große Aufträge geplatzt und hatten den Betrieb in eine schwierige Situation gebracht.

»Für diese Familienhotelanlage haben meine Eltern alles gegeben. Als sie schließlich den Auftrag bekamen, sind sie erheblich in Vorleistung gegangen, haben Riesensummen investiert … Ja, und dann war auf einmal alles aus. Mein Vater litt schon vorher unter schweren Depressionen.«

»Und Ihre Mutter?«

»Es war meine Mutter, die diese Entscheidung getroffen hat. Merkwürdig, nicht wahr? Natürlich hat sie mit meinem Vater alles besprochen, und er war einverstanden. Er hat für sich auch keinen Weg mehr gesehen. Meine Mutter hat alles bis ins Kleinste geplant. Sie hat das Geschäftskonto abgeräumt und eine Hypothek auf das Haus und die Firma aufgenommen. Von dem Geld hat sie den langjährigen Mitarbeitern eine Abfindung gezahlt. Schwarz. Das weiß ich von meiner Oma. Sie war in alles eingeweiht und hat mir später alles erzählt.«

»Und wie sind Sie …«

»Ich weiß, was Sie fragen wollen. Meine Eltern haben

irgendwann verstanden, dass es für mich noch ein Leben außerhalb des Betriebes gibt. Mein Professor hat sie während eines Urlaubs an der Küste einmal besucht und begeistert von mir und meiner Arbeit erzählt. Da ist das erste Mal der Groschen bei ihnen gefallen. Vorher wussten sie gar nicht so genau, was ich überhaupt studiere. Meine Mutter hat mich zu Studienfreunden aus England geschickt, die ich kennengelernt hatte, als sie ein Auslandssemester in Münster machten.«

»Wussten Sie, was Ihre Eltern vorhatten?«, fragte Fabricius.

»Nein. Meine Oma hat mich angerufen und mir alles erzählt. Und sie hat mich gebeten, auf keinen Fall nach Hause zu kommen.«

»Und wer war die dritte Person an Bord?«

»Gleich nachdem ich die Todesnachricht erhalten hatte, wurde ich krank. Sogar, wenn ich es gewollt hätte, ich hätte die Reise nach Hause nicht machen können. Eigentlich war es nur eine Art Grippe, aber damit blieb ich mehrere Wochen im Bett liegen. Psychosomatisch – sage ich heute mit ein bisschen Abstand. Eines Tages stand plötzlich meine Oma bei mir am Bett. Sie hatte so eine Bildungsreise für Senioren gebucht und sich dann abgeseilt. Sie brachte mir Geld mit. Richtig viel Geld.«

»Der Rest von dem Geld Ihrer Eltern, nehme ich an«, bemerkte Fabricius.

»Meine Mutter hatte bei Petra Lütjendörp angerufen. Meine Eltern hatten angeblich Unterlagen, aus denen hervorging, dass es von Anfang an geplant war, das Hotelprojekt platzen zu lassen.«

»Gab es wirklich solche Unterlagen?«

»Ich weiß es nicht«, antwortete Stefanie. »Meine Oma erzählte jedenfalls, dass Petra Lütjendörp eine enorme Summe gezahlt hat, um diese Papiere zu bekommen. Dieses Geld brachten meine Eltern meiner Oma, bevor sie mit der Lütjendörp nach Norderney fahren wollten, um die Papiere aus der Ferienwohnung zu holen.«

»Sie meinen, die dritte Leiche …?« Fabricius konnte nicht glauben, was er da hörte.

»Ich vermute es. Für meine Eltern war sie die Person, auf die sich ihre Verbitterung richtete. Kurz vorher war bekannt geworden, dass die Lütjendörp sich ein großes Anwesen auf einer Karibikinsel gekauft hat. Meine Oma erzählte mir, dass sie Petra Lütjendörp im Auto gesehen hat. Bevor meine Eltern zum Hafen nach Norddeich gefahren sind, waren sie bei meiner Oma und haben sie kurz instruiert. Das war für sie ein Schock, aber sie hat die Sache durchgezogen. Ich glaube, das hat meiner Oma den Schlag versetzt, dass sie in der Zeit danach so abgebaut hat. Das war einfach zu viel für sie.«

»Und Petra Lütjendörp?«

»Meine Eltern haben sie anscheinend überredet, nach Norderney mitzufahren. Vielleicht haben sie ihr versprochen, ihr die Unterlagen sofort zu übergeben. Ich weiß es wirklich nicht. Ich will es auch nicht wissen.«

»Nur die Leiche Ihres Vaters ist angespült worden. Ihre Mutter und die dritte Person sind nie gefunden worden«, sagte Fabricius.

»Ich weiß.«

»Immerhin hat keiner in den letzten Jahren Petra Lütjendörp zu Gesicht bekommen. Es heißt, dass sie von ihrer Sonneninsel aus ihre Firma regiert und alle Geschäfte vor Ort durch ihre Familie erledigen lässt«, erläuterte Fabricius.

»Wie praktisch für die Familie«, bemerkte Stefanie. »Jedenfalls sagte meine Oma bei der Polizei aus, dass sie damals mich im Auto gesehen hätte. Von Petra Lütjendorf sagte sie natürlich nichts. Sie wollte mir die Chance für ein neues Leben geben. Dann gab es noch ein paar Zeugen, die mich auf dem Boot gesehen haben wollen, als meine Eltern abfuhren. In Wirklichkeit haben sie nur meine Eltern mit einer dritten Person an Bord gesehen, von der sie ausgingen, dass ich es gewesen war. Jedenfalls war ich auf einmal tot und hatte einen Koffer voller Geld. Und ich hatte überhaupt keine Lust, mich wiederbeleben zu lassen. Ich zog meine Freunde ins Vertrauen. Fragen Sie mich nicht, wie man das anstellt, aber sie haben aus der toten Stefanie Jakobsen eine lebendige Insa Fuldner mit gültigen Papieren und allem Drumherum gemacht. Das hat viel Geld gekostet und lange gedauert. Und Insa Fuldner will ich auch gern bleiben. Ich habe niemandem ein Unrecht zugefügt, außer, dass nicht ich mit meinen Eltern ertrunken bin. Für Karsten tut es mir leid, aber seine Stefanie gibt es nicht mehr.«

»Werden Sie Kontakt mit ihm aufnehmen?«, fragte Fabricius.

Stefanie brauchte einen Moment, bis sie reden konnte. »Das, was ich Ihnen erzählt habe, hört sich vielleicht so an, als würde ich über entfernte Verwandte oder weit zurückliegende Ereignisse plaudern. Dass ich überhaupt darüber reden und inzwischen wieder arbeiten kann, ist das Ergebnis einer langen Therapie. Das war harte Arbeit. Und ein Ende ist noch nicht in Sicht. Es ist für mich eine Frage des Überlebens.«

Sie schwieg. Als Fabricius nach einer Zeit aufstand, berührte sie für einen Moment seine Hand. »Was würden Sie an meiner Stelle tun?«

»Ich bin nicht an Ihrer Stelle.« Fabricius sah sie an. »Es ist Ihre Entscheidung.«

»Es war seine Entscheidung«, sagte sie entschlossen.

113

Die vier Streichquartettdamen nahmen Fabricius eine nach der anderen in den Arm und begrüßten ihn wie einen alten Freund, als er in Hanna Siefkes' Buchhandlung kam, um an der Lesung teilzunehmen.

Sogar Hanna Siefkes schenkte ihm ein Lächeln, das eine sofortige Ausschüttung von Glückshormonen bei ihm bewirkte. Fast alle Plätze waren besetzt, und Fabricius suchte sich einen Stuhl hinten in der Ecke. Er musste immer hinten in der Ecke sitzen, im Kino, im Konzert, in der Kirche. Sonst bekam er Beklemmungen.

Dann begannen die vier Quartettdamen mit dem Eröffnungssatz von Beethovens erstem Streichquartett. Charlotte Schierenberg-Sassen las die Gedichte von Greta Schon für Fabricius' Geschmack etwas zu betont vor. Gute Texte konnte man seiner Meinung am besten zur Entfaltung bringen, in dem man sich selbst beim Lesen zurücknahm.

Fabricius sah auf die Uhr. Vielleicht war Stefanie Jakobsen inzwischen wieder auf dem Weg in ihr Leben als Insa Fuldner.

114

Die Eröffnung der Bücherwoche brachte Scharen von Besuchern nach Hillersum. Schon ab fünf Uhr morgens wurde der größte Bücherflohmarkt Nordwestdeutschlands bevölkert. Das Konzert war ein voller Erfolg. Fabricius hatte das Gefühl, dass wirklich die Sonne aufging, als das Orchester mit dem Beginn von Haydns Sinfonie *Der Morgen* den Tagesbeginn musizierte. In der ersten Reihe saß der Fürst mit seiner Gemahlin. Der Fürst lächelte, obwohl er wusste, dass jetzt das Material gesichtet wurde, das noch an diesem Tage zu den ersten Verhaftungen führen würde.

An der Seite saßen die vier Damen aus dem Streichquartett und sahen Fabricius bewundernd an. In der dritten Reihe am Mittelgang entdeckte Fabricius Hanna Siefkes.

Als das Menuetto in der Sinfonie *Le midi* begann, spielte Fabricius sein Solo und gab alles. Hanna schenkte ihm keinen einzigen Blick. Fabricius entdeckte, dass neben Hanna Siefkes Sebastian aus dem Lyrikseminar saß. Er hatte den Arm um Hannas Schulter gelegt. Sie flüsterte ihm etwas ins Ohr und lehnte den Kopf an seine Schulter.

Nach dem Konzert stand plötzlich Krino van Westen vor Fabricius. »Herr Fabricius, ich hörte da etwas. Die Mordfälle sind ja nun endlich geklärt. Ich bin erleichtert, dass es eher persönliche Motive sind, und dass nicht unser schönes Bücherdorf in diese unschöne Angelegenheit hineingezogen wird.«

»So ist es«, antwortete Fabricius.

»Ich werde gleich mal den Fürsten ansprechen. Ich könnte mich durchaus für die Bauruine des Familienhotels interessieren. Viel zahlen würde ich dafür natürlich nicht. Da muss man ja erst einmal gehörig Kapital hineinstecken. Vielleicht könnten Sie ein gutes Wort für mich einlegen.

Da wird ja sicher auch eine Bibliothek einzurichten sein.« Herablassend lächelte van Westen Fabricius an.

»Ich denke, da müssen Sie schon einen guten Preis machen«, antwortete Fabricius. »Soviel ich weiß, ist Petra Lütjendörp da schon vorstellig geworden und will die ganze Anlage übernehmen.«

»Johannes.« Fürst Carl-Edzard kam etwas betreten auf Fabricius zu. »Ich weiß, was du da geleistet hast. Nicht nur für mich, sondern für unser Land.«

»Das war vielleicht auch nötig, denn es gab doch einige Blockaden«, antwortete Fabricius. »Ich gratuliere dir jedenfalls herzlich zum Geburtstag. Was gibt es in einem Bücherdorf für ein passenderes Geschenk als ein Buch?« Er reichte dem Fürsten ein Päckchen.

Der Fürst öffnete das Papier ehrfurchtsvoll und sah verwundert auf das rot gebundene Buch, auf dessen Titelbild ihn die englische Königin Elizabeth II. durch einen Türspalt anschaute. »Davon habe ich noch nie etwas gehört. *Die souveräne Leserin*? Ist das eine Anspielung?«

»Hoffentlich wird es das«, antwortete Fabricius.

Carl Edzard wirkte auf einmal verlegen. »Johannes, kann es sein, dass ich mich in dieser Sache nicht immer sehr klug verhalten habe?«

»Ja«, sagte Johannes Fabricius.

- Ende -

Von Häuptlingen, Herrlichkeiten, Haydns Sinfonien, Bücherdörfern und dergleichen …

Von Häuptlingen und Herrlichkeiten

Die Friesische Freiheit des Mittelalters zeichnete sich dadurch aus, dass kein Herr über das Land regierte. Die Ostfriesen beriefen sich dabei auf eine alte Tradition, nach der Karl der Große und seine Nachfolger ihnen das Freiheitsrecht verliehen hatten – als Gegenleistung für ihre Leistungen im Küstenschutz und im Kampf gegen die Überfälle der Nordmänner.

Diese Tradition friesischer Freiheit führte auch dazu, dass sich die friesischen Gebiete nicht zu einem einheitlichen Staatsgebilde formierten, sondern in einem lockeren Verband von Landgemeinden bestanden. Diese Landgemeinden unterstanden einem verbindlichen Landrecht. Sie hatten eine genossenschaftliche Verfassung, in der die Hof- und Landbesitzer gleichberechtigt waren und aus ihrer Mitte jeweils für ein Jahr einen Richter wählten. Der Upstalsboom, ein frühmittelalterlicher Grabhügel bei Aurich, wurde zum Treffpunkt für die jährlichen Zusammenkünfte der Vertreter der Landgemeinden am Dienstag nach Pfingsten.

Diese Freiheit hat das Lebensgefühl der Friesen geprägt, und sie ist bis heute lebendig. Die Tradition der Friesischen Freiheit hat Ubbo Emmius in seinem Geschichtswerk besonders herausstellt. Geschützt wurde die Friesische Freiheit innerhalb Frieslands durch rechtliche Bestimmungen, die verhindern sollten, dass die gewählten Richter ihre Funktion zu einer dauerhaften Machtposition ausbauen.

Die wohlhabende bäuerliche Oberschicht grenzte sich in ihrem Selbstbewusstsein ab von den ritterlichen Feudalherren in der Nachbarschaft. Sie dokumentierte ihr Selbstbewusstsein durch den Bau großer Kirchen oder durch die Stiftung bedeutender Klöster, wie der St. Marien-Kirche zu Marienhafe oder das Kloster Ihlow.

Im 14. Jahrhundert vollzieht sich ein Wandel: Überschwemmungen, Seuchen und ein wirtschaftlicher Rückgang führen dazu, dass die Machtverhältnisse sich verändern. Nur einige wohlhabende Familien überstehen diese Krisenzeit. Sie bieten den Menschen in der Region Zuflucht, Wahrung des Friedens und Garantie des Rechtes und bauen im Gegenzug ihre Machtposition aus. Es ist nun nicht mehr die Gemeinde, die ihre Richter wählt, sondern diese Funktion wird innerhalb der herrschenden Familien weitergegeben, da nur diese Familien auch die Macht haben, das Recht zu wahren und durchzusetzen.

Diese lokalen Machthaber werden in Urkunden *hovetling* oder lateinisch *capitalis* genannt. In der zweiten Hälfte des 14. Jahrhunderts etablieren sich in den Landesgemeinden Häuptlingsfamilien.

Sie unterscheiden sich von der bäuerlichen Schicht, bauen Burgen in Form befestigter Steinhäuser und Wehrtürme, unterhalten ein militärisches Gefolge. Die Häuptlinge sehen sich nicht nur als Funktionsträger einer Landesgemeinde. Sie entwickeln das Selbstverständnis und das Auftreten lokaler Herrscher, verheiraten ihre Kinder mit Kindern benachbarter Häuptlingsfamilien und orientieren sich in ihrer Lebensführung und in ihrem Selbstbewusstsein an den Rittern. Sie siegeln darum nicht mit dem Wappen der Gemeinde, sondern mit ihrem persönlichen Wappen.

Das Territorium, in dem sie ihre Herrschaft ausüben, wird »Herrlichkeit« genannt. Manche dieser Territorien waren nicht größer als ein Dorf, andere – z.B. Oldersum – umfassten mehrere Dörfer mit einem Hauptort.

Viele der Häuptlingsburgen sind im Mittelalter durch

Kriegshandlungen zerstört oder in der preußischen Zeit abgebrochen worden. Heute sind noch einige von ihnen, teilweise nur als Vorburg, zu sehen, zum Beispiel Berum, Pewsum, Lütetsburg, Hinte und Dornum mit der Norderburg und der Osterburg (Beningaburg).

Bedeutende Häuptlingsfamilien und Orte und Regionen ihrer Herrschaft waren unter anderem die Familie tom Brok (Marienhafe), Abdena (Emden), Wiemken (Rüstringen, Jever), Attena (Dornum, Nesse, Harlingerland), Ukena (heutiger Landkreis Leer), Cirksena (Norden, Greetsiel), Manninga (Pewsum, Lütetsburg).

Das Phänomen der Häuptlinge mit ihren Territorien war eine Besonderheit in Friesland: »Häuptlinge und Herrlichkeit waren ein durch und durch friesisches Eigengewächs« (Hajo van Lengen).

Um die Machtansprüche der Häuptlinge gab es nicht nur Konflikte zwischen den Häuptlingsdynastien und ihren Verbündeten. Es regte sich auch bäuerlicher Widerstand, der sich auf die alte Tradition der Friesischen Freiheit und auf das überlieferte Landrecht berief und keine Obrigkeit duldete. Diese Tradition wurde in besonderer Weise aktualisiert, wenn eine Häuptlingsfamilie ihre Herrschaftsposition so stark ausbaute, wie es bei der Familie tom Brok der Fall war.

Die aus dem Norder Land stammende Familie tom Brok baute im Brookmerland und im Auricher Land ihre Herrschaft aus. Okko I. tom Brok lebte am Hof von Königin Johanna in Neapel und erhielt dort den Ritterschlag. Nach dem Tod seines Vaters kehrte er nach Ostfriesland zurück und heiratete die Häuptlingstochter Foelke Kampana, die den Besitz von Hinte und Strackholt in die Familie der tom Broks einbrachte. Zentrale Orte der Herrschaft Okkos waren die von ihm erneuerte Auricher Burg, die Oldeborg bei Engerhafe und das mit einem Hafen versehene Marienhafe mit seiner riesigen Marienkirche.

Es gelang Okko, seine Herrschaft über Orte und Gemeinden in ganz Ostfriesland und darüber hinaus auszudehnen. Bald regte sich Widerstand gegen Ritter Okko. Sein Widersacher Häuptling Folkmar Allena ließ die Auricher Burg belagern. Bei Verhandlungsgesprächen wurde Ritter Okko tom Brok ermordet.

Seine Witwe nahm grausame Rache und ließ die beiden jungen Neffen Allenas in ein Verlies einsperren und verschmachten. Sie wurden im Kloster Ihlow beerdigt. Durch diese und andere grausame Taten erhielt Foelke den Beinamen »Quade (= böse) Foelke«.

Ihr Sohn Keno baute die Herrschaft der tom Brok weiter aus. Zeitweise gewährten er und andere Häuptlinge den Seeräubern Unterschlupf in seinen Häfen und Burgen. Darunter waren auch die Vitalienbrüder mit ihrem legendären Anführer Klaus Störtebeker, dessen Tradition in Marienhafe bis heute gepflegt wird.

Kenos Sohn Okko II. tom Brok nannte sich bereits »Häuptling von Ostfriesland« und brachte dadurch seinen Herrschaftsanspruch zum Ausdruck. Seine Kriegszüge führten ihn mit seinen Verbündeten Sibet Papinga und Fokko Ukena, dem einstigen Feldhauptmann und Verbündeten seines Vaters Keno, bis nach Jever, Butjadingen und in die Wesermarsch, wohin sie ihren Machtbereich ausdehnen konnten.

Schließlich kam es zum Bruch zwischen den Verbündeten. Ein Oldenburgisches Ritterheer, das Okko II. tom Brok zur Hilfe kommen sollte, wurde 1426 bei Detern von den Streitkräften Fokko Ukenas geschlagen. Am 28. Oktober 1427 kam es dann in der Nähe von Marienhafe zur Entscheidungsschlacht zwischen Okko II. tom Brok und Fokko Ukena. Während Okko tom Brok mit seinen Männern im gut befestigten Marienhafe in Stellung ging, rückten Fokko Ukena und seine Verbündeten mit ihrer Streitmacht auf dem Wallpad, einem alten Heerweg, an. Okko beschloss, seinerseits die Initiative zu ergreifen, und befahl den Angriff. Auf den Wilden Äckern zwischen Fehnhusen und Upgant endete die Schlacht mit einer Niederlage der tom Broks. Okko II. wurde für mehrere Jahre Gefangener. Die Zeit der tom Broks war vorbei.

Nach der Niederlage der tom Broks wurden nicht die bäuerlichen Landesgemeinden mit den alten Landrechten wiederhergestellt, sondern die Häuptlingsherrlichkeiten. Für eine kurze Zeit gelang es Fokko Ukena, sich zum führenden Häuptling zu machen. Das aber rief neue Gegner auf den Plan. Die Häuptlingsfamilie Cirksena engagierte sich für die Friesische Freiheit und die Wiederherstellung der alten Rechte. Einige der alten Landesgemeinden wurden neu begründet.

In diesen Auseinandersetzungen etablierten sich die Cirksena als führende Familie. Ihre Gegner verbündeten sich mit den Seeräubern und verlegen sich selbst auf Seeräuberei. Die Cirksena erkannten ihre Chance und verbündeten sich mit der Hansestadt Hamburg, die Ostfriesland immer stärker als Interessensgebiet in den Blick nahm.

Mit der Rückendeckung aus Hamburg gelang es Ulrich Cirksena, seine Herrschaft umsichtig und klug in Ostfriesland durchzusetzen. Kaiser Friedrich ernannte Ulrich Cirksena und dessen Nachkommen schließlich zu Reichsgrafen und bekräftigte gleichzeitig die alten friesischen Freiheitsrechte. Mit der Durchsetzung der Herrschaft der Cirksena endete die klassische Zeit der Häuptlinge und Herrlichkeiten in Ostfriesland.

Immerhin blieb das Wort »Häuptling« erhalten, und diese Bezeichnung wurde im Zeitalter des Kolonialismus auf örtliche Herrscherpersönlichkeiten in Afrika und Amerika übertragen.

Als Lektüre zu diesem Thema sind die entsprechenden Kapitel in den Darstellungen der Geschichte Ostfrieslands empfehlenswert, z.B. Walter Deeters: Kleine Geschichte Ostfrieslands (Leer 1985) und Heinrich Schmidt: Politische Geschichte Ostfrieslands. Ostfriesland im Schutze des Deiches, Band 5 (Leer 1975).

Außerdem möchte ich auf zwei sehr lesenswerte Aufsätze zu diesem Thema hinweisen:

Hajo van Lengen: Bauernfreiheit und Häuptlingsherrlichkeit im Mittelalter. In: Ostfriesland. Geschichte und Gestalt einer Kulturlandschaft. Herausgegeben von Karl-Heinz Behre und Hajo van Lengen. Ostfriesische Landschaft Aurich, 1995, S. 113 – 134.

Heinrich Schmidt: *Häuptlingsmacht, Freiheitsideologie und bäuerliche Sozialstruktur im spätmittelalterlichen Ostfriesland*. In: Hajo van Lengen (Hrsg.): *Die Friesische Freiheit des Mittelalters – Leben und Legende*. Aurich 2003.

Joseph Haydns »Tageszeiten-Sinfonien«

Fabricius probt und führt mit seinem Orchester zum Geburtstag des Fürsten die drei Tageszeiten-Sinfonien von Joseph Haydn auf. Dabei handelt es sich um die Sinfonien Nr. 6 D-Dur »Le Matin« (Der Morgen), Nr. 7 C-Dur »Le Midi« (Der Mittag) und Nr. 8 G-Dur »Le Soir« (Der Abend). Haydn hat diese Sinfonien vermutlich 1761 komponiert – im Anfangsjahr seines Dienstes als Vize-Kapellmeister beim Fürsten von Esterhazy. Mit diesen Werken, die wohl auf eine Anregung seines Dienstherrn zurückgingen, empfahl sich Haydn als Komponist bei seinem Fürsten und verschaffte sich bei seinem Orchester einen guten Einstand, indem er die herausragenden Musiker der Kapelle mit Soloparts bedachte, bei denen sie mit ihrem Instrument brillieren konnten.

Leider ist die CD mit der Aufnahme vom Geburtstagskonzert für Fürst Carl Edzard II. nicht im Handel erhältlich. Dafür gibt es andere gute Einspielungen. Besonders sollen zwei Aufnahmen empfohlen werden, die von Orchestern mit historischen Instrumenten eingespielt wurden: Bei TELDEC ist 1990 die Aufnahme mit dem Concentus musicus Wien unter Leitung von Nikolaus Harnoncourt erschienen. Eine jüngere, in gleicher Weise empfehlenswerte Einspielung liegt vom Freiburger Barockorchester unter Leitung von Petra Müllejans vor. Sie ist bei Harmonia Mundi 2002 erschienen.

Buch – Bücher – Bücherdorf

Ein Bücherdorf oder ein Buchdorf ist ein Ort, in dem es besonders viele Buchantiquariate und Buchhandlungen gibt. Bücherorte sind in der Regel Dörfer oder kleinere Städte, die manchmal in strukturschwachen Regionen liegen. Die vielen Buchhandlungen an einem Ort sollen besonders für Touristen, die an Literatur, Büchern und Kultur interessiert sind, ein Anziehungspunkt sein. Auf diese Weise erhofft man sich, dass auch Fremdenverkehr, Gastronomie, Geschäfte und andere Gewerbe vom Bücherdorf profitieren. Über die Eröffnung von Buchantiquariaten hinaus wird in immer mehr Bücherdörfern versucht, Veranstaltungen rund um Bücher und Literatur anzubieten, um dadurch auch kulturelle Impulse zu vermitteln. Dazu gehören vor allem Lesungen, Konzerte, Ausstellungen, Schreibwerkstätten, Bücher- und Literaturwochen.

Das erste Bücherdorf der Welt wurde 1961 in Wales eröffnet. In Hay-on-Wye eröffnete Richard Booth seine Buchhandlung mit einem Container von Büchern, die er aus New York mitgebracht hatte. Fast 40 Antiquariate gibt es heute in diesem ältesten Bücherdorf der Welt, in dem nur ungefähr 2000 Einwohner leben und das inzwischen zu einem berühmten Anziehungspunkt für Touristen und Bücherliebhaber geworden ist.

In der Folge wurden Bücherdörfer in den 80er und dann besonders in den 90er Jahren gegründet. Besonders bekannt geworden sind die Bücherdörfer Redu (1984) in Belgien und Bredevoort (1993) in den Niederlanden.

1997 wurde das erste deutsche Bücherdorf in Mühlbeck und Friedersdorf im Landkreis Anhalt-Bitterfeld gegründet. Inzwischen gibt es dort etwa 15 Buchhandlungen und Antiquariate sowie eine Buchbindewerkstatt, eine Glasbläserei und regelmäßige Veranstaltungen. 1998 erfolgten

Bücherdorfgründungen in Wünsdorf (Landkreis Teltow-Fläming im Land Brandenburg) und in Langenberg, einem Stadtteil von Velbert in der Nähe von Düsseldorf im Land Nordrhein-Westfalen. Weitere Bücherdörfer in Deutschland gibt es z.B. in Müllenbach im Oberbergischen Land (Eröffnung: 2001) und in Edenkoben an der Südlichen Weinstraße (Eröffnung: 2006).

Links:

Bücherdorf Hay-onWye (Wales): www.hay-on-wye.co.uk
Bücherdorf Redu (Belgien): www.redu-villagedulivre.be/
Bücherstadt Bredevoort (Niederlande):
www.bredevoort-boekenstad.nl/
Bücherdorf Mühlbeck-Friedersdorf: www.buchdorf.de/
Bücherstadt Wünsdorf: www.buecherstadt.com/
Bücherstadt Langenberg: www.buecherstadt-langenberg.de
Bücherdorf Müllenbach: www.hausdergeschichten.de
Bücherstadt Edenkoben: www.buecherstadt.edenkoben.de

Aus all den vielen schönen und interessanten Büchern über Buchhandlungen und über das Lesen hier eine winzige subjektive und vollkommen unvollkommene Auswahl. Es sind Bücher, die auch in diesem Kriminalroman genannt werden:

Alan Bennett: *Die souveräne Leserin*. Verlag Klaus Wagenbach, Berlin 2008.

Penelope Fitzgerald: *Die Buchhandlung*. Aus dem Englischen übertragen von Christa Krüger. Insel Verlag, Frankfurt 2001.

Helene Hanff: 84, *Charing Cross Road. Eine Freundschaft in Briefen*. Aus dem Amerikanischen übersetzt und mit einem Nachwort versehen von Rainer Moritz. Verlag Hoffmann und Campe, Hamburg 2002.

Madge Jenison: *Sunwise Turn. Zwei Buchhändlerinnen in New York*. Aus dem Englischen übersetzt von Ariane Böckler. Herausgegeben von Marion Voigt. Edition Ebersbach, Berlin 2006.

Alberto Manguel: *Eine Geschichte des Lesens*. Verlag Volk und Welt, Berlin 1998.

Leona Rostenberg und Madeleine Stern: *Zwei Freundinnen, eine Leidenschaft. Unser Leben für seltene Bücher*. Aus dem Amerikanischen von Christian Liedtke. Verlag Hoffmann und Campe, Hamburg 2004.

Andreas Scheepker

lebt mit seiner Frau und seinem Sohn in Westerende-Kirchloog bei Aurich. Er wurde 1963 in Hage geboren und ist dort aufgewachsen. Er studierte Evangelische Theologie und später Literaturwissenschaft, Geschichte und Pädagogik. Er war von 1992 bis 2002 Pastor in Norden und von 2002 bis 2007 Leiter der Evangelischen Jugendbildungsstätte Asel. Jetzt arbeitet er gemeinsam mit seiner Frau in der Kirchengemeinde Westerende und im Kirchenkreis Aurich, und er unterrichtet am Gymnasium Ulricianum in Aurich. 2001 erschien sein historischer Kriminalroman *Du sollst nicht stehlen* über die Reformationszeit in Ostfriesland. Sein Kriminalroman *Tote brauchen keine Bücher* wurde für den Literaturpreis *Das neue Buch* 2004 nominiert. 2006 erschien der Weihnachtskrimi *Morgen kommt der Weihnachtsmann*. Daneben hat Andreas Scheepker an mehreren Veröffentlichungen zu kirchlichen und regionalgeschichtlichen Themen mitgearbeitet.
Seine Kriminalromane siedelt er zwar in der heutigen Zeit an, jedoch in einem »Parallel-Ostfriesland«, das durch politische Zufälle ein eigenständiges Fürstentum geblieben ist.

Andreas Scheepker
Morgen kommt der
Weihnachtsmann
Ostfrieslandkrimi
978--934927-841-8
272 Seiten;9,90 Euro

Andreas Scheepker
Tote brauchen
keine Bücher
Ostfrieslandkrimi
978-3-939689-16-4
224 Seiten; 8,90 Euro

Maeve Carels
Zur ewigen
Erinnerung
OstFrieslandkrimi
978-3-939689-08-9
400 Seiten; 9,90 Euro

Tatjana Kruse
Wie klaut man
eine Insel?
Inselkrimi – Borkum
978-3-934927-96-4
176 Seiten, 8,90 Euro

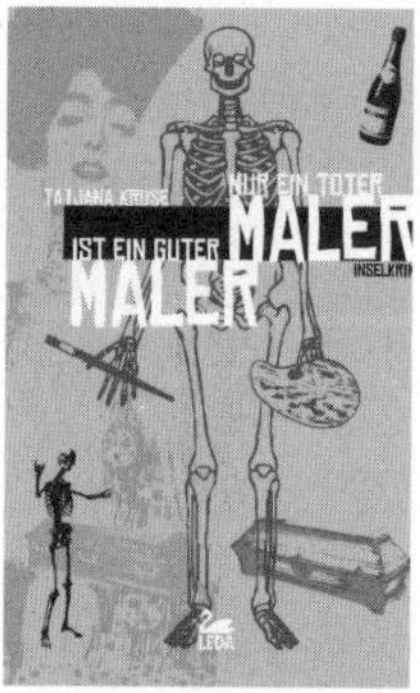

Tatjana Kruse
Nur ein toter Maeler
ist ein guter Maler
Inselkrimi Norderney
978-3-939689-26-3
208 Seiten; 8,90 Euro

Wolke de Witt
Sturm
im Zollhaus
Ostfrieslandkrimi
978-934927-77-3
224 Seiten; 8,90 Euro

Peter Gerdes
Der siebte Schlüssel
Ostfrieslandkrimi
Taschenbuch
978-3-934927-99-5
320 Seiten; 9,90 Euro

Peter Gerdes
Ein anderes Blatt
Thors Hammer
2 Oldenburgkrimis
978-3-939689-11-9
ca 352 S.; 9,90 Euro

Peter Gerdes
Ebbe und Blut
Ostfrieslandkrimi
Taschenbuch
978-3-934927-56-8
224 Seiten, 8,90 Euro

Peter Gerdes
Fürchte die Dunkelheit
Kriminalroman
978-3-934927-60-5
272 Seiten; 11,90 Euro

Barbara Wendelken
Berbertod
Ostfrieslandkrimi
Leer
978-3-939689-25-6
208 Seiten; 8,90 Euro

Mischa Bach
Rattes Gift
Ostfrieslandkrimi
Leer
978-3-939689-23-2
256 Seiten;9,90 Euro

Peter Gerdes
Sand und Asche
Inselkrimi
Langeoog
978-3-939689-11-9
240 Seiten; 9,90 Euro

Regula Venske
Juist married
oder Wohin mit der Schwiegermutter?
Inselkrimi – Juist
978-934927-85-8
224 Seiten; 8,90 Euro

Regula Venske
Bankraub mit Möwenschiss
Inselkrimi – Juist
978-939689-18-8
208 Seiten, 8,90 Euro

Ulrike Barow
Endstation Baltrum
Inselkrimi – Baltrum
978-939689-09-6
208 Seiten, 8,90 Euro

Ulrike Barow
Doenröschen muss sterben
Inselkrimi – Baltrum
978-939689-14-0
224 Seiten, 8,90 Euro

Sandra Lüpkes
Die Sanddornkönigin
Der Brombeerpirat
2 Inselkrimis – Juist, Norderney
978-3-939689-06-5
352 Seiten; 9,90 Euro

Ulrich Hefner
Das Haus in den Dünen
OstFrieslandkrimi
978-3-939689-07-2
400 Seiten; 9,90 Euro

Ulrich Hefner
Der Tod kommt in Schwarz-Lila
Inselkrimi - Wangerooge
978-3-939689-04-1
392 Seiten; 9,90 Euro

Ulrich Hefner
Die Wiege des Windes
Inselkrimi
Taschenbuch
978-3-934927-69-8
336 Seiten; 9,90 Euro

Ulrich Hefner
Das Lächeln der toten Augen
Frieslandkrimi
978-3-934927-69-8
440 Seiten; 9,90 Euro

Regine Kölpin
Krähenflüstern

OstFrieslandkrimi
978-3-934927-95-7
224 Seiten; 8,90 Euro

Regine Kölpin
Spinnentanz
OstFrieslandkrimi
978-3-939689-13-3
208 Seiten
8,90 Euro

Peter Gerdes (Hrsg):
Mordkompott
Kriminelles zwischen
Klütje und Kluntje
978-3-934927-12-4
240 S.; 12,70 Euro

H. & P. Gerdes (Hrsg):
Friesisches
Mordkompott
Herber Nachschlag
978-3-939689-20-1
288 S.; 9,90 Euro

H. & P. Gerdes (Hrsg):
Friesisches
Mordkompott
Süßer Nachschlag
978-3-939689-21-8
300 S.; 9,90 Euro

Billie Rubin (Hrsg):
Bayer. Mordkompott
Kriminelles zwischen
Kraut und Knödeln
978-3-934927-33-9
240 Seiten; 12,70 Euro

Buttler/Ehlers (Hrsg):
Tee mit Schuss
Kriminelles zwischen
Blatt und Tasse
978-3-934927-89-6
240 Seiten; 12,70 Euro

H. & P. Gerdes (Hrsg):
Flossen höher
Kriminelles zwischen
Fisch und Pfanne
978-3-934927-34-6
240 Seiten; 12,70 Euro